法藏知津

三編：佛教文學與藝術研究專輯

杜潔祥 主編

第11冊

蘇軾佛教文學研究（下）

吳明興 著

花木蘭文化出版社

國家圖書館出版品預行編目資料

蘇軾佛教文學研究（下）／吳明興 著—初版—新北市：花
木蘭文化出版社，2015〔民 104〕
目 2+214 面；19×26 公分
（法藏知津三編：佛教文學與藝術研究專輯 第 11 冊）
ISBN 978-986-322-918-6（精裝）
1.（宋）蘇軾 2.佛教文學 3.文學評論
820.8   103014151

ISBN-978-986-322-918-6

法藏知津三編：佛教文學與藝術研究專輯
第十一冊   ISBN：978-986-322-918-6

蘇軾佛教文學研究（下）

作　　者　吳明興
主　　編　杜潔祥
副總編輯　楊嘉樂
編　　輯　許郁翎
出　　版　花木蘭文化出版社
社　　長　高小娟
聯絡地址　235 新北市中和區中安街七二號十三樓
　　　　　電話：02-2923-1455／傳真：02-2923-1452
網　　址　http://www.huamulan.tw 信箱 hml810518@gmail.com
印　　刷　普羅文化出版廣告事業
初　　版　2015 年 5 月
定　　價　三編 15 冊（精裝）新台幣 25,000 元

蘇軾佛教文學研究(下)

吳明興　著

目次

第六章　切近曹源一滴的清涼法樂

第一節　在外放路上向內層層升進的解脫境

　　《宋史》卷二百四十二〈列傳第一‧后妃上‧英宗宣仁聖烈高皇后〉傳載：「元祐八（1093）年九月，屬疾崩。」〔註1〕哲宗從神宗元豐八（1085）年三月戊午，以十歲的稚齡即皇帝位之後的第七天，高皇后就開始垂簾聽政，《宋史》卷十七〈本紀第十七‧哲宗一〉載：「甲寅，以羣臣固請，始同太皇太后聽政。」〔註2〕然而，大權卻始終都掌握在太皇太后手中，並以司馬光為首的股肱之臣，主持盡廢熙寧新法的元祐更化，直至太皇太后崩後的十一月丙子，十七歲的少年皇帝哲宗，纔開始在垂拱殿親政。根據彭百川在《太平治迹統類》卷二十四〈元祐黨事本末下〉的記載：

　　　　元祐八年十一月，先是呂大防欲用侍御史楊畏為諫議大夫，要范純仁同書名進擬，純仁曰：「上新聽政，諫官當用正人，畏傾邪不可用。」大防素稱畏敢言，且先密約畏助己，謂純仁曰：「豈以畏常言公邪？」蘇軾時在旁，因誦畏彈文，純仁曰：「純仁初不知也，然除目不敢預聞。」遂固求避位，大防竟超遷畏為禮部侍郎，純仁恐傷大防，竟不復爭，畏尋上疏言：「神宗皇帝更法立制，以垂萬世，乞賜講求，以成繼述之道。」上即召畏登對，詢畏以先朝故臣孰可召用者，朕皆不能盡知其詳，具姓名密以聞。畏即疏章惇、安燾、

〔註1〕　《宋史》，第十一冊，頁8627。
〔註2〕　《宋史》，第二冊，頁318。

呂惠卿、鄧溫伯、李清臣等行義，各加品題；且密奏書萬言，具言
神宗所以建立法度之意，乞召章惇爲宰相。上皆嘉納焉。〔註3〕

　　這是三個月之後，李清臣公開倡議，裁抑元祐更化，恢復熙寧新法的紹
述的先聲，如《長編拾補》卷九「哲宗紹聖元年二月丁未」條載：

資政殿學士、通奉大夫、守戶部尚書李清臣特授正議大夫、守
中書侍郎，端明殿學士、右正議大夫、守兵部尚書鄧溫伯特授右光
祿大夫、守尚書左丞。清臣首倡紹述，溫伯和之。〔註4〕

　　李清臣的倡議，很快就被甫親政的哲宗所採行，據《宋史》卷四百七十
一〈列傳第二百三十·姦臣一·章惇〉傳載：

哲宗親政，有復熙寧、元豐之意，首起惇爲尚書左僕射兼門下
侍郎，於是專以「紹述」爲國是，凡元祐所革一切復之。……協謀
朋姦，報復仇怨，小大之臣，無一得免，死者禍及其孥。甚至詆宣
仁后，謂元祐之初，老姦擅國。〔註5〕

　　從此，在元祐元年除翰林學士的蘇軾，及與蘇軾有關係的一干人等，統
統被貼上元祐黨人的標籤，而遭到無情的打擊、禁錮以及流放，一如沈松勤
在《北宋文人與黨爭》第六章〈北宋黨爭與文學創作的互動〉說：

紹聖新黨在仿傚元祐的同時，則明顯具有徹底禁錮整個舊黨集
團，使之永遠在仕途上不得翻身的目的。因此，除了將元祐黨人清
除出朝外，還採取了極端的手段，其中之一就是將大批元祐黨人流
放到嶺南遠惡州、軍。〔註6〕

　　在政局愈來愈險惡的嚴峻形勢下，早就風雨欲來先有兆，據《長篇》卷
四百八十四「元祐八年六月甲寅」第三條載：「禮部尙書蘇軾乞知越州，詔不
允。」〔註7〕這是蘇軾因受到御史黃慶基、董逸敦等人的排擠，而再度以「朝
廷以安靜爲福，人臣以和睦爲忠」的自遜態度，乞請從中樞外放地方，庶免
國政因人事異見之爭，而受到人臣內鬨的動搖，但沒有獲得太皇太后的批准，
所持的理由，是蘇軾向來敢於就事論事的當朝廷諫，對朝政的施爲，具有持
衡的作用，如范祖禹在《范太史集》卷二十九〈賜端明殿學士兼翰林侍讀學

〔註3〕文淵閣《四庫全書》鈔本，葉 1^{a-b}。
〔註4〕《長編拾補》，第一冊，頁 385。
〔註5〕《宋史》，第十七冊，頁 13711。
〔註6〕《北宋文人與黨爭》，頁 328。
〔註7〕《長篇》，第十九冊，頁 11510。

士守禮部尚書蘇軾乞越州不允詔〉說：

> 昔汲黯願拾遺補過，漢武帝終出之淮陽；魏徵每犯顏諫爭，唐
> 太宗不使之一日離左右。後世視武帝、太宗之得失，豈不相遠哉！
> 卿望高一時，名滿四海，正直之節，冠於本朝。方以道學輔朕不逮，
> 乃亟欲引去，茲所未諭也。所請宜不允。〔註8〕

　　這是把蘇軾當做人主自鑑的明鏡來敬重，衹是無意一再涉足意氣之爭的
渾水，且去意已堅的蘇軾，一再上章明志，據《長篇》「元祐八年六月壬申」
條載：「禮部尚書、端明殿學士、翰林侍讀學士、左朝散郎蘇軾知定州。」
〔註9〕蘇軾終於在十八天後，獲准卸下京官的職務，並在九月離京赴任，而得
到短暫的平靜。然而，高皇后一旦晏駕，早對與元祐更化相干的臣子心懷不
滿的哲宗，在親政後依李清臣之議起用章惇後，元祐黨人的大難也就跟著臨
頭了。

　　先是從定州黜知英州，原因是時宰章惇有意加害於蘇軾，而大肆向哲宗
羅織蘇軾的罪案，而虞策、來之邵等，也跟著落井下石，據《長編拾補》卷
九「哲宗紹聖元年四月壬子」條的記載：

> 侍御史虞策言：「呂惠卿等指陳蘇軾所作誥語，語涉譏訕，望核
> 實施行。」殿中侍御史來之邵言：「軾在先朝，久以罷廢，至元豐擢
> 爲中書舍人、翰林學士。軾凡作文字，譏斥先朝，援古況今，多引
> 衰世之事，以快忿怨之私。行〈呂惠卿制詞〉，則曰：『始建青苗，
> 次行助役、均輸之政，自同商賈，手實之禍，下及雞豚，苟可蠹國
> 而害民，率皆攘臂而稱首。』〔註10〕行〈呂大防制詞〉，則曰：『民
> 亦勞止，願聞休息之期。』〔註11〕……凡此之類，播在人口則非一，
> 當原其所犯，明正典刑。」〔註12〕

　　這些罪狀，不但被持與太皇太后完全相反態度的哲宗所全盤採信，並立
即在同日下詔，削去蘇軾兩學士的職銜，且以懷私訕上的罪名，將之貶到英

〔註8〕　文淵閣《四庫全書》鈔本，葉6ᵇ。
〔註9〕　《長篇》，第十九冊，頁11515。
〔註10〕　具詳〈呂惠卿責授建寧軍節度副使本州安置不得簽書公事〉，《蘇軾文集》，第
　　　　三冊，頁1100。
〔註11〕　具詳〈除呂大防特授太中大夫守尚書左僕射兼門下侍郎加上柱國食邑實封餘
　　　　如故制〉，《蘇軾文集》，第三冊，頁1095。
〔註12〕　《長編拾補》，第一冊，頁401。

州，以正典刑，並附加殺雞儆猴的聖意，以表明當今的天下，已是哲宗自己在做主，而不用再看高太后臉色，當個唯唯諾諾的小皇帝，而這一切，全都寫在《宋大詔令集》卷第二百六〈蘇軾落職降官知英州制〉中，制曰：

> 訕上之惡，眾憝厥怒，造言之誅，法謹於近，矧彈章之荐至，孰公議之敢私？爰正常刑，以警列位。端明殿學士、兼翰林侍讀學士、左朝散郎、知定州蘇軾，行污而醜正，學辟而欺愚，……覆出為惡，輒於書命之職，公肆誣罔之辭，……而用意之私，寔害前烈。……豈情理之可容，……宜竄遠服，……可特落端明殿學士、兼翰林侍讀學士，依前左朝奉郎知定州。〔註13〕

蘇軾不僅因高太后遲遲不肯還政於哲宗，又得到高太后的重用，這就讓哲宗把從高太后處隱忍已久的怨怒之氣，報復到蘇軾這個曾被高太后當做大唐賢臣魏徵來倚重的顯著目標身上，而不斷的貶謫蘇軾，終哲宗朝都是哲宗皇帝樂此不疲的重要施政，如在不到兩個月期間的同年六月甲戌，就再下〈蘇軾散官惠州安置制〉，把蘇軾從左朝奉郎削秩為「寧遠軍節度副使」，〔註14〕貶到中國禪宗六祖慧能開始弘法的原始化區的天涯——嶺南。

然而，有趣的是，此際被皇帝「散為百東坡」的蘇軾，不但沒有以被章惇指稱的擅國老姦的嘴臉，講出被哲宗信以為眞的懷私訕上的話，反而仍然以其超越之思，在十方法界中，現出「頃刻復在茲」的明覺身影，並不慌不忙的沿途飽參天人師而去，如在詔出之前的五月，向來就有自知之明的蘇軾，已預感到英州之貶，衹是個開端，而嶺南纔是將紹述黨人從中原清理出去的邊鄙，所以在〈僕所至未嘗出遊過長蘆聞復禪師病甚不可不一問既見則有間矣明日阻風復留見之作三絕句呈聞復並請轉呈參寥子各賦數首〉，其二就有具有預言性的說：

> 莫言西蜀萬里，且到南華一遊。〔註15〕

此時已年近花甲的蘇軾，既然已歸鄉路斷，然而，天涯無家，何妨像明僧普菴，在《普菴印肅禪師語錄》卷之二〈頌三門〉所說的那樣，稱性任運而行？普菴說：

> 和雲假宿烟霞榻，明日東西處處家。〔註16〕

〔註13〕 《宋大詔令集》，頁773。
〔註14〕 《宋大詔令集》，頁774。
〔註15〕 《蘇軾詩集合注》，下冊，頁1928。
〔註16〕 《卍續藏》，第六十九冊，頁401c。

　　蘇軾於是行到了中國禪宗六祖慧能，在唐高宗儀鳳二（677）年，首度陞座弘講「定惠〔慧〕等」法門的曹溪寶林寺，去參訪由宋太祖在「開寶八（975）年，准勅賜額，乃六祖大鑑禪師道場，爲嶺外禪林之冠」的宗門祖庭南華寺，〔註17〕而這等的願力所成就的具體事實，不能說是完全沒有感應道交的無稽之論。因爲蘇軾在貶逐的路上，既預說「且到南華一遊」，沒隔幾天的六月甲戌初五日，就被正中下懷的「散官惠州安置」，且在詔命急下的兩天後，蘇軾不僅沒有一般官員，臨老被貶窮荒絕境的憂傷，與有苦無處訴的憤懣怨怒，反而有魚歸江湖、鴻還霄漢適得其所的大自在，是以又賦〈六月七日泊金陵阻風得鍾山泉公書寄詩爲謝〉，有句云：

　　　　南行萬里亦何事？一酌曹溪知水味。〔註18〕

　　蘇軾在謫降的路上，心裏所存想的，不是與家人流離失所，以及自身可能就要從此客死他鄉的生別離苦的大悲哀，而是恰恰可以沿途順道參訪顒慕已久，且在野修真有成的諸多高僧大德，尋求印證自己等觀世出世法的修爲是否地道。可見蘇軾雖再度遭到政敵無情的譖愬，而被從中樞給哲宗永久掃地出門。然而，在蘇軾已自我磨礪到通達無礙的圓融法性上，不但一無滿懷冰炭的煎熬與凍餒之苦，有的祇是色身終於能從火宅中順利逸出，而得以日漸切近曹源水的清涼法樂，誠如憨山德清在《憨山老人夢遊集》卷第三十七〈山居示眾〉其十二所說：

　　　　炎炎火宅中，熱惱無迴避；

　　　　一念放下時，頓得清涼地。〔註19〕

　　就是「熱惱無迴避」，纔能以一片平懷，如實領受諸苦，而不以爲苦，並在「一念放下時」，從猶有諸微細惑的不以爲苦的連不以爲都放下的般若空境中，當體轉身，望向上一路的解脫道，把自己與政敵，及所有世情，自無端的牽繫中，給徹底的開釋出來。祇是這樣的開釋，是否與究竟義相如，是連蘇軾也要以精進般若波羅蜜多，再再確證是否如法。因此，以「泉萬卷」名動叢林的雲門宗僧「鍾山泉公」——建康府蔣山佛慧法泉禪師，便成爲蘇軾過嶺前首途參證的第一位大德了。據曉瑩《羅湖野錄・下》載：

　　　　蔣山佛慧泉禪師，叢林謂之泉萬卷。紹聖元年，東坡居士有嶺

〔註17〕　見載於《輿地紀勝》，卷九十，〈韶州〉，轉引自《蘇軾年譜》，下冊，頁1172。
〔註18〕　《蘇軾詩集合注》，下冊，頁1929。
〔註19〕　《卍續藏》，第七十三冊，頁732ᶜ。

外之行，舟次金陵，阻風江滸，既迎其至，從容語道，東坡遂問曰：
「如何是智海之燈？」

泉遽對以偈曰：
指出明明是甚麼？舉頭鷂子穿雲過，
從來這盆最希奇！解問燈人能幾箇？

東坡於是欣然，以詩紀其事曰：
今日江頭天色惡，砲車雲起風欲作；
獨望鍾山喚寶公，林間白塔如孤鶴。
寶公骨冷喚不譍〔聞〕！却有老泉來喚人；
電眸虎齒霹靂舌，為余吹散千峯雲。
南來萬里亦何事？一酌曹谿〔溪〕知水味；
佗〔他〕年若畫蔣山圖，仍作泉公喚居士。〔註20〕

泉復說偈送行曰：
腳下曹谿去路通，登堂無復問幡風；
好將鍾阜臨岐句，說似當年踏碓翁。

噫！東坡平生夷險一致，非與憂患爭者，不然，正當放浪嶺海
之時，豈能問智海燈耶？泉奮霹靂舌，為吹散千峯之雲，在東坡不
為無得也。〔註21〕

曉瑩的記載，可以當做這首蘇詩的本事來論析，關於蘇軾佛教文藝學涉
禪文本，有比較集中的說法，體現著蘇軾的佛學思想對宗門教下如同其對世
學所採取的治學態度那樣，都不離博綜該練的恢宏視域。

首先是「燈」這個譬喻，在蘇軾的提問中所具有的意義，在大乘佛教法
華學中，「燈」本來是釋迦牟尼佛的十號之一，具稱「日月燈明如來」，而在
玄奘譯《大般若波羅蜜多經》卷第四百六〈第二分善現品第六之一〉，尊者善
現告訴尊者舍利子說：

如來為他，宣說法要，與諸法性，常不相違，諸佛弟子，依所
說法，精勤修學，證法實性，由是為他，有所宣說，皆與法性，能

〔註20〕 〔聞〕等三字，係與《蘇軾詩集合注》不同的異文。
〔註21〕 《卍續藏》，第八十三冊，頁 386ᵃ。

不相違，故佛所言，如燈傳照。〔註22〕

在這裏，喻依所要顯明的喻體，則是學人所要證得的法性，亦即諸法之實相。至於在唐・西來僧般若譯的《大方廣佛華嚴經》卷第三十六，彌勒菩薩告訴善財童子說：

> 譬如一燈，入於闇室，百千年闇，悉能破盡，發起光明，普照一切；菩薩摩訶薩，菩提心燈，亦復如是，入眾生心，無明闇室，能滅無量百千萬億不可說劫積集一切諸業煩惱，種種障礙，發生一切大智光明。〔註23〕

彌勒菩薩進一步顯明了喻體的體性，具足「一切大智」，經說：「一切大智。」簡說為「一切智」，也就是如實了知一切世界、眾生界、有為、無為事、因果界趣的差別，及過去、現在、未來三世的唯佛能得的「一切種智」，亦即通稱的佛智。因此，當蘇軾問佛慧法泉禪師：「如何是智海之燈？」問的正是已步入老年的蘇軾，所最關切的終極問題，即出世解脫等佛如何可能的問題，而不是回到眉山故鄉，或再敘京官有沒有機會的世法問題，因為「智海」也是如來的名號之一，而智海如來所成就的佛國土，正是蘇軾所要前去的東南貶所，一如晉譯《大方廣佛華嚴經》卷第四〈如來名號品第三〉文殊師利菩薩說：

> 諸佛子！此世界東南，次有國土，名曰饒益，彼稱如來，……或號智海。〔註24〕

這一盞「智海之燈」，在盛宋時的中國東南，恰恰非自迦葉以來教外別傳的禪燈莫屬，當這一盞禪燈，傳到東土六祖之後，便在五祖弘忍的付囑之下南去了，並在此後，以祖祖分燈的方式開枝散葉，且綿歷至今，已一千四百年而不絕。一如不著撰人的《曹溪大師別傳》說：

> 能遂禮辭南行，忍大師相送已，却還東山，更無言說，諸門人驚怪問：「和上何故不言？」
>
> 大師告眾曰：「眾人散去，此間無佛法，佛法已向南去也。」
> 〔註25〕

其次是佛慧法泉禪師回答蘇軾說，你的問題就是你的答案，本來是既不

〔註22〕　《大正藏》，第七冊，頁29ᵃ。
〔註23〕　《大正藏》，第十冊，頁828ᵇ。
〔註24〕　《大正藏》，第九冊，頁420ᵃ。
〔註25〕　《卍續藏》，第八十六冊，頁50ᵇ。

用勘驗，也不用印證，當前這一盞燈，就是正在當前，以能觀的主體，起著疑情這個學人的法性，如果你不如此問，則無損於有情與無情，本來如此的法性，亦無益於有情與無情，本來如此的法性，祇因有情與無情，本來如此的法性，自無始以來，就明明白白的應緣示現著，祇不過被有情無始以來的無明給遮蔽了，以致慧眼未開的人道眾生，不但無法睹面相呈，縱使清清楚楚的指示給他看，以其不悟之故，所以也會當面磋過路頭，致令視若無睹，一如被宋僧賾藏主集在《古尊宿語錄》卷之四十二，法深述的《寶峯雲庵真淨禪師住筠州聖壽語錄一‧住洞山語錄》說：

> 洞山門下，八四九凸，交交加加、屈屈曲曲、崎崎嶇嶇、嵲嵲屼屼，水雲掩映，煙嵐重疊，一道直截，觀者遊者，十人九人，舉步早是迷却路頭也。〔註26〕

這就為蘇軾在七年後臨終前的最後一首遊戲三昧之作〈器之好談禪不喜游山山中筍出戲語器之可同參玉版長老作此詩〉，留下了「不怕石頭路」的伏筆。也就是說，我法泉告訴你，這一盞最希奇的法燈，正是與其他任何一盞燈一樣，都最尋常的燈，也是最尋常的禪燈，它就在任何人六根門頭的緣影中，如實俱在，祇要以明覺的能觀心，直截悟入所觀境，就能像始見於宋代而自祕府流出的失譯人譯《大梵天王問佛決疑經》卷下〈業識品第二十二〉所說的那樣：「轉凡夫法也，一超入聖位法也。」〔註27〕而能所俱融的，等是穿雲而過的鷁子，等是一切諸法即實相，等是佛智所證的真如，等是蘇軾繼十年前的元豐七（1084）年五月，四十九歲遊廬山時，在〈贈東林總長〉偈中所體達的「無情話」，所以早就明明白白的蘇軾，在表面看起來，似乎是多此一問之問，雖說不過是參學俗套罷了，但其深意，卻已完全浸沐在對曹溪法水的孺慕之中，並以此做為南行的終極指撝，因為蘇軾正要邁開步伐前往元祐八年六月壬申二十六日知定州之際寫的〈聞潮陽吳子野出家〉所說的「佛法無南北」的曹源而去，〔註28〕而其悟境之所證，設使還有一句多餘的話說，不過是一旦抵達參訪的目的地之後，甚麼都不用說，所以佛慧法泉禪師要蘇軾：「登堂無復問幡風。」然而，一如明僧通潤箋注南山律宗之祖，唐僧道宣所述的《妙法蓮華經‧弘傳序》而為《法華經大竅》所說：

〔註26〕 《卍續藏》，第六十八冊，頁278ᵃ。
〔註27〕 《卍續藏》，第一冊，頁438ᵃ。
〔註28〕 《蘇軾詩集合注》，中冊，頁1877。

　　　祇此一點疑情，却是開佛知見之種子也。所以云：「大疑大悟，
　　小疑小悟，不疑不悟。」〔註29〕

　　蘇軾之悟，是否即是透徹機先之悟，仍須在究竟理地上，上訴祖師西來
意，纔有著落。因此，佛慧法泉禪師應緣爲蘇軾開了一道權宜法門，既然你
蘇軾要問，就直接問六祖去，趁便幫我法泉臨別的「登堂無復問幡風」的贈
言，說予六祖聽，而這正是一個三方皆是故鄉人說家鄉話，祇有當事人纔能
分明曉了的話語。也就是說，你蘇軾既然明明知道，宗門根本法要是：「世間
出世間，此道無兩得。」〔註30〕却還要問我法泉「如何是智海之燈」，而且問
都問了，至於你的問題，也就是我的問題，我的問題，就是你的答案，而你
的答案，也就是踏碓翁當年央人寫在西壁上的答案：「佛性常清淨，何處有塵
埃？」所以蘇詩說鍾山泉公「爲余吹散千峯雲」，問題是在這世上，哪裏有無
雲的峯巒可得？既然沒有，那麼，「爲余吹散千峯雲」與「登堂無復問幡風」
的作畧，都是「仁者心動」，〔註31〕與北涼失譯人名譯《金剛三昧經・無相法

〔註29〕　《卍續藏》，第三十一冊，頁705ᵃ。
〔註30〕　《蘇軾詩集合注》，中冊，頁1877。
〔註31〕　關於風幡之說，不見於敦煌本《南宗頓教最上大乘摩訶般若波羅蜜經六祖惠
　　　　　能大師於韶州大梵寺施法壇經》、法海本《六祖壇經》，以及王維撰述的〈六
　　　　　祖能禪師碑銘〉等早期文獻，現有文獻依成立先後序爲：
　　　　一、唐・不著撰人，《曆代法寶記》說：「時印宗問眾人：『汝總見風吹幡于上
　　　　　頭，幡動否？』眾言：『見動。』或言：『見風動。』或言：『見幡動。』
　　　　　『不是幡動，是見動。』如是問難不定，惠能於座下立答：『法師！自是
　　　　　眾人妄想心動與不動，非見幡動，法本無有動不動。』法師聞說，驚愕
　　　　　忙然，不知是何言。」見《大正藏》，第五十一冊，頁183ᶜ。
　　　　二、唐・不著撰人，《曹溪大師別傳》說：「時，囑正月十三日懸幡，諸人夜
　　　　　論幡義。法師廊下隔壁而聽，初論幡者：『幡是無情，因風而動。』第二
　　　　　人難言：『風、幡俱是無情，如何得動？』第三人：『因緣和合故合動。』
　　　　　第四人言：『幡不動，風自動耳！』眾人諍論，喧喧不止。能大師高聲止
　　　　　諸人曰：『幡無如餘種動，所言動者，人者心自動耳！』印宗法師聞已，
　　　　　至明日講次欲畢，問大眾曰：『昨夜某房論義，在後者是誰？此人必稟承
　　　　　好師匠。』中有同房人云：『是新州盧行者。』法師云：『請行者過房。』
　　　　　能遂過房，法師問曰：『曾事何人？』能答曰：『事嶺北蘄州東山忍大師。』
　　　　　法師又問：『忍大師臨終之時云：「佛法向南。」莫不是賢者否？』能答：
　　　　　『是。』」見《卍續藏》，第八十六冊，頁50ᶜ。
　　　　三、五代南唐李璟保大十（952）年泉州招慶寺靜、筠二師編著，《祖堂集》
　　　　　卷二〈第三十三祖惠能和尚〉說：「印宗，是講經、論僧也。有一日，正
　　　　　講經，風雨猛動，見其幡動，法師問眾：『風動也？幡動也？』一個云：
　　　　　『風動。』一個云：『幡動。』各自相爭，就講主證明。講主斷不得，却

品第二》所說的「空心不動」，〔註32〕其動與不動，空與不空的結果，都是一致的。而能動的心與所動的法俱融的對應關係，恰恰是諸法緣影與實相當體一如的本地風光，是無始劫來的本來面目，是以釋曉瑩要讚歎蘇軾說：

> 噫！東坡平生夷險一致，非與憂患爭者，不然，正當放浪嶺海之時，豈能問智海燈耶？

第二節　蘇軾儒家行健思想對佛家精進波羅蜜多的深心轉移

　　蘇軾離開鍾山後，間關大庾嶺，終於在兩個月之後的仲秋八月，抵達韶州東北境的韶石山，但並不急著前往惠州貶所報到，而是以任運自適的出塵逸氣，朝著解脫境層層遞升，因而沿途所行處，處處洋溢著稱懷的法樂，大有隨緣蕩滌而步步生蓮之喜。因此，首途建封寺打尖，且在翌日清晨賦〈宿建封寺曉登盡善亭望韶石山三首〉，蘇軾不但沒有尋常遷客騷人的滿腹煩憂，反倒在登高極目江山形勝之際，對經畧中國有成，使中國成為上國衣冠的禮義之邦的黃帝、唐堯、虞舜、夏禹大加禮讚，並審視自己以謫降之身而流放，雖無法為中國再造麗日般炳耀千秋垂範萬古的利國功業，但並不因此就輕言喪志，是以其二尾聯云：

> 聖主若非真得道，南來萬里亦何為？〔註33〕

　　聖君賢主之道，從具體的行政面來看，即是經國濟民的方策，而身為宋廷官僚，卻已無法在事功上，再致君堯舜，這對儒生出身，且曾為中樞幸官

請行者斷。行者云：『不是風動，不是幡動。』講主云：『是甚麼物動？』行者云：『仁者自心動。』」見《祖堂集》，頁156。

四、宋・道原撰，《景德傳燈錄》卷第五〈第三十三祖慧能大師〉說：「至儀鳳元年丙子正月八日，居南海遇印宗法師於法性寺講《涅槃經》，師寓止廊廡間，暮夜風颺剎幡，聞二僧對論，一云：『幡動。』一云：『風動。』往復酬答，未曾契理，師曰：『可容俗流輒預高論否？直以風幡非動，動自心耳！』」見《大正藏》，第五十一冊，頁235ᶜ。

五、元僧宗寶在元世祖至元二十八（1291）年所糅編，《六祖大師法寶壇經・行由第一》說：「一日思惟：『時當弘法，不可終遁。』遂出至廣州法性寺，值印宗法師講《涅槃經》。時有風吹幡動，一僧曰：『風動。』一僧曰：『幡動。』議論不已。惠能進曰：『不是風動，不是幡動，仁者心動。』」見《大正藏》，第四十八冊，頁349ᶜ。

〔註32〕《大正藏》，第九冊，頁367ᵃ。

〔註33〕《蘇軾詩集合注》，下冊，頁1947。

的蘇軾來說，就人之常情而論，本應爲這等極爲不幸的遭遇，感到如喪考妣般的沈痛，或如喪家之犬因無處可依而發出嘯天吠地般的悲嗥。然而，所謂道者，或言形上，或言形器，就其上下週流、前後進退以觀，於不易與變易之理，曾無彊柔之殊，唯就此時已然謀國無方的老臣蘇軾而言，除了在藝術想像的審美創境中書寫和陶詩，並對荒蕪已久的三徑，寄予輕聲的喟歎之外，並沒有以受難者的身分，把自己裝點成清高的隱士形象，從而躲到深山老林中去與草木同腐朽，而是以儒臣的身分，繼續奉行孔子在《論語・泰伯第八》所說的吏隱聖教：

　　　天下有道則見，無道則隱。〔註34〕

　　　然而，還必須要同時看到的是，蘇軾儒家行健思想對佛家精進波羅蜜多的深心轉移，即要從等觀出世間之道，來等觀世人所不等觀的世間之道，進而等不等觀世出世間之道，在第一義諦上都是究竟之道。因此，清人馮應榴注曰：「兼自寓，言雖遭遷謫，亦可修道，不必有九死之慮也。」〔註35〕可見馮應榴在這兩句詩中，看出蘇軾對黃帝、堯、舜、禹禮讚的兩重旨，是在聯「南行萬里亦何事？一酌曹溪知水味」於前，合「聖主若非眞得道，南來萬里亦何爲」於中，繫〈月華寺〉詩「脫身獻佛意可料，一瓦坐待千金還」於後，〔註36〕而得出蘇軾的解脫道意。

　　　蘇軾在抵達南華祖庭之前，所願望的正是早日在定慧等的南禪法門中，把超越之思，給如法的最終落實下來，也就是在自除迷障的最後關楗上，還有待於六祖來把沈在法水中那一片瓦礫的殘影，從《六祖壇經》慧能大師所印可的佛智中，給徹底的鑭除，慧能說：

　　　菩提般若之知〔智〕，世人本自有之，即緣心迷，不能自悟，須
　　求大善知識，示道見性。善知識，遇悟成智。〔註37〕

　　　行者一旦能解迷去蔽，以般若波羅蜜多，自悟自家主翁本自六度具足，便能讓流落在妄識中像千足純金那樣不磨、不垢、不蔽、不染、不污的眞性，在因緣時至的頓悟當際，給適時如其本然的從能解脫者本自具足的覺性中，顯豁出成就終極解脫的功圓果滿本的來面目，並獲得證者的印證，如北涼・曇無讖譯《大般涅槃經》卷第五〈如來性品第四之二〉說：

〔註34〕　《十三經》，下冊，頁2031。
〔註35〕　《蘇軾詩集合注》，下冊，頁1947。
〔註36〕　《蘇軾詩集合注》，下冊，頁1948。
〔註37〕　《壇經校釋》，頁24。

如真金性，不雜沙石，乃名真寶，有人得之，生於財想。夫解脫性，亦復如是，如彼真寶，彼真寶者，喻真解脫，真解脫者，即是如來。……又解脫者，名曰爲入，如有門戶，則通入路，金性之處，金則可得，解脫亦爾，如彼門戶，修無我者，則得入中，如是解脫，即是如來。〔註38〕

因此，當蘇軾在〈月華寺〉賦詩「脫身獻佛意可料」之後，隨即自岑水場趨訪近在三十里的曹溪南華山，並賦〈南華寺〉詩云：

> 云何見祖師？要識本來面；
> 亭亭塔中人，問我何所見？
> 可憐明上座，萬法了一電；
> 飲水既自知，指月無復眩。
> 我本修行人，三世積經鍊；
> 中間一念失，受此百年譴。
> 摳衣禮真相，感動淚如霰；
> 借師錫端泉，洗我綺語硯。〔註39〕

就蘇軾佛教文藝學文本的書寫而論，李注案語說「通首皆六祖事」的〈南華寺〉詩，〔註40〕論者認爲可以說是蘇軾「寺觀類」作品的造極之作，根據蘇軾〈答周循〉詩云：「前生自是盧行者。」〔註41〕可見「通首皆六祖事」，也是通首皆蘇軾事。易言之，蘇軾是藉〈南華寺〉詩來自報自家去、來、今都是「我本修行人」的家門。唯需留神的是，根據玄奘在《八識規矩頌》中說，能於「去後來先作主公」的，正是「受熏持種根身器」的藏識，〔註42〕所以不能因詩人臨境借喻，就坐實說蘇軾自認爲自己就是六祖慧能的轉世，因爲做爲中國禪宗創宗者而等佛的六祖慧能，在遺著《六祖壇經》中，並沒有留下任何倒駕慈航再來閻浮提弘化的文記，而蘇軾之所以再來，無非在「受熏持種」的藏識「中間一念失」所致，爲顯明是義之故，論者認爲明僧憨山德清在《八識規矩通說》中的論述最精到，故不避辭費，特將全解錄入，憨山德清說：

〔註38〕《大正藏》，第十二冊，頁 392^c～395^a。
〔註39〕《蘇軾詩集合注》，下冊，頁 1950。
〔註40〕《蘇軾詩集合注》，下冊，頁 1949。
〔註41〕《蘇軾詩集合注》，中冊，頁 2027。
〔註42〕《卍續藏》，第五十五冊，頁 407^c～408^b。

浩浩三藏不可窮，淵深七浪境爲風，

受熏持種根身器，去後來先作主公。

此頌八識體、相、力、用也。浩浩者，廣大無涯之貌，謂藏識性海，不思議熏變，而爲業海，故此識體，廣大無涯，以具三藏義故，名爲藏識。三藏者，能藏、所藏、我愛執藏，以前七識，無量劫來，善惡業行，種子習氣，唯此識能藏；前七識所作，異熟果報，唯八識是所藏之處；由第七識，執此爲我，故云：「我愛執藏。」《〔成唯識〕論》云：

諸法於識藏，識於諸法爾，

更互爲果性，亦常爲因性。

積劫因果，不失不壞，故云：「不可窮。」本是湛淵之心，爲境風鼓動，故起七識波浪，造種種業。《〔楞伽阿跋多羅寶〕經》云：

藏識海常住，境界風所動。

洪波鼓冥壑，無有斷絕時，故云：「淵深七浪境爲風。」前七現行，返熏此識，以其體有堅住可熏性，故云：「受熏。」前七善惡種子，唯此識能持，又能持根身器界，一期令不散壞者，以是此相分，乃所緣之境故，以爲三界總報主，故死時後去，投胎先來，爲衆生之命根，故云：「作主公。」其實不知不死不生法身常住也，故《〔楞伽阿跋多羅寶〕經》云：「識藏，如來藏。」所謂：

如來藏〔自性清淨〕，轉三十二相，入〔於〕一切衆生身中。

故如來藏，有恒沙稱性淨妙功德。豈生死耶？今迷而爲藏識，亦具恒沙染緣力用，能一念轉變，則妙性功德，本自圓成，以眞妄覿體，故頌四句，歎其力用廣大也。〔註43〕

以蘇軾深自覺悟，自己仍未脫累世的藏識之迷，亦知藏識具有恒沙染緣的力用，所以在「摳衣禮眞相」的感動當際，要發出「借師錫端泉，洗我綺語硯」的懺悔之語，而這也正是蘇軾在俟後參訪南華重辯長老而賦〈卓錫泉銘并敘〉之故，其銘有句云：

祖師無心，心外無學。〔註44〕

〔註43〕《卍續藏》，第五十五冊，頁424[a~b]。
〔註44〕《蘇軾文集》，第二冊，頁566。

　　蘇軾所說的「無心」與「無學」，是對再也無迷可斷的終極蘄嚮，衹是未獲歷來評家青眼，致「通首皆六祖事」，也是通首皆蘇軾事的〈南華寺〉詩，不見應有的互文性發揮，就中僅有兩見，且後見以否證前見爲見，並全失之於浮泛。所言前見者，即紀昀在評點本《蘇文忠公詩集》卷三十八評說：

> 觸境寄慨，不同泛作禪語。此方是東坡遊南華寺詩，不可移撥
> 他人；是此時東坡遊南華寺詩，不可移撥他時。此爲詩中有人。
> 〔註45〕

　　紀昀認爲這一首蘇詩最重要的意義，全體現在左遷流人是其人，也正是其人，於其時被革往邊鄙，驅逐南下，而得以路過南華寺，纔會有其詩，而其詩之所以成爲其詩，僅在於寄寓遷人觸景生情的萬端感慨，但這樣的感慨，也衹有把它限定在蘇軾這樣的詩中人物的有我之境上，纔唱歎得出如此讓人不堪的鬱氣，要是用於譬況他人，或由他人來擬狀，乃至於書寫，則既失其人，又失其時，因而詩中對禪語的假藉，不過是爲了切題罷了，並沒有甚麼值得稱述的深刻道理。

　　也就是說，蘇軾筆下所及的涉佛文本，看在紀昀的眼中，都是爲了一個在此時分明存在的貶官，而在此地不得不出現的不得已，纔被硬生生借來表現自己是不幸的流人，所臨時拼搭起來的野臺布景，所以不能把它們當做眞正的主題來對顯，因爲蘇軾的命意，於此時此地，衹能以無從擺落的遷客之身，對自己的不幸遭遇，以詩中有一個心不甘情不願的流人所必備的執著立場，對之「觸境寄慨」，是以所觸之境，是否爲佛境，並不重要，重要的是一個從權力核心被鬬垮的官僚的眞實感慨，而這樣失魂落魄的感慨，要非常人在被鬬倒時，都應該具有的憤懣，與失意的怨怒之常情，那還會是甚麼呢？更何況蘇軾的悲哀，全在於因身分之故，而不得不隱忍與壓抑無處洩導的不平。

　　紀昀認爲這一首詩，應該從刺穿光風霽月的表象的反面來看，纔能看出被蘇軾刻意隱藏在文本背後對姦臣與哲宗不滿的殺頭牢騷。然而，蘇詩對六祖法教所表達的「感動」，與自我發露的內視，其慧眼所見，設使以這等沒有特定對象可施爲的情僞機心來「觸境寄慨」，那麼，蘇軾以其覺性奔赴萬里尋訪的解脫道意，並從世法中體現出世法的自我超越之思，及其對世法的等流

〔註45〕　《蘇軾資料彙編》，下編，頁 1964。

觀照，豈不成為一場惡意巧詐，而且是演技拙劣的詩學騙局？

　　祇是另一以否證紀昀之見為見的清人趙克宜的後見，不論就詩學審美藝術的創造表現，或蘇軾以詩的藝術形式稱意直抒所感的真正本懷而論，都比紀昀的看法，還要來得淺狹陋劣，趙克宜在《角山樓蘇詩評注彙鈔》卷十七說：

　　　　凡文人佞佛，而受遷謫者皆可用。〔註46〕

　　原來趙克宜對與佛學互文性的蘇詩，向來不是存而不論，就是存有預設立場，如評蘇軾的開悟詩〈贈東林總長老〉說：「起二語作偈甚佳，入詩不稱。」〔註47〕依《佛光大辭典》「偈」條說：「佛教之詩文稱為偈頌；偈即作詩，頌為作文之意。」〔註48〕更重要的是，蘇軾在詩的創作實踐上，也認為詩與偈是同一種文藝學體裁，如編在其文集「偈」類，與收在詩集中互見的「偈詩」，或言「詩偈」，就有〈南華老師示四韻事忙姑以一偈答之〉、〔註49〕〈東坡居士過龍光求大竹作肩輿得兩竿南華珪首座方受請為此山長老乃留一偈院中須其至授之以為他時語錄中第一問〉、〔註50〕〈王晉卿得破墨三昧又嘗聞祖師第一義故畫邢和璞房次律論前生圖以寄其高趣東坡居士既作破琴詩以記異夢矣復說偈云〉等等，〔註51〕然而，趙克宜在沒有任何文體義界的區辨與論析之下，便把詩偈兩分之，這無異於將〈贈東林總長老〉從詩學的藝術範疇給清理了出去，是以在評〈戲答佛印〉〔註52〕時說：「其實不足云詩也。」〔註53〕則是不能意會蘇軾以遊戲三昧假途文字作佛事所致，而如此一來，就不免要把蘇軾的學佛生命從八、九歲開始，推遲五十年到第一次被貶官後，纔成為不得不如此的佞佛意識，並以文人謫遷的事實，做為產生這重具有貶義意識的前提。

　　綜觀蘇軾所有與佛學互文性的文藝學文本而論，趙克宜的見地，與紀昀

〔註46〕　《蘇詩彙評》，下冊，頁1605。
〔註47〕　《蘇軾資料彙編》，上編，第四冊，頁1572。又，釋惠洪也認為〈贈東林總長老〉與〈戲贈虔州慈雲寺鑑老〉兩詩都是偈，參見《稀見本宋人詩話四種》，頁62～64。
〔註48〕　《佛光大辭典》，頁4383。
〔註49〕　《蘇軾詩集合注》，下冊，頁2255。
〔註50〕　《蘇軾詩集合注》，下冊，頁2261。
〔註51〕　《蘇軾詩集合注》，下冊，頁2455。
〔註52〕　又題〈戲答佛印偈〉，題與《蘇軾文集》，第二冊，頁648互見。
〔註53〕　《蘇軾資料彙編》，上編，第四冊，頁1572。

對中國佛教文學有意識的片面規避，本是沒有甚麼差別，如其有所不同，無非趙克宜硬是將佛教文學，與中國特有的貶謫文學，牽合到一齊，並畫上等號，祇是這與事實顯然不符，以其是一個通途所知的中國文學史上不證自明的問題，姑不置論，但論蘇詩所指涉的解脫義，及其終極關懷。

蘇軾一起筆便先行自我設問說：「云何見祖師？」這句詩乍看起來，不外詩人在臨境時，沒話找話說的喃喃自語，且因其完全違反中國傳統詩人，自《詩經》以降的以賦、比、興等書寫技藝歌詠所感所思的套路，因而顯得特別的突兀，祇是蘇軾何以要以提問法下手，便成為尋繹這首詩的真正意義者，所必須回答的問題。

仁宗嘉祐元（1056）年仲夏，年甫二十一歲的青年舉子蘇軾及其弟蘇轍，在父親蘇老泉的帶領下，於大雨中抵達京師汴梁，準備應進士試，而下榻位於馬軍橋東北方，設有大宋譯經重鎮傳法院與印經院的太平興國寺德香院，蘇軾當時雖然一門心思全放在子曰詩云的儒術上，以致無暇問津當時就出現在眼前的「要識本來面」的舟筏，究竟該如何航渡，如蘇轍在〈和子瞻宿臨安淨土寺〉詩追記云：

> 昔年旅東都，局促吁已厭；
> 城西近精廬，長老一時覷。
> 每來獲所求，食飽山茶釅；
> 塵埃就湯沐，垢膩脫巾韝。
> 不知禪味深，但取飢腸饜。〔註54〕

也就是說，蘇軾昆仲當年所在意的事，表面看起來，祇是在攻書的渴乏之際，但知向時時來關心的老僧索茶與食，並在疲乏時泡湯養神，而不知洋溢在精廬中的禪味所透發出來的深義，更對蘇軾在三十一年後，任翰林學士時所追記的〈興國寺浴室院六祖畫贊并敘〉所說的「浴室之南有古屋，東西壁畫六祖像」的慧能，〔註55〕雖睹面分明，但在心地上還不到感應道交的田地，祇是止宿佛教道場的緣影，一旦攝入「年八九歲時」，就「嘗夢其身是僧」的阿賴耶識中，有朝一日，因緣時至，就會自然而然的萌動，更何況當時為應試而對六祖法相似乎不曾上心的蘇軾，事實上已在禮瞻的同時，早將歷歷的形象，影寫到心版上了，如〈興國寺浴室院六祖畫贊〉說：

〔註54〕《蘇轍集》，第一冊，頁70～71。
〔註55〕《蘇軾文集》，第二冊，頁622。

稽首六師，昔晦今明。

不去不來，何增何損？

俯仰屈信，三十一年。

我雖日化，其孰能遷之？〔註56〕

〈六祖畫贊〉作於蘇軾五十二歲時，逆推三十一年，蘇軾纔二十一歲，這說明了蘇軾有意識的皈信佛教，是自青年時代就確定下來的，或者說自「我本修行人」的久遠劫以前就確定下來的，而且是不動不搖的「其孰能遷之」的深心堅信。因此，蘇軾總是不斷的在詩文中，確認自己以及與自己相應的人，都是乘願來去的再來人身分，如〈將往終南和子由見寄〉詩云：

終朝危坐學僧趺。〔註57〕

〈將之杭州戲贈莘老〉詩云：

鬖絲祇可對禪榻。〔註58〕

〈刁景純席上和謝生二首〉其一詩云：

願化天人百億軀。〔註59〕

〈和黃魯直食筍次韵〉詩云：

一飯在家僧。〔註60〕。

〈送金山鄉僧歸蜀開堂〉詩云：

我非箇中人，何以默識子？〔註61〕

〈龜山辯才師〉詩云：

何當來世結香火。〔註62〕

〈寄吳德仁兼簡陳季常〉詩云：

在家學得忘家禪。〔註63〕

〈和蔣發運〉詩云：

此身真佛祖。〔註64〕

〔註56〕《蘇軾文集》，第二冊，頁622。
〔註57〕《蘇軾詩集合注》，上冊，頁166。
〔註58〕《蘇軾詩集合注》，上冊，頁374。
〔註59〕《蘇軾詩集合注》，上冊，頁527。
〔註60〕《蘇軾詩集合注》，中冊，頁1120。
〔註61〕《蘇軾詩集合注》，中冊，頁1208。
〔註62〕《蘇軾詩集合注》，中冊，頁1219。
〔註63〕《蘇軾詩集合注》，中冊，頁1270。
〔註64〕《蘇軾詩集合注》，中冊，頁1353。

〈去杭州十五年復遊西湖用歐陽察判韵〉詩云：

> 我識南屏金鯉魚，重來拊檻散齋餘；
>
> 還從舊社得心印，似省前生覓手書。〔註65〕

〈介亭餞楊傑次公〉詩云：

> 在家頭陀無爲子，久與青山爲昆弟。〔註66〕

〈書破琴詩後並引〉詩云：

> 此身何物不堪爲，逆旅浮雲自不知；
>
> 偶見一張閒故紙，便疑身是永禪師。〔註67〕

〈次韵致政張朝奉仍招晚飲〉詩云：

> 我本三生人，疇昔一念差。〔註68〕

〈憶江南寄純如五首〉其五詩云：

> 老身將伴僧居。〔註69〕

〈次韵聰上人見寄〉詩云：

> 前生本同社。〔註70〕

〈南華寺〉詩云：

> 我本修行人。〔註71〕

〈次韵定慧欽長老見寄八首〉其一詩云：

> 我是小乘僧。〔註72〕

〈答周循〉詩云：

> 前生自是盧行者。〔註73〕

〔註65〕 《蘇軾詩集合注》，中冊，頁1556。
〔註66〕 《蘇軾詩集合注》，中冊，頁1620。
〔註67〕 《蘇軾詩集合注》，中冊，頁1686。
〔註68〕 《蘇軾詩集合注》，中冊，頁1744。
〔註69〕 《蘇軾詩集合注》，中冊，頁1818。
〔註70〕 《蘇軾詩集合注》，下冊，頁1915。
〔註71〕 《蘇軾詩集合注》，下冊，頁1950。
〔註72〕 《蘇軾詩集合注》，下冊，頁2001。
〔註73〕 《蘇軾詩集合注》，中冊，頁2027。
又，鍾振振在宋人何薳撰的《春渚紀聞》的「校點說明」說：「其父去非，字正臣，以知兵，於神宗元豐、哲宗元祐間任武學博士，奉旨校正古代兵書。又以文章受知於蘇軾，嘗爲表薦於朝。」因此，論者認爲《春渚紀聞》卷六之所以賦題〈東坡事實〉，與蘇、何兩家爲世交論，當具有高度的傳信性，在第二十一則「寺認法屬黑子如星」，何薳說：「錢塘西湖壽星寺老僧則廉言：『先

　　蘇軾自我確證的最終答案，是「前生自是盧行者」，那麼，要在今生識取當生「不去不來」的「本來面」，何難之有？剋實而論，對於一個再來人而以習染文字說出來，反而是頭上安頭，多此一舉。然而，蘇軾在方便法上，如此做的前提，恰恰是早已了達權、實在本質上本來就是說即無所說的實相之法，亦即龍樹在《中論》卷第一〈觀因緣品第一〉所說的「不生亦不滅，不常亦不斷，不一亦不異，不來亦不出」，〔註74〕離生滅法的第一義，所以「不去不來」的「本來面」，龍樹在《中論》卷第三〈觀法品第十八〉確證說：

> 諸法實相中，無我無非我，
> 諸法實相者，心行言語斷。
> 無生亦無滅，寂滅如涅槃，
> 一切實非實，亦實亦非實。
> 非實非非實，是名諸佛法，
> 自知不隨他，寂滅無戲論。
> 無異無分別，是則名實相，
> 若法從緣生，不即不異因。
> 是故名實相，不斷亦不常，
> 不一亦不異，不常亦不斷。〔註75〕

　　這是蘇軾在信、解上，已然具備的慧見，祇是在行、證上，還沒有到位，所以在當生的沈浮中，相望於究竟解脫，仍然差它一步。

　　至於「本來面」具云「本來面目」，也就是眾生在證悟當際現前的本具心性，當然，眾生即使不悟，與生具足的「本來面」仍依舊在，就像慧能在〈得法偈〉所說的「身爲明鏡臺，明鏡本清淨」，祇是本來清淨的明鏡，總是在妄

生作郡倅日，始與參寥子同登方丈，即顧謂參寥曰：「某生平未嘗至此，而眼界所視，皆若素所經歷者。自此上至懺堂，當有九十二級。」遣人數之，果如其言。即謂參寥子曰：「某前生，山中僧也。今日寺僧，皆吾法屬耳。」後每至寺，解衣盤礴，久而始去。』」《宋元筆記小說大觀》，第三冊，頁2349、2422。

又，蘇軾在元祐四（1089）年上哲宗〈舉何去非換文資狀〉說：「嘗見其所著述，材力有餘，識度高遠，其論歷代所以興廢成敗，皆出人意表，有補於世。……欲望聖慈，特與換一文資，仍令充太學博士，以率勵學者，稍振文律，庶幾近古。」《蘇軾文集》，第三冊，頁837。

〔註74〕　《大正藏》，第三十冊，頁1^b。
〔註75〕　《大正藏》，第三十冊，頁24^a。

識的流轉中，以不被覺知的無始無明給遮蔽了，致使滿面塵埃，而無從證顯本來清淨的鏡體，自始以來都是如如俱在的。因此，在未覺知之前，就有必要在權法上，給予方便的津航，如西晉‧西來僧竺法護譯《生經》卷第四《佛說無懼經第三十二》說：「法為舟船，度諸未度。」〔註76〕或如唐譯《方廣大莊嚴經》卷第六〈出家品第十五〉說：「我於是中，繕修六度，以為船筏，智為舟檝，信作堅牢，自既濟已，復當攝取，一切眾生，令到彼岸。」〔註77〕可見蘇軾以提問法破題之問，本非僅止於為「中間一念失」的自己而問，還為普天下的「可憐明上座」而問。然而，若就實法而論，當如明曹洞宗僧覺連重集《銷釋金剛經科儀會要註解》卷第七所說：

> 若是參禪，洞明本地風光，得見本來面目，即是參而不參之効
> 驗，所謂「渡河須用筏，到岸不須船」也。〔註78〕

這說明了蘇軾早就已經在法義上，識得徹證自家本地風光的究竟指撝，祇要船一靠岸，就可捨筏而去，是以如今雖間關高山遠水南來「盧行者」已成就佛位的祖庭，尋求在當生的印可，正是稽首佛性本來如此的「參而不參」，所以當迄今仍以金剛不壞身示現在南華祖庭的「塔中人」，問這一世的「盧行者」何所見，問的便是多此一問的：祖意於今如何？

要之，「塔中人」是宋代宗門特有的參禪話頭，是蘇詩與宗門語的互文性，在身亦為宗門中人的證見上的體現，如《景德傳燈錄》卷第二十〈青原山行思禪師第六世‧前洪州雲居山道膺禪師法嗣‧洪州鳳棲山同安丕禪師〉傳載：

> 僧曰：「如何是塔中人？」
> 師曰：「今日大有人從建昌來。」〔註79〕

再如宋僧大慧宗杲，在《正法眼藏》卷第一之上，載僧問圓照和尚說：

> 「如何是塔中人？」
> 曰：「竟日不干清世事，長年占斷白雲鄉。」〔註80〕

次如宋鎮國軍節度使李遵勗，在《天聖廣燈錄》卷第十五〈汝州風穴山延昭禪師〉載：

〔註76〕《大正藏》，第三冊，頁94^c。
〔註77〕《大正藏》，第三冊，頁575^b。
〔註78〕《卍續藏》，第二十四冊，頁724^c。
〔註79〕《大正藏》，第五十一冊，頁362^a。
〔註80〕《卍續藏》，第六十七冊，頁566^b。

進云：「如何是塔中人？」

師云：「萎華風掃去，香水雨飄來。」〔註81〕

又如宋僧希叟紹曇，在《五家正宗贊》卷第二〈南院顒禪師〉傳載：

曰：「如何是塔中人？」

曰：「頭不梳，面不洗。」〔註82〕

至於宋僧佛國惟白在《建中靖國續燈錄》卷第二〈對機門・盧陵清原山行思禪師第八世・韶州雲門山文偃匡眞禪師法嗣・成都府香林澄遠禪師〉傳亦載：

僧曰：「如何是塔中人？」

師云：「鼻孔三斤稱不起。」〔註83〕

最後宋僧普濟，在《五燈會元》卷第十一〈南嶽下六世・興化獎禪師法嗣・汝州南院慧顒禪師〉傳又載：

曰：「如何是塔中人？」

師曰：「退後！退後！」〔註84〕

從這些廣行於宋代宗門的話頭中，可以明顯看出，學人所問的都是一樣的問題，即「本來面目」究竟是甚麼？也是「如何是祖師西來意」的祖意，究竟是甚麼的「笨」問題，因此，學人所問，在表象上看來，雖然都是實相的本質如何當體證入的大哉問，祇是不同的禪師，在對應不同根器的學人與提問機宜時，所顯明給學人覺照的所觀境，卻都一律以具體展現在學人六根門頭的諸法，爲截斷擬議即乖的進路，所以給出表面看起來似乎都不是答案的答案，如說「今日大有人從建昌來」、「竟日不干清世事，長年占斷白雲鄉」、「萎華風掃去，香水雨飄來」、「頭不梳，面不洗」、「鼻孔三斤稱不起」、「退後！退後」，祇是這些可以無窮盡應機唾手舉證的諸法，就邏輯元思維來諦觀，本來就不必然如此，亦不必然如彼的不是答案的答案，設使學人能在一問一答的當際，體悟它就是當下直了的答案，就是從「念是眞如之用」所開抉的「眞如是念之體」，那麼，原來已無所問，亦無需再問甚麼是「本來面目」的「塔中人」六祖，問蘇軾「我何所見」，便成爲蘇軾用矛盾句法讓自己站在解脫境上，並以阿耨多羅三藐三菩提心，用多此一問之問，代替如

〔註81〕《卍續藏》，第七十八冊，頁 489^c。

〔註82〕《卍續藏》，第七十八冊，頁 586^b。

〔註83〕《卍續藏》，第七十八冊，頁 649^c。

〔註84〕《卍續藏》，第八十冊，頁 236^c。

同「可憐明上座」般未悟的眾生而問，如《景德傳燈錄》卷第二十五〈吉州青原山行思禪師第九世上‧金陵清涼文益禪師法嗣上‧天臺山德韶國師〉傳載：

> 盧行者當時大庾嶺頭為明上座言：「莫思善、莫思惡，還我明上座本來面目來。」〔註85〕觀音今日不恁麼道：「還我明上座來！」恁麼道不是曹谿子孫，若是曹谿子孫，又爭合除却四字。〔註86〕

祇有把急急於有所求索的「要識本來面」的願望，在求索的當際，給予徹底破除，纔有可能從頓悟一路，自「見、聞、覺、知」的妄情上，悟入「內於第一義而不動」的諸法即實相、即諸法實相而如如不動的第一義諦，而這也正是除却煩惱塵垢後，在相喻上於義自當如是顯現的清淨鏡體——心體，是以慧能在《六祖壇經》中，如是申詳南宗的頓教法門說：

> 善知識！我此法門，從上已來，頓漸皆立無念為宗，無相為體，無住為本。何名無相？無相者，於相而離相；無念者，於念而不念；無住者，為人本性，念念不住，前念、今念、後念，念念相續，無有斷絕；若一念斷絕，法身即離色身。念念時中，於一切法上無住，一念若住，念念即住，名繫縛；於一切法上，念念不住，即無縛也。此是以無住為本。
>
> 善知識！外離一切相，是無相；但能離相，性體清淨。此是以無相為體。於一切境上不染，名為無念；於自念上離境，不於法上生念。若百物不思，念盡除却，一念斷即死，別處受生。學道者用心，莫不思法意。自錯尚可，更勸他人迷，不自見迷，又謗經法。是以立無念為宗。即緣迷人於境上有念，念上便起邪見，一切塵勞

〔註85〕這一段軼事後來在元僧宗寶糅寫的《六祖大師法寶壇經‧行由第一》中被竄入經文，具云：「惠能辭違祖已，發足南行。兩月中間，至大庾嶺（五祖歸，數日不上堂。眾疑，詣問曰：『和尚少病少惱否？』曰：『病即無，衣法已南矣。』問：『誰人傳授？』曰：『能者得之。』眾乃知焉）。逐後數百人來，欲奪衣鉢。一僧俗姓陳，名惠明，先是四品將軍，性行麤慥，極意參尋。為眾人先，趁及惠能。惠能擲下衣鉢於石上，云：『此衣表信，可力爭耶？』能隱草莽中。惠明至，提掇不動，乃喚云：『行者！行者！我為法來，不為衣來。』惠能遂出，坐盤石上。惠明作禮云：『望行者為我說法。』惠能云：『汝既為法而來，可屏息諸緣，勿生一念。吾為汝說。』明良久。惠能云：『不思善，不思惡，正與麼時，那箇是明上座本來面目？』惠明言下大悟。」《大正藏》，第四十八冊，頁349^b。

〔註86〕《大正藏》，第五十一冊，頁417^b。

妄念，從此而生。然此教門，立無念爲宗。世人離見，不起於念，若無有念，無念亦不立。無者無何事？念者念何物？無者，離二相諸塵勞；眞如是念之體，念是眞如之用。自性起念，雖即見、聞、覺、知，不染萬境，而常自在。《維摩經》云，外「能善分別諸法相」，內「於第一義而不動」。〔註87〕

第三節　佛學意識與文藝創作應緣開顯的兼容精神與繁複格調

蘇軾在紹聖元年孟冬抵達惠州，不僅沒有尋常京官從權力核心謫宦天涯頓失榮華富貴的哀怨，也沒有流人顚沛萬里深入滿蠻貊邊荒的倉皇，是以一到貶所反而有回到故鄉的感覺，而賦〈十月二日初到惠州〉詩云：

> 彷彿曾遊豈夢中？欣然雞犬識新豐；
>
> 吏民驚怪坐何事？父老相攜迎此翁。
>
> ……
>
> 嶺南萬戶皆春色，會有幽人客寓公。〔註88〕

這首詩體現了蘇軾的令譽，非特早已上揚北遼、聳動高麗、傳諸日本，還南播獷獠、風靡吏民，並在紹聖二（1095）年仲夏，賦〈四月十一日初食荔支〉詩云：

> 人間何者非夢幻，萬里南來眞良圖。〔註89〕

詩意體達了南遷之事，其來何晚也的輕歎，和終於平安來到的寬慰。又在紹聖三（1096）年仲夏，賦〈食荔支二首并引〉其二云：

> 羅浮山下四時春，盧橘楊梅次第新；
>
> 日啖荔支三百顆，不辭長作嶺南人。〔註90〕

身爲官僚而一旦從儒術報國失路的世網中穎逸而出，嶺南，乃至於任何地方，都是安身立命的淨土，是以在當年仲秋三日，葬侍妾朝雲於「棲禪寺松林中」後，〔註91〕賦〈縱筆〉詩云：

〔註87〕　《壇經校釋》，頁31～32。
〔註88〕　《蘇軾詩集合注》，下冊，頁1965。
〔註89〕　《蘇軾詩集合注》，下冊，頁2027。
〔註90〕　《蘇軾詩集合注》，下冊，頁2066。
〔註91〕　《蘇軾詩集合注》，下冊，頁2080。

白頭蕭散滿風霜，小閣藤牀寄病容；

報到先生春睡美，道人輕打五更鐘。〔註92〕

色身雖不免時有四大違和，然而，心地的自在與安詳，使春睡都透著閑雅優容的氣象。至於未幾又賦〈丙子重九二首〉其一云：

三年瘴海上，越嶠眞我家。〔註93〕

如其在家鄉的大自在，要非《心經》所說的「無罣礙故，無有恐怖，遠離顛倒夢想」〔註94〕，何由圓滿如斯？

蘇軾這種當相解脫的境界，與被蘇軾在〈潮州韓文公廟碑〉極贊以「文起八代之衰，而道濟天下之溺」的韓愈，〔註95〕在憲宗元和十四（819）年正月，因上〈論佛骨表〉，以致被立即貶爲潮州刺史的心理狀態，可以說是完全不同心性的兩極反應。韓愈一離開京師長安之後，沿路都沒有一句讓自己也讓他人感到舒坦的好話，即使如同蘇軾那樣經過創造活動的淘練，還是沒有被淨化下來，並昇華成爲一種內省的自覺。因此，在一千兩百年之後的今天讀來，仍教人感到走在貶謫之路上的韓愈，以其特有的張皇與不安的迫促氛圍，當頭迎面撲襲而來。韓愈在貶途上所作的第一首詩〈左遷至藍關示姪孫湘〉即云：

一封朝奏九重天，夕貶潮州路八千；

……

雲橫秦嶺家何在？雪擁藍關馬不前；

知汝遠來應有意，好收吾骨瘴江邊。〔註96〕

這是朝在雲端，夕墜泥途，因爲是皇帝將其踹下之故，致令不敢哀號出聲的巨痛，亦且是進退失據，並自分必死的遺言。第二首詩〈武關西逢配流吐蕃〉再云：

嗟爾戎人莫慘然，湘南地近保生全；

我今重罪無歸望，直去長安路八千。〔註97〕

身爲宰官，沒有勉旃戍卒在風雪中萬里赴戎機守土衛國的辛勞，也就罷

〔註92〕《蘇軾詩集合注》，下冊，頁2081。
〔註93〕《蘇軾詩集合注》，下冊，頁2081。
〔註94〕《大正藏》，第八冊，頁848ᶜ。
〔註95〕《蘇軾文集》，第二冊，頁509。
〔註96〕錢聯學集釋，《韓昌黎詩繫年集釋》，《韓昌黎集》，頁486。
〔註97〕《韓昌黎詩繫年集釋》，頁487。

了，還羨慕起「戎人」尚可「保生全」，以便反證自己的必死無疑，而從「戎
人」開拔前往邊界佈防的「慘然」士氣看來，似乎都是一些貪生怕死之徒，
而這就又加深了自己畏死的恐懼。第五首詩〈食曲河驛〉亦云：

> 晨及曲河驛，悽然自傷情；
>
> ……
>
> 而我抱重罪，子子萬里程；
>
> ……
>
> 殺身諒無補，何用答生成？〔註98〕

這是以迂迴的筆路，用曲折宛轉的詩學文本，抱怨憲宗對其流放的不滿，
結局還是導向有去無回的必死之地。第八首詩〈瀧吏〉則藉「瀧頭吏」之口
代云：

> 下此三千里，有州始名潮。
>
> 惡溪瘴毒聚，雷電常洶洶。
>
> 鱷魚大於船，牙眼怖殺儂。
>
> 州南數十里，有海無天地。
>
> 颶風有時作，掀簸真羞事。
>
> ……
>
> 胡為此水邊，神色久懍慌？
>
> ……
>
> 不知官在朝，有益國家不？〔註99〕

韓愈在路上走了六十天，尚走不到還遠在三千里之外的貶所，而那種愈
向邊荒接近，卻愈抵達不到的身心煎熬，終於忍不住開口問「瀧頭吏」，潮州
究竟在哪裏？那裏的情況又如何？祇是「瀧頭吏」所描述的潮州，不但是萬
毒之鄉，甚且還是令人恐怖的瘴癘淵藪，雖然韓愈強自鎮定的說：「潮州雖云
遠，雖惡不可過。於身實已多，敢不持自賀？」〔註100〕但這祇能從另一個側
面，折射出韓愈用力壓抑在內心深處，既巨大且無以名狀的痛苦，並不能把
困頓的生命，從深沈的絕望中，有效的銷釋出來，進而以隨緣卷舒的容與意
緒，以超越之思，把心性朝向自由自在的境界，昇華而去，是以相望於蘇軾

〔註98〕　《韓昌黎詩繫年集釋》，頁 488～489。
〔註99〕　《韓昌黎詩繫年集釋》，頁 492～493。
〔註100〕　《韓昌黎詩繫年集釋》，頁 494。

的沿途尋師訪道，爲最終證入第一義諦，而再三向曹溪祖庭致意，其究竟歸趣，何啻霄壤之隔！

蘇軾在貶所以任運之思寫〈縱筆〉詩云：「報到先生春睡美，道人輕打五更鐘。」自紹聖元年十月，迄三年仲秋的此時，遠遠脫離權力鬥爭始終無窮無盡的汴梁，蘇軾已在惠州安居兩年又十個月。然而，如此安詳自適的貶宦生活，並沒有逃過執政章惇必欲置諸絕地而後快的耳目，而以其居然能如此安穩自在爲口實，給予繼續加罪追勦，宋人曾季貍在《艇齋詩話》說：

> 東坡〈海外上梁文口號〉云：「爲報先生春睡美，道人輕打五更鐘。」章子厚見之，遂再貶儋耳，以爲安穩，故再遷也。〔註101〕

據《長編拾補》卷十四「哲宗紹聖四年閏二月甲辰」條載：

> 詔：「寧遠軍節度副使、惠州安置蘇軾，責授瓊州別駕，移送昌化軍安置。」〔註102〕

蘇軾於是在六十二歲高齡時，再從天涯被貶到海角。事實上，自哲宗起用章惇爲「紹述」執政以來，以各種罪狀，持續清理元祐黨人的動作，不僅始終沒有停止過，而且勢如燎原野火，愈燒愈烈，凡與蘇軾等，涉入元祐更化有關的大小官僚，都被一貶再貶，乃至於貶死邊鄙而後已。然而，以蘇軾的佛學修爲而論，蘇軾並不以爲章惇的舉動是障道因緣，反而是有爲法的增上緣，如梁‧西來僧曼陀羅仙共僧伽婆羅譯《大乘寶雲經》卷第五〈安樂行品第五〉，世尊告訴降伏一切障礙菩薩摩訶薩說：

> 云何觀察於心念處而安樂住？菩薩摩訶薩作是思惟：「是心顛倒，無常常想，苦生樂想；於無我法，而作我想；於不淨中，而作淨想。躁動易轉，一念不住，爲諸煩惱，而作根本。長爲眾生，開三塗門，爲諸苦惱，而作因緣。能閉善道，能爲發起，貪、瞋、癡等，爲一切法，作增上緣。一切諸法，心爲上首，若知於心，則能得知，一切諸法，心能盡作，一切世間，種種色像，唯心見心，唯心造業，若善不善，唯心輪轉，無暫休息，猶若火輪，唯心奔逸，猶如惡馬，唯心能燒，猶如野火，唯心潤生，猶若大（疑脫一字）。如是觀察，住心念處，則便能得，不隨於心，能爲心師；以心師故，則能得爲，一切法師。若能於心，得自在者，則於諸法，而得

〔註101〕 丁福保輯，《歷代詩話續編》，上冊，臺北，木鐸出版社，民72，頁310。
〔註102〕 《長編拾補》，第二冊，頁560。

自在。」〔註103〕

蘇軾繼續在別人眼光中不堪忍受的困境裏，以其超越之思的大自在，假藉不免帶有習染特質的文藝學文本，在藝術的審美創造中，隨所應機宜的書寫著，是以接著〈丙子重九〉後賦〈次韵子由所居六詠〉詩，其四有句云：

　　　蕭然行腳僧，一身寄天涯。〔註104〕

〈吳子野絕粒不睡過作詩戲之芝上人陸道士皆和予亦次其韵〉詩，有句云：

　　　聊爲不死五通仙，終了無生一大緣；

　　　……

　　　憐君解比人間夢，許我時逃醉後禪。〔註105〕

在紹聖四（1097）年，自惠州謫昌化軍的路上，仍賦〈和陶止酒〉詩，有句云：

　　　子室有孟光，我室惟法喜。〔註106〕

同年季夏抵儋耳貶所後，作〈和陶和劉柴桑〉詩，有句云：

　　　且喜天壤間，一席亦吾盧。〔註107〕

〈入寺〉詩云：

　　　曳杖入寺門，輯〔揖〕杖挹世尊；

　　　我是玉堂仙，謫來海南村。

　　　多生宿業盡，一氣夜中存；

　　　且隨老鴉起，飢食扶桑暾。

　　　光圓摩尼珠，照耀玻瓈盆；

　　　來從佛印可，稍覺魔奔忙。

　　　閒看樹轉午，坐到鐘鳴昏；

〔註103〕　《大正藏》，第十六冊，頁266ᵃ。
〔註104〕　《蘇軾詩集合注》，下冊，頁2085。
　　　　　又，〈與曹子方〉第三簡說：「見今全是一行腳僧。」《蘇軾文集》，第四冊，頁1775。
　　　　　〈與王庠〉第一簡亦說：「軾少時本欲逃竄山林，父兄不許，迫以婚宦，故汩沒至今。南遷以來，便自處置生事，蕭然無一物，大暑似行腳僧也。」《蘇軾文集》，第五冊，頁1820。
〔註105〕　《蘇軾詩集合注》，下冊，頁2086。
〔註106〕　《蘇軾詩集合注》，下冊，頁2108。
〔註107〕　《蘇軾詩集合注》，下冊，頁2118。

斂收平生心，耿耿聊自溫。〔註108〕

〈次韵子由浴罷〉詩，有句云：

《楞嚴》在牀頭，妙偈時仰讀；

返流歸照性，獨立遺所矚。〔註109〕

〈謫居三適〉其三〈午窗坐睡〉詩，有句云：

謂我此爲覺，物至了不受；

謂我今方夢，此心初不垢。〔註110〕

元符元（1098）年，作〈和陶王撫軍坐送客〉詩，有句云：

莫作往來相，而生愛見悲。〔註111〕

從上舉這些例句中，可以清晰的反應出，蘇軾的身心安頓方式，如同佛學意識自從成爲其生命意識，並自覺或不自覺的自其自性中流露出來，亦且成爲與任何階段的人生遭際，與文藝學創作相適應的種種表現，都具有應緣而隨順開顯的特質，如蘇軾在〈答南華辯老〉第三簡說：「某到貶所已半年，凡百隨緣，不失所也。」〔註112〕因而沒有在心理上固滯化成某種特定的刺激——反應模式，而形成任何形式的慣性反應與執著，諸如最難破除的法執，所以與其藝術上的審美創造一致，隨時都表現出活潑駘蕩的氣象，而與其既是富貴中人，又是道中人的人格特質，共構成獨屬蘇軾特有的兼容精神與繁複格調。因此，有其「不去不來，何增何損」，與「其孰能遷之」的「外能善分別諸法相」，及「內於第一義而不動」的根本原則，也有當機當相朝向上一路，於二六時中，不斷精進的變通達道。

也就是說，縱任在諸法上，不免時有「中間失一念」的塵埃，自外來遮覆的現象發生。然而，就實相而論，那在刹那刹那間遷流不已的「念念不住」之念，祇要在「應無所住而生其心」的信念中，以赤裸裸、淨灑灑的心地，分明覺照之、遮撥之，便再也沒有任何微細惑的繫縛可執著，那麼，念的當體，也就無疑是「性體清淨」所同時體現的「本來面」的清淨性體，就像影與鏡的關係那樣，一任佛來佛現、魔來魔現的緣起法流，去隨緣任運，而了無歡喜與驚懼的罣礙，如此一來，在「靜故了羣動，空故納萬境；閱世走人

〔註108〕《蘇軾詩集合注》，下冊，頁2132～2133。
〔註109〕《蘇軾詩集合注》，下冊，頁2138。
〔註110〕《蘇軾詩集合注》，下冊，頁2143。
〔註111〕《蘇軾詩集合注》，下冊，頁2171。
〔註112〕《蘇軾文集》，第五冊，頁1872。

間，觀身臥嶺雲」的圓融空境中「春睡」，焉能不在童子純淨無染的眼眸中，呈現出莊嚴的清淨之美呢？

　　當章惇以肉眼看不得蘇軾大安穩的靜美睡相，[註113] 進而慫恿哲宗，再把蘇軾望地之角的儋耳，遠遠的驅逐出中國大陸，所驅逐的並不是一個在仁宗嘉祐四（1059）年，二十四歲時，母喪除服後，第一次自故鄉眉山再赴京授官之際，舟次長江瞿塘峽之前，即衝口賦〈夜泊牛口〉詩云「人生本無事，……甘與麋鹿友；置身落蠻荒，生意不自陋」[註114] 的貶官，而是在舟過巫峽後，即賦〈出峽〉詩云「吾心淡無累，遇境即安暢」[註115] 的逐而無所逐的「行腳僧」。可見蘇軾對被貶官的態度，在本來就不曾貪戀官位的自覺意識中，一如過眼空華、水月鏡像那樣，是貶而無所貶的泡影，所以當政敵舉起千鈞重鎚，去擊打幻妄的泡影時，豈不如同悉達多太子在證得正等正覺之際，以「奔忙」之勢多方嬈亂的波旬及其眷屬，對嬈而無所嬈的證悟者而言，終究事屬徒然。[註116]

　　據明人張丑在《眞蹟日錄》卷五說：「蘇長公手錄《漢書》全部及《金剛經》。」[註117] 而蘇轍在〈亡兄子瞻端明墓誌銘〉中所也說：「公生十年，而先君宦學四方，太夫人親授以書，聞古今成敗，輒能語其要。」[註118] 易言之，少年蘇軾在發蒙時，便已經以其宿慧及深湛的史識，洞悉自己所將前去奮屬發揚當世志的官場，與黨禍頻仍的漢世多有雷同之處，於是在實務上，雖每每懷抱著知其不可爲而爲的堅毅志節投身而去，但值得注意的是，在首度赴京授官前，與父親及蘇轍共同詠歎的《南行集》所書寫的對象，卻主要都是世網所無從拘範的野逸高人，如〈初發嘉州〉詩云：

　　　　野市有禪客。[註119]

〈過宜賓見夷牢亂山〉詩云：

　　　　豈無避世士，高隱鍊精魄？[註120]

〈過安樂山聞山上木葉有文如道士篆符云此山乃張道陵所寓二首〉其一

〔註113〕俗云，人類有三大醜相：喫相、死相、睡相。附此參照。

〔註114〕《蘇軾詩集合注》，上冊，頁 7。

〔註115〕《蘇軾詩集合注》，上冊，頁 46。

〔註116〕參見隋・闍那崛多譯，《佛本行集經》，《大正藏》，第三冊。

〔註117〕文淵閣《四庫全書》鈔本，葉 7ᵇ。

〔註118〕《蘇轍集》，《欒城後集》，卷第二十二，頁 217。

〔註119〕《蘇軾詩集合注》，上冊，頁 4。

〔註120〕《蘇軾詩集合注》，上冊，頁 6。

詩云：

　　　　天師化去知何在？〔註121〕

〈入峽〉詩云：

　　　　不見有彭聃。〔註122〕

〈留題仙都觀〉詩云：

　　　　眞人厭世不回顧。〔註123〕

〈仙都山鹿〉詩云：

　　　　仙人去無蹤。〔註124〕

〈江上值雪效歐陽體限不以鹽玉鶴鷺絮蝶飛舞之類爲比仍不使皓白潔素等字次子由韵〉詩云：

　　　　野僧斫路出門去。〔註125〕

〈過木櫪觀〉詩云：

　　　　許子嘗高遁。〔註126〕

　　從這些詩句所展現的意涵，可見在青年蘇軾的心中，早已另有一層分明的出塵法界，在涉足宦還海的同時，便無有衝突的開展著，因而不致於在一旦遭遇困境時，便泥足深陷在意、必、固、我的痛苦深淵，反而能以無我、無念、無相、無執的超越之思，從網羅中，舉翮遠引，自在而出，是以縱使戴著政敵強加在身上的重重莫須有的罪枷，遠謫天涯海角，也能舉重若輕，乃至於不知枷鎖之爲枷鎖，因爲在披枷戴鎖中的超越，纔是本眞生命的眞實超越，纔是裏面著衲衣，外面罩著官服，參訪南華長老辯公的「行腳僧」的本色，如汾陽善昭歌頌〈行腳僧〉說：

　　　　五湖四海盡曾遊，自在縱橫不繫舟。〔註127〕

　　當蘇軾再承詔命流謫之際，所顯示在世間持續著無窮已的政治鬥爭這個大火宅之前的身影，卻是詩中蕭然獨脫的鮮明意象，也就不足以令人爲其超越一至於如此自適自爲的空境，而感到有任何可咋舌之處了。以曾經宦遊遍

〔註121〕《蘇軾詩集合注》，上冊，頁 13。

〔註122〕《蘇軾詩集合注》，上冊，頁 16。

〔註123〕《蘇軾詩集合注》，上冊，頁 20。

〔註124〕《蘇軾詩集合注》，上冊，頁 21。

〔註125〕《蘇軾詩集合注》，上冊，頁 23。

〔註126〕《蘇軾詩集合注》，上冊，頁 35。

〔註127〕《大正藏》，第四十七冊，頁 627[b]。

五湖四海的蘇軾而論，縱使應緣而現身爲行政一方的宰官時，所展現的舉措施爲，不論在中樞當朝面折廷諍、折衝罇俎，或在州郡勤政建設、抗災安民，其於一來一往、一上一下之際，要非縱橫如不繫之舟般的因著世情與王業而升降，或在致君堯舜的治術上，明知其不可爲而爲履上諫疏，或在折衝政見的黨爭風暴中，明知其可爲而不爲的履請外郡，而這樣有爲有守的於世自在，在此際的自在中，便成爲於世不爲而不離世自在的超越根據。因此，以「一身寄天涯」之寄，本是無寄之寄，是以蘇軾這種不棄諸法而蕭然獨脫於諸法的迥絕作畧，豈不正是臨濟宗初祖唐僧臨濟義玄，在《鎮州臨濟慧照禪師語錄》所說的本分事？義玄說：

> 眞佛無形，眞法無相，……迥無獨脫，不與物拘，乾坤倒覆，
> 我更不疑。〔註128〕

做爲臨濟宗南嶽下十三世法裔的蘇軾，在歌詠吳子野「終了無生一大緣」時，說的豈不正是自己也將要如此成就的終極指撝？

「無生」指實相的體性，是佛學宗通教通的根本法義之一，如《大般若波羅蜜多經》卷第四〈初分學觀品第二之二〉，佛陀以但名假立說，從「自性空」的眞實義，論證甚麼纔是無生，佛陀告訴具壽舍利子說：

> 色自性空，不由空故。色空非色，色不離空，空不離色，色即
> 是空，空即是色。受、想、行、識自性空，不由空故。受、想、行、
> 識空非受、想、行、識，受、想、行、識不離空，空不離受、想、
> 行、識，受、想、行、識即是空，空即是受、想、行、識。何以故？
> 舍利子！此但有名，謂爲菩提，此但有名，謂爲薩埵，此但有名，
> 謂爲菩提薩埵，此但有名，謂之爲空，此但有名謂之爲色、受、想、
> 行、識。如是自性無生、無滅、無染、無淨，菩薩摩訶薩如是行般
> 若波羅蜜多，不見生、不見滅、不見染、不見淨。何以故？但假立
> 客名，別別於法，而起分別；假立客名，隨起言說，如如言說，如
> 是如是生起執著。菩薩摩訶薩修行般若波羅蜜多時，於如是等，一
> 切不見，由不見故，不生執著。〔註129〕

這種思想發展到西元紀元二、三世紀左右，印度大乘佛教中觀學派的創始人龍樹那裏，則有更精要的論證，在龍樹造，青目釋的《中論》卷第一〈觀

〔註128〕《大正藏》，第四十七冊，頁500^a。
〔註129〕《大正藏》，第五冊，頁17^c。

因緣品第一〉，具詳如次：

〔龍樹偈〕：

諸法不自生，亦不從他生，

不共不無因，是故知無生。

〔青目釋〕：

不自生者，萬物無有從自體生，必待眾緣。復次，若從自體生，
則一法有二體，一謂生，二謂生者。若離餘因，從自體生者，則無
因無緣。又，生更有生，生則無窮，自無故他亦無，何以故？有自
故有他。若不從自生，亦不從他生，共生則有二過，自生他生故。
若無因而有萬物者，是則爲常，是事不然，無因則無果，若無因有
果者，布施、持戒等，應墮地獄，十惡、五逆，應當生天，以無因
故。」〔註130〕

這是從小乘到大乘義學都無二無別的不共外道法，且在論證的理式上，
既清楚而明白，迴非郭朋所倡言的階級鬥爭論，是再明顯不過的事，而中國
禪宗做爲宗教學嚴格義項下的佛教宗派之一，當然不能悖離根本法義之一的
無生法，甚至糊裏糊塗的變成神祕主義者偏嗜其流弊所孳生的神祕性的學術
禁臠，否則即不名之爲佛教，設若不幸而如此，蘇軾與無生互文性的詩學文
本，也就跟著變成沒有思想著落的浮泛之詞，以致在筆墨遊戲中失去創造精
神所憑藉的究竟根據。當然，做爲臨濟法裔的蘇軾，自是深明祖教之所由，
誠如臨濟義玄所說：

問：「如何是佛魔？」

師云：「爾一念心，疑處是魔，爾若達得，萬法無生，心如幻化，
更無一塵一法，處處清淨是佛。然佛與魔是染、淨二境。約山僧見
處，無佛無眾生，無古無今，得者便得，不歷時節，無修無證，無
得無失，一切時中，更無別法，設有一法過此者，我說如夢如化。
山僧所說皆是。道流！即今目前，孤明歷歷地聽者，此人處處不滯，
通貫十方，三界自在，入一切境差別，不能回換，一刹那間，透入
法界，逢佛說佛，逢祖說祖，逢羅漢說羅漢，逢餓鬼說餓鬼，向一
切處，游履國土，教化眾生。」〔註131〕

〔註130〕《大正藏》，第三十冊，頁2^b。
〔註131〕《大正藏》，第四十七冊，頁498^b。

　　介爾一念心之於蘇軾，正是照徹官場與法界都是法爾自然的清淨心，唯其是清淨的，所以能在染而無染，依變而不變，如臨濟義玄又說：

　　　　問：「如何是心心不異處？」

　　　　師云：「爾擬問早異了也。性相各分，道流！莫錯！世出世諸法，皆無自性，亦無生性，但有空名，名字亦空，爾祇麼認他閒名為實，大錯了也！設有，皆是依變之境，有箇菩提依、涅槃依、解脫依、三身依、境智依、菩薩依、佛依，爾向依變國土中，覓甚麼物？」〔註132〕

　　因依變而設有的不論甚麼物，都是《金剛經》在〈六如偈〉中早已說分明的「人間夢」，所以當蘇詩云：「許我時逃醉後禪。」說的正是本來無我之我，而無我之我的醉之所以為醉，乃因知其醉之所醉在無我、無人、無眾生等四相的空相中，本來就既無能醉者亦無所醉者，是以「時逃醉後禪」，是連禪相也祇能是逃而無所逃亦無從逃的空相，如《續傳燈錄》卷第九〈大鑑下第十二世‧大愚芝禪師法嗣‧南嶽雲峯文悅禪師〉傳說：

　　　　俗士問：「如何是佛？」

　　　　師曰：「著衣喫飯量家道。」

　　　　曰：「恁麼則退身三步，叉手當胸去也。」

　　　　師曰：「醉後添杯不如無。」〔註133〕

　　也就是說，學人一旦在依變之境中迷於萬法，而不達萬法無生，那麼即使不醉亦不覺何為「一大緣」，以至於諸所措手云為，不過是畫蛇添足的庸人之舉，而相對於章惇等政敵的深算，在貶謫詔命又來之際，仍應緣以無染之心隨順自適並「輯〔揖〕杖捉世尊」的蘇軾，則是深達「一大緣」的「玉堂仙」。玉堂係翰林院公堂，曾是蘇軾任翰林學士時的奉公之所，〔註134〕祇如今遠去皇都日久的行腳僧，早已以成就金仙自期。金仙本是賢劫四佛第二佛迦那伽牟尼佛的漢名，〔註135〕如《大智度論》卷第九〈初品中十方諸菩薩來釋

〔註132〕《大正藏》，第四十七冊，頁499^c。

〔註133〕《大正藏》，第五十一冊，頁519^a。

〔註134〕蘇詩〈和章七出守湖州二首〉其一云：「清夢時時到玉堂。」宋人王十朋注云：「玉堂，殿名，而待詔有直廬在其側。」宋人施元之注云：「李宗諤《翰院雜記》：『太宗皇帝御書飛白「玉堂之署」四字，淳化三（992）年賜，今在本院玉堂門上。』」《蘇軾詩集合注》，上冊，頁622。

〔註135〕Kanakamuni，係過去七佛中的第五佛，賢劫千佛的第二佛。別譯有：拘那含、狗那含、俱那含、拘那含牟尼、迦那含牟尼、迦諾迦牟尼。意譯有：金色仙、

論第十五〉，龍樹說：

> 是賢劫中有四佛：……二名迦那伽牟尼（秦言金仙人也）。
> 〔註136〕

金仙後來衍爲釋迦牟尼佛的別號，如天冊金輪聖神皇帝武則天在《大周新譯大方廣佛華嚴經・序》說：「金仙降旨，大雲之偈先彰。」〔註137〕此後便廣爲中國學界所採行，而在能證的佛性上，以已證者等流的金仙自名的蘇軾，所期期於與吳子野共同「終了無生一大緣」的「一大緣」，具云「一大事因緣」，詳如《妙法蓮華經》卷第一〈方便品第二〉所說：

> 舍利弗！諸佛隨宜說法，意趣難解。所以者何？我以無數方便，種種因緣、譬喻言辭，演說諸法。是法非思量分別之所能解，唯有諸佛乃能知之。所以者何？諸佛世尊唯以一大事因緣故出現於世。舍利弗！云何名諸佛世尊唯以一大事因緣故出現於世？諸佛世尊，欲令眾生開佛知見，使得清淨故，出現於世；欲示眾生佛之知見故，出現於世；欲令眾生悟佛知見故，出現於世；欲令眾生入佛知見道故，出現於世。舍利弗！是爲諸佛以一大事因緣故出現於世。〔註138〕

蘇詩云：「曳杖入寺門，……來從佛印可。」就開、示、悟、入佛知見的「一大事因緣」而論，蘇詩所欲「從佛印可」者爲何？不能止於無本無源之泛說，當如天臺智者大師在《妙法蓮華經玄義》卷第五上「明最實位者」所宣明：「〈方便品〉云，『諸佛〔世尊〕爲〔唯以〕一大事因緣故，出現於世』。『爲〔欲〕令眾生開佛知見』四句，南嶽師解云：『開佛知見是十住位，示佛知見是十行位，悟佛知見是十迴向位，入佛知見是十地等覺位。』」〔註139〕皆

金儒、金寂。

〔註136〕《大正藏》，第二十五冊，頁125ᵃ。

〔註137〕《大正藏》，第十冊，頁1ᵃ。

〔註138〕《大正藏》，第九冊，頁7ᵃ。

〔註139〕天臺智顗判教所判藏教、通教、別教、圓教之化法四教所修證的果位，因四教所觀法門不同而各不相同，如藏教聲聞所證者，有七凡位與四聖位，而七凡位又有外凡三位與內凡四位之別，外凡三位爲：五停心、別相念處、總相念處；內凡四位爲：煖法、頂法、忍法、世第一法；四聖位三位爲：見道、修道、無學道。……而圓教與六即佛相應，凡聖共有八位，外凡爲：觀行即——五品位。內凡爲：相似即——十信位。聖位爲：分證即——十住位、十行位、十迴向位、十地位、等覺位。究竟即——妙覺位。凡此，旨在論證行者修持觀行，務須如實檢證自己所證得的位次，並策勵自己在精進中位位升

言『佛知』者，得一切種智也。皆言『佛見』者，悉得佛眼也。又經云，『是
爲諸佛一大事因緣』者，同入一乘諸法實相也。又云，『唯佛與佛乃能究盡諸
法實相』者，即是妙覺位也。」〔註140〕可見蘇軾在創作〈入寺〉之前寫〈次
前韵寄子由〉詩云：「泥洹尙一路。」〔註141〕對於能否在當生以無上正眞道意
——發阿耨多羅三藐三菩提心，證得究盡諸法實相而如同釋迦牟尼佛那樣般
泥洹（parinirvāna），有著相當深刻的覺悟，並且把它當做一大事來懇切內省。
因此，在南遷的路途上，總是朝夕念茲在茲的用功辦道，是以有句云：「我室
惟法喜。」而法喜之所由生的堅實根據，正是晉譯《大方廣佛華嚴經》卷第
三〈盧舍那佛品第二之二〉普賢菩薩所說：

> 功德法海長養心，常能親近善知識，
> 恒爲諸佛所護念，是等能度得上智。
> 離諸諂曲心清淨，廣大慈悲無邊際，
> 深心淨信無厭足，彼聞是法喜無量。〔註142〕

　　欲得諸佛護念，必以清淨的直心爲道場、以發阿耨多羅三藐三菩提心爲
舟航，這對於此時縱浪瓊州海峽的蘇軾而言，自當有透徹的體悟，而其之於
曹源一滴，正是對東土禪源之所由至的冥契，如菩提達磨在《少室六門》說：
「法喜食，所謂依持正法，歡喜奉行。」〔註143〕所以蘇軾在〈次韵子由浴罷〉
詩云：「安心會自得。」〔註144〕便是朝向不再外求的大自在，而將超越之思，
落實到自身即能自悟自證的第一義的證明，這可從菩提達磨對神光的印可傳
說，看到蘇軾終必了達自我如此解脫的思想根源，《景德傳燈錄》卷第三〈第
二十八祖菩提達磨〉傳說：

> 光曰：「諸佛法印，可得聞乎？」
> 師曰：「諸佛法印，匪從人得。」
> 光曰：「我心未寧，乞師與安。」

進，而不要生起「未得謂得，未證謂證」的增上慢心，因爲三世諸佛之所以
證得妙覺，都是次第十住位、十行位、十迴向位、十地位、等覺位、妙覺位
四十二位而層層升進無有叨濫的。爲明瞭起見，特將化法四教的次位，合併
成一個總表，俾便於對照理解。表附在見本章最後一頁。

〔註140〕《大正藏》，第三十三冊，頁 735$^{a\sim b}$。
〔註141〕《蘇軾詩集合注》，下冊，頁 2110。
〔註142〕《大正藏》，第九冊，頁 409^{b}。
〔註143〕《大正藏》，第四十八冊，頁 368^{c}。
〔註144〕《蘇軾詩集合注》，下冊，頁 2138。

師曰：「將心來，與汝安。」

曰：「覓心了不可得。」

師曰：「我與汝安心竟。」〔註145〕

安心的境界，便是徹底體究妄情，親證大休歇的田地，所以此去一路，縱任開口橫說豎說，也都祇是尋常如此，而了無切切剩語，如蘇軾在〈借前韻賀子由生第四孫斗老〉詩云：「無官一身輕。」〔註146〕這參的是有官即無官，而無官不礙仍然是官的公門禪，如不著撰人《金剛般若波羅蜜經感應傳・楊旬》詩云：

人道公門不可入，我道公門好修行；

若使曲直無顛倒，腳踏蓮花步步生。〔註147〕

又，蘇軾〈獨覺〉詩云：「回首向來蕭瑟處，也無風雨也無晴。」〔註148〕向來使人性的本眞蕭瑟於沈浮的黨爭，如今都已不再隨風雨如晦而陰晴不定，因爲祇有曾經風雨而仍能持守本眞之心，纔能在生命不斷隨緣周折的轉彎之處，於悠然回首之際，洞達向上一路的終極梯航，如五祖弘忍禪師《最上乘論》說：「但了然守本眞心，妄念雲盡，慧日即現。」〔註149〕所以一旦從諸法的風雨陰晴中超越而上，那麼，呈展在慧日下的必然是實相的本來風光。

至於〈且起理髮〉詩云：

一洗耳目明，習習萬竅通。〔註150〕

蘇軾在參訪曹溪祖庭後的從頭「一洗」，豈祇以意在毛孔上作文章爲能事，而是以耳目所明者說萬竅通明，也就是把一切如烟的凡情遮障，給徹頭徹尾蕩滌罄盡後，所自然興現的法爾如此的圓通境，而證此一圓通境，要非

〔註145〕 《大正藏》，第五十一冊，頁 219ᵇ。又，這段文記在《祖堂集》中，比《景德傳燈錄》還深到，以嫻於《景德傳燈錄》的蘇軾或恐未必親見，故附此用供參照。《祖堂集》卷第二〈第二十八祖菩提達摩和尚〉傳說：「又問：『請和尚安心。』師曰：『將心來，與汝安心。』進曰：『覓心了不可得。』師曰：『覓得豈是汝心？與汝安心竟。』達摩語惠可曰：『爲汝安心竟，汝今見不？』惠可言下大悟。惠可白和尚曰：『今日乃知一切諸法本來空寂，今日乃知菩提不遠。是故菩薩不動念而至薩般若海，不動念而登涅槃岸。』」《祖堂集》，頁 69。

〔註146〕 《蘇軾詩集合注》，下冊，頁 2139。

〔註147〕 《卍續藏》，第八十七冊，頁 489ᵃ。

〔註148〕 《蘇軾詩集合注》，下冊，頁 2140。

〔註149〕 《大正藏》，第四十八冊，頁 378ᵃ。

〔註150〕 《蘇軾詩集合注》，下冊，頁 2142。

圓通自在人，還會是阿誰？誠如永明延壽在《宗鏡錄》卷第一百所說：

> 會實性者，不見生死涅槃有別，凡聖無異，境智一如，理事俱
> 融，眞俗齊觀，圓通無礙，名修大道。〔註151〕

所以從頭一洗者「一洗劫灰」也，是以達觀眞可，以曹溪法水，爲曾經是政治受難者的憨山德清說「絕後再蘇」，〔註152〕適足以申詳蘇軾晚年在不斷遭到政敵追勦時，仍能以「行腳僧」自適、以「春睡」自安、以「返流歸照性」覺觀不已，乃是根柢堅固者的大作畧，如憨山德清在《憨山老人夢遊集》卷第十三所收錄的〈附‧達大師答書〉第十簡說：

> 一洗劫灰，淨盡無餘也，曹谿舊稱西天寶林，……一洗殆盡，
> 魔黨盡驅，今將化穢邦而成淨土，變業海以作蓮池。老盧埋沒千年，
> 今日始得轉身吐氣將來，絕後再蘇，頓見光明赫奕。〔註153〕

在詩中自報家門「前生自是盧行者」的蘇軾，在「一洗耳目明」的當際，自然能在瀰天漫地仍然紛紜不已的塵埃中，當相證顯分明如此的本來面目。然而，世事並不會因爲蘇軾的「安心」，而在共業上大規模的轉移業緣的流向，自從紹聖四（1097）年七月，蘇軾抵達昌化軍貶所之後不久，朝中紹述新貴與元祐黨人的鬪爭，仍在如火如荼的繼續著，致有欲誅執政章惇等而復蘇轍等爲執政之謀，據《長編》卷四百九十「紹聖四年八月壬辰」第二條載：「先是，蔡碩女壻文康世嘗與碩言劉唐老謂文及甫曰：『時事中變，上臺當赤族，其他執政奉行者梟首，從官當竄嶺南。』又曰：『呂大防已死，……蘇轍、……等當還爲執政。』……或又告唐老與及甫共謀爲變，欲誅章惇、蔡忭等，仍密結嶺南元祐黨人。」〔註154〕也就是說，朝中隱然有一股殘存的元祐餘黨，企欲暗中密謀發動政變，並計畫與先前被貶到嶺南的元祐黨人裏應外合起來共同舉事，祇是隨即被哲宗識破而沒有成事，因此，章惇等人防元祐黨人日甚，如《長編》卷四百九十二「紹聖四年十月壬寅」條說：

> 惇每疑元祐人復用，謀誅絕之。〔註155〕

卷四百九十三「十一月癸丑」第四條亦載：

〔註151〕《大正藏》，第四十八冊，頁953ᵃ。
〔註152〕參見江燦騰著，《晚明佛教改革史》第九章〈德清東隱牢山與海印寺官司纏身〉，桂林，廣西師範大學出版社，2006，頁119～126。
〔註153〕《卍續藏》，第七十三冊，頁546ᶜ。
〔註154〕《長編》，第十九冊，頁11625。
〔註155〕《長編》，第十九冊，頁11688。

（曾）布曰：「陛下在上，則元祐之人，安有復用之理？」
〔註156〕

在章惇等人必欲「誅絕」元祐黨人的鬥爭之下，元祐黨人的處境，便愈來愈艱難了，如卷四百九十四「元符元（1098）年二月壬辰」第三條載：

知虔州鍾正甫言：「伏聞朝廷以司馬光、呂公著、蘇軾、蘇轍等悖逆罪狀，命官置局，編錄成書，以正邦刑，為世大戒。臣竊恐朝廷尚有遺隱，未盡編錄。今據臣所知，悉具奏陳，以備采擇。」
〔註157〕

這說明了對「遺隱」於朝的元祐黨人，務須徹底鏟除而後已。至於已「命官置局」者，仍需時時密切偵伺彼等的一切舉動云為，乃至於通過其文藝學文本的書寫，繼續檢查元祐黨人的腦袋，以便隨時傅會羅織，鑄成罪案，而給予最徹底的打擊。而對外監視「命官置局」的元祐黨人，自然既不會也不能放過蘇軾這個要角，所以蘇軾在儋州的一切行動，都逃不過章惇的耳目，據《長編》卷四百九十六「元符元年三月癸酉」條注引陳天倪《蘇門下語錄》說：

公謫雷州，市中無屋可僦，獨有一富家餘破屋數間可賃，仍與作交易，文契分曉。舍主稍欲完葺，方交舍時，章子厚訪問下州府，發此事，云：「蘇侍郎強奪雷氏田宅！」舍主鞫問，賃契分明，遂已。〔註158〕

雖然注的結語說：「天倪所聞未詳也。」但從蘇軾纔到儋州不久，就再度搬家，並賦〈遷居之夕聞鄰舍兒誦書欣然而作〉詩，可知當有其事，祇是章惇既然容不得蘇軾在惠州「春睡美」，當然就更容不得住在破屋中，仍自得其樂，並與鄰家子隔牆對誦詩書之樂的蘇軾好生安住，以蘇詩有句云「荊榛短牆缺，……引書與相和」故。〔註159〕

然而，更重要的是蘇軾何以能自在如此，因為參訪過曹源祖庭的蘇軾，一過海抵達儋州，都還沒有來得及把居停安頓好，便首先歌詠「我室惟法喜」，而今在搬家的前夜，不但沒有倉皇自失，反而在詩中說：「趯然已可喜，況聞絃誦音！」而更特別的是在「兒聲自圓美」的純真人籟中，蘇軾邊聽「琅

〔註156〕《長編》，第十九冊，頁 11694。
〔註157〕《長編》，第十九冊，頁 11750～11751。
〔註158〕《長編》，第二十冊，頁 11808。
〔註159〕《蘇軾詩集合注》，下冊，頁 2116。

然如玉琴」的書聲，邊參六祖「吾道無南北」的法義，〔註160〕而把世出世法
兩重境界，在困境中諦觀成一眞法界。

第四節　世出世法兩重自在性的平等界觀

慧能在《六祖壇經》說：

弘忍和尚問惠能曰：「汝何方人？來此山禮拜吾，汝今向吾邊復
求何物？」

惠能答曰：「弟子是嶺南人，新州百姓，今故遠來禮拜和尚，不
求餘物，唯求作佛。」

大師遂責惠能曰：「汝是嶺南人，又是獦獠，若爲堪作佛？」

惠能答曰：「人即有南北，佛性即無南北；獦獠身與和尚不同，
佛性有何差別？」〔註161〕

蘇軾之道既等慧能之道而無南北，又早在元豐七（1084）年五月與「照
覺常總禪師論無情話」而悟入，所以縱使不斷的遭到執政者挾私掣肘，皆能
隨緣坦夷自任，是以搬家後又賦〈新居〉詩云：「數朝風雨涼，畦菊發新穎。」
〔註162〕而有不著撰人在《東林十八高賢傳・不入社諸賢傳・陶潛》傳說：「吾
不能爲五斗米折腰，拳拳事鄉里小人」的遺風。〔註163〕是以蘇軾悠然遠邁，
心城廓徹的審美意緒，可謂純乎一派眞性現量的空明，如憨山德清在《憨山
老人夢遊集》卷第三十九〈雜說〉所云：「昔人論詩，皆以禪比之，殊不知詩
乃眞禪也。陶靖節云：『采菊東籬下，悠然見南山；山氣日夕佳，飛鳥相與
還。』末云：『此中有眞意，欲辨已忘言。』此等語句，把作詩看，猶乎蒙童
讀『上大人，丘（孔）乙己』也。唐人獨李太白語，自造玄妙，在不知禪而

〔註160〕《蘇軾詩集合注》，下冊，頁 2116。

〔註161〕《壇經校釋》，頁 8。

〔註162〕《蘇軾詩集合注》，下冊，頁 2169。

〔註163〕《卍續藏》，第七十八冊，頁 120^a。

又，梁・蕭統在〈陶淵明〉作：「我豈爲五斗米，折腰向鄉里小兒？」晉・陶
淵明撰，清・陶澍集注，《靖節先生集・誄、傳、雜識》，臺北，河洛圖書出
版社，民 64，頁 7。

梁・沈約《宋書》卷九十三〈列傳第五十三・隱逸〉作：「我不能爲五斗米折
腰向里小人。」楊家駱主編，《新校本宋書附索引》，第三冊，臺北，鼎文書
局，民 82，頁 2287。

附見：《南史・隱逸傳》同《宋書》，《晉書・隱逸傳》同《東林十八高賢傳》。

能道耳。」〔註164〕正是此「禪而能道」，亦且「無南北」的「無情話」的藝術體現，一再的在諸法中，呈示著蘇軾於念念不住的法流中所顯明的大自在。然而，值得注意的是，此時的蘇軾，方經歷過董必驅逐出官舍不久，如宋人施元之注〈新居〉題云：

> 東坡至儋耳，軍使張中請館於行衙，別飾官舍爲安居計。朝廷
> 命湖南提舉常平董必者察訪廣西，遣使臣過海驅逐之。中坐黜死，
> 雷州監司悉鐫〔鐲〕秩。〔註165〕

在黨爭暴風圈迅猛的挾擊之下，不但元祐在朝臣僚，各個都被捲入離散的亂流，而且祇要俟後與其稍稍有所牽涉者，也不能幸免於難。在儋州先是張中爲蘇軾而冤死，一干地方小吏悉被削落公職，即使朝中大臣沒有查辦蘇軾「館於行衙」一案者，也遭到連坐而降級，如《長編》卷五百八「元符二（1099）年四月丙子」條說：

> 朝散大夫、直祕閣、權知桂州、廣南西路都鈐轄程節降授朝奉
> 大夫。戶部員外郎譚掞降授承議郎。朝散郎、提點荊湖南路刑獄梁
> 子美降授朝奉郎。先是，昌化軍使張中役兵修倫江驛，以就房店爲
> 名，與別駕蘇軾居。察訪董必體究得實，而節等坐不覺察，故有是
> 命。〔註166〕

《宋史》卷三百八十列傳第九十七〈蘇軾〉傳亦說：

> 昌化，故儋耳地，非人所居，藥餌皆無有。初僦官屋以居，有
> 司猶謂不可，軾遂買地築室，儋人運甓畚土以助之。〔註167〕

所云「僦官屋以居」，係賃居而非佔住，如蘇軾在〈與鄭靖老〉第一簡說：

> 初賃官屋數間居之，既不可住，又不欲與官員相交涉。〔註168〕

至於蘇軾對新居的經營，則自有一番無求的表白，在〈答南華辯老〉第十二簡說：

> 近日營一居止，苟完而已，蓋不欲久留。占行衙，法不得久居，
> 民間又無可僦賃，故須至作此。……囊中薄有餘貲，……到此已來，

〔註164〕《卍續藏》，第七十三冊，頁745°。
〔註165〕《蘇軾詩集合注》，下冊，頁2169。
〔註166〕《長編》，第二十冊，頁12100。
〔註167〕《宋史》，第十三冊，頁10817。
〔註168〕《蘇軾文集》，第四冊，頁1674。

收葬暴骨，助修兩橋，務散此物，以消塵障。今則索然，僅存朝暮，漸覺此身輕安矣！示諭，恐傳者之過，材料工錢，皆分外供給，無毫髮干擾官私者。〔註169〕

此時，高齡六十四歲的蘇軾，自覺來日「僅存朝暮」，亦早已了達一屋者，無非暫時存身之所，如身為諸緣所聚，而諸緣「壞即各住自法」，〔註170〕因此，不但所營「居止」本不做華堂廣廈想，祇要能遮風避雨，一若結茅為菴辦道的老僧，即為已足，如此一來，又何必以貪婪的妄執，竊佔官舍、強奪民居？是以經營新居的「材料工錢」，也是來自於自己的「分外供給」，亦即多給料錢與工資，並未動用絲毫公家與民間資源以自肥，更何況連所剩無幾的積蓄，也已是多餘的牽絆！如明僧元賢在《永覺元賢禪師廣錄》卷第十七〈鼓山建中元廣薦會疏〉說：「惟願揮彼阿堵物，正宜圓此菩提心。」〔註171〕所以一準其過往愛民的不忍人的仁心，自掏腰包以早已非宰官身行六波羅蜜多之布施波羅蜜多，一以收葬無主暴骨，使往生者得安，一以修橋方便行人安然得渡，因此，造成官民困擾的流言蜚語，或恐傳聞之誤。

至於行布施波羅蜜多，要如《大乘理趣六波羅蜜多經》卷第四〈布施波羅蜜多品第五〉，薄伽梵告慈氏菩薩摩訶薩說：

思惟一切有情，我已引入阿耨多羅三藐三菩提安樂之地，亦如過去殑伽沙等諸佛如來難捨能捨，我亦誓當作如是捨，為欲滌除慳悋之垢，發如是心：「願從今身乃至成佛，誓以此身捨與法界一切眾生，所修福業若多若少，願與一切眾生共之，迴向無上正等菩提。以是觀之，我昔已捨一切身命如妙高山。觀我此身猶如芥子，身命尚捨何況珍財。若諸菩薩多積珍財不行布施，猶如白象於殑伽河淨澡浴已，以鼻翕取糞穢塵土遍身坌之。我以福德淨水澡浴其身端嚴清潔，不應慳悋愛惜財寶坌污其身。」〔註172〕

誠如前及，阿耨多羅三藐三菩提心的發用，也是〈四菩薩閣記〉與〈改觀音經〉「兩家總沒事」所體現的三輪體空思想，正是慳悋的究竟否除，如明僧宗泐與如玘同註《金剛般若波羅蜜經註解》，所開彰的大乘教相：

世人行施，心希果報，是為著相。菩薩行施，了達三輪體空故，

〔註169〕《蘇軾文集》，第五冊，頁 1875。
〔註170〕參見第五章，法藏《華嚴一乘教義分齊章》，「就緣成舍」辨。
〔註171〕《卍續藏》，第七十二冊，頁 486^b。
〔註172〕《大正藏》，第八冊，頁 882^{b-c}。

能不住於相。三輪者，謂施者、受者，及所施物也。〔註173〕

蘇軾行施的前提，則是「今則索然」，「索然」俗解爲無意蘊或嗒然氣喪，然其於此時的蘇軾卻不然，當作宗門義項下的當相寂然解，如蘇軾〈與陳伯修〉第五簡亦說：「幾於寂然無念矣。」〔註174〕再如青原惟信所倡「見山見水」三階段論的第三段「依然見山祇是山，見水祇是水」，更是圓悟克勤在《圓悟佛果禪師語錄》卷第二〈上堂二〉所示：「雲騰致雨，世界索然；日照天臨，乾坤廓爾。……晴是晴雨是雨，山是山水是水。」〔註175〕如此一來，「輕安」纔不致陷入常情的妄執之中，而變成禪病。〔註176〕所以圓悟克勤又在《佛果圓悟眞覺禪師心要》卷下始〔註177〕〈示魏學士〉書說：

> 四大五蘊輕安，似去重擔，身心豁然明白，照了諸相，猶如空花，了不可得，此本來面目現，本地風光露，一道清虛，便是自己放身舍命，安閒無爲快樂之地，千經萬論祇說此，前聖後聖，作用方便，妙門祇指此。〔註178〕

〔註173〕《大正藏》，第三十三冊，頁229ᵇ。

〔註174〕《蘇軾文集》，第四冊，頁1558。

〔註175〕《大正藏》，第四十七冊，頁720ᵇ。

〔註176〕《圓覺經》說：「心遠二乘者，法中除四病，謂作、止、任、滅。」《大正藏》，第十七冊，頁920ᶜ。

清·淨慧居士較定，《禪林寶訓合註》卷第一，「作、止、任、滅」條說：「作者，即心造心作之謂也。若有人言：『我於本心，作種種行，欲求眞理。』即名爲病。止者，止妄即眞之謂也。若有人言：『我今永息諸念，寂然平等，欲求眞理。』即名爲病。任者，隨緣任情之謂也。若有人言：『我等今者，不斷生死，不求涅槃，任彼一切，欲求眞理。』是名爲病。滅者，寂滅之謂也。若有人言：『我今求永滅一切煩惱身心，根塵虛妄境界，欲求眞理。』是名爲病。止觀定慧爲本，作、止、任、滅爲末。」《卍續藏》，第六十四冊，頁480ᵇ。

關於宗門通途所知的四禪病，依宋學解儒書例，蘇軾對內學大疑大用亦自有獨到的看法，是以在〈送壽聖聰長老偈〉的「并敍」中，蘇軾開宗明義便說：「佛說作、止、任、滅，是謂四病。如我所說，亦是諸佛四妙法門。我今亦作、亦止、亦任、亦滅。滅則無作，作則無止，止則無任，任則無滅。是四法門，更相掃除，火出木盡，灰飛烟滅。如佛所說，不作、不止、不任、不滅。是則滅病，否即任病。如我所說，亦作、亦止、亦任、亦滅。是則作病，否即止病。我與佛說，既是同法，亦同是病。昔維摩詰，默然無語，以對文殊。而舍利弗，亦復默然，以對天女。此二人者，何有差別？我以是知，苟非其人，道不虛行。」《蘇軾文集》，第二冊，頁642～643。

〔註177〕每卷又分始、終兩個部分。

〔註178〕《卍續藏》，第六十九冊，頁479ᵃ。

當然，蘇軾在儋州「收葬暴骨」，爲往者以佛事法施，並非南遷後第一次，早在紹聖元（1094）年八月中旬，於南遷途中過大庾嶺之前，即撰有〈虔州法幢下水陸道場薦孤魂滯魄疏〉說：

> 苦海彌天，佛爲彼岸；業風鼓浪，法是慈航。諸佛子等，久墜三塗，備嘗萬苦。不遇善友，永無出期。今者，各於佛前，同發此願。願除無始以來，貪瞋惡念，願發今日以後，清淨善心，願行行坐坐皈依佛、皈依法、皈依僧。〔註179〕

在惠州時，蘇軾與太守詹範，亦曾共襄「埋葬無主暴骨」法事，而撰有〈葬枯骨疏〉，並與〈施餓鬼食文〉、〈水陸法像贊并序〉等文，同爲南宋以降的中國佛教，留下普施及於冥界眾生的重要典範，〈葬枯骨疏〉說：

> 諸佛眾生，皆具大圓覺；天宮地獄，同在一刹塵，是故惡念纔萌，便淪苦海；善根瞥起，已證法身。要在攝心，易同反掌。竊見惠州太守左承議郎詹君範，與在州官吏，舉行朝典，支破官錢，葬無主暴骨數百軀。既掩覆其形骸，復安存其魂識，使歸泉壤，別受後身。軾目覩勝緣，輒隨喜事，以佛慈悲大願力，以我廣大平等心，尊釋迦之遺文，修地藏之本願，起燋面之教法，設梁武之科儀。伏願諸佛子等，乘此良因，離諸苦趣，沐浴法水，悟罪垢之本空，鼓舞梵音，知道場之無礙。三皈已畢，莫起邪心；一飽之餘，永無饑火。以戒、定、慧，滅貪、瞋、癡。勿眷戀於殘軀，共逍遙於淨土。伏乞三寶，俯賜證明。〔註180〕

〔註179〕《蘇軾文集》，第五冊，頁1910。

〔註180〕《蘇軾文集》，第五冊，頁 1911。宋僧宗曉，將此文輯錄在《施食通覽》卷上，題作〈修水陸葬枯骨疏〉，唯多有異文。《卍續藏》，第五十七冊，頁116^{a-b}。

又，蘇軾所撰的〈施餓鬼食文〉，亦足資參照，具云：「鬼趣多饑，仁者當念濟之。宜以錫或鐵爲斛斗，受一二升量，每晨取炊熟，淨飯滿斛，蓋覆著淨處，至夜重餾令熱，取透并淨水一盞。能不食酒肉固大善，不能，當以淨水漱口，誦〈淨口業眞言〉七徧，燒香呪願云：『奉佛弟子（某甲），夜具斛食淨水，供養一切鬼神。』又誦《般若心經》三卷，〈破地獄偈〉三徧，便呪願云：『願此飯、此水，承佛慈力，下承（某甲）福力、願力，變少爲多，變麤爲細，變垢爲淨，願諸佛子，食此水飯，頓除饑渴，諸障消滅，離苦得樂，究竟成佛。』言已，以水掬飯三分之一，散置屋上，餘者不妨以食貧人，水即散灑之，要在發平等慈悲無求心耳。」《卍續藏》，第五十七冊，頁112^c；與《蘇軾文集》第六冊《蘇軾佚文彙編》卷五所收者多有異文，參見《蘇軾

　　蘇軾南遷後，之所以能在生死岸頭得大自在，要非其自涉佛以來，佛學早已成爲其時時自我提撕的學佛意識，並以明覺的超越之思，在向上一路中，深切體達諸法即實相，何由致之？這從其南遷之後的尺牘，可見其任運所至，是何等的透脫，得到證明，蘇軾在〈與王定國〉第四十一簡說：

　　　　某到此八月，……凡百不失所。風土不甚惡。某既緣此絕棄世
　　　　故，身心俱安，而小兒亦遂超然物外，非此父不生此子也。呵呵！
　　　〔註181〕

　　所說「不失所」者，具云：「不失所行。」如《放光般若經》卷第四〈摩訶般若波羅蜜陀隣尼品第二十〉，佛陀告訴須菩提說：

　　　　四無所畏者：……如佛所說言眞，無讜善惡之報，不失所行，
　　　　一切餘眾、諸天、魔、梵，不見能敢違佛言者，如佛所說，賢聖八
　　　　道，行是得道，得度眾苦。一切餘眾、諸天、魔、梵，亦無有能戾
　　　　此教者，佛亦不見有此處者，四無所畏也。〔註182〕

　　人之能「不失所行」，是以八正道之道爲行道之故，可見恒在六度中精進的蘇軾，對「世故」的「絕棄」，並非以退行避世爲出發點，而是以脫落諸法的塵埃顯現生命的本眞爲終極依止，也不是以顧頇世法的嬈亂，且在理性的規避之下，在心理上片面否認政治鬥爭仍在繼續著的事實，做爲自我遁逃到幽暗意識的深處，去止痛療傷的避難所，而是以超然羈絆，且一無所執的慧見，諦觀體現安心的境界無他，祇要不在一切法上，坐實一切法是可得之法，即能在一切法，自是一切法的緣起中，證顯一切即一的實相，而不再望前跟著盲目浪逐，也不在後退之後，隨浪退墮，所以身在「佛性無南北」的獦獠風土中，自然能領會「不甚惡」與「身心俱安」，正是一即一切的本質，恰如永明延壽禪師會通義學入禪而在《萬善同歸集》卷中，融貫般若與華嚴思想時所說：

　　　　第一義中，眞亦不立，平等法界，無佛、眾生；俗諦門中，不
　　　　捨一法，凡興有作，佛事門收。是以諸佛，常依二諦說法；若不得

　　　　文集》，第六冊，頁2535。
　　　　至於，〈水陸法像贊并序（引）〉，並見《蘇軾文集》，第二冊，頁631～634；
　　　　《卍續藏》，第五十七冊，頁115^a～116^b。附見：蘇軾另有〈惠州祭枯骨文〉、
　　　　〈惠州官葬暴骨銘〉、〈徐州祭枯骨文〉、〈祭古塚文〉等。
〔註181〕《蘇軾文集》，第四冊，頁1531。
〔註182〕《大正藏》，第八冊，頁26^a。

世諦，不得第一義諦。〔註183〕

　　蘇軾所證得的第一義諦，就是追勦元祐黨人以自居要路津的紹述黨人，與被追勦而流離失所的元祐黨人，在現象上分明有能所的對應關係，在以失序的任何可能的運動形態，彼此或明或暗的折衝著，而恰恰就在了得這種以妄生妄的妄意折衝的世諦的事用上，纔能如實在理體上，證得龍樹在《中論》卷第二〈觀作作者品第八〉所說的第一義諦：

　　　　諸可有所作，皆空無有果。〔註184〕

　　這在蘇軾此時所置身的南華祖庭這裏，便是六祖慧能在《六祖壇經》所宣說，「摩訶般若波羅蜜，最尊、最上、第一，無住、無去、無來，三世諸佛從中出，將大智惠到彼岸，打破五陰煩惱塵勞，最尊、最上、第一」的「即煩惱是菩提」。〔註185〕所以縱使遮蔽白日的浮雲，依舊瀰天蓋地的四處氾濫成災，然而，其之於朗朗慧日又何害焉？

　　在〈與錢濟明〉第四簡說：

　　　　某到貶所，闔門省愆之外，無一事也。……唯節嗜欲、節飲

　　　食。〔註186〕

　　蘇軾的「節飲食」，乃至於服食餌藥，與長年苦於痔疾有關，雖是蘇軾研究的一大議題，然與本論缺乏正相關性，姑置不論。〔註187〕不過必須注意的是，在佛學上，佛爲大醫王的共法思想，對嫻於內學的蘇軾而言，在觀照身心的觀法上的深刻啓發。如《雜阿含經》卷第十五〈三八九經〉，世尊說：

　　　　如來、應、等正覺爲大醫王，成就四德。療眾生病，亦復如是。

　　　云何爲四？謂如來知此是苦聖諦如實知，此是苦集聖諦如實知，此

〔註183〕　《大正藏》，第四十八冊，頁 972^c～973^a。
〔註184〕　《大正藏》，第三十冊，頁 12^c。
〔註185〕　《壇經校釋》，頁 51。
〔註186〕　《蘇軾文集》，第四冊，頁 1551。
〔註187〕　蘇軾對漢醫學研究卓有所成，其與服食、餌藥、飲食有關之論著亦甚夥，參見專文〈養生偈〉、〈問養生〉、〈續養生論〉、〈藥誦〉、〈朱元經爐藥〉、〈異人有無〉、〈大還丹訣〉、〈陽丹陰煉一〉、〈陽丹陰煉二〉、〈符陵丹砂〉、〈龍虎鉛汞說〉、〈李若之布氣〉、〈侍其公氣術〉、〈養生訣〉、〈食芡法〉、〈胎息法〉、〈藏丹砂法〉、〈學龜息法〉、〈記養黃中〉、〈單龐二醫〉、〈求醫診脈〉、〈醫者以意用藥〉、〈目忌點濯說〉、〈憲宗薑茶湯〉、〈裕陵偏頭痛方〉、〈枳枸湯〉、〈服生薑法〉、〈服葳靈仙法〉、〈服茯苓法〉、〈服地黃法〉、〈艾人看灸法〉、〈井萃水〉、〈天麻煎〉、〈代茶飲子〉、〈治痢腹痛法〉、〈服松脂法〉、〈煉臬耳霜法〉、〈服黃連法〉等等，凡數十篇。

是苦滅聖諦如實知，此是苦滅道跡聖諦如實知。

　　諸比丘！彼世間良醫，於生根本對治不如實知，老、病、死、憂、悲、惱、苦根本對治不如實知，如來、應、等正覺為大醫王，於生根本知對治如實知，於老、病、死、憂、悲、惱、苦根本對治如實知，是故如來、應、等正覺名大醫王。〔註188〕

　這種以四聖諦如實知對治眾生老、病、死、憂、悲、惱、苦的解脫醫學，不僅是佛世時，世尊用以從根本上，如實對治諸法與生死問題所採行，在二十世紀晚期後工業時代中，因社會高度競爭壓力所孳生的種種心因性，及由此而相對引發的器質性疾病，如焦慮、苦悶、不安、憂鬱、躁鬱、內分泌失調、身心失衡，及自殺潮等等，也因中國禪學、藏傳與南傳佛教，在西方世界的廣行，而為心理科學界，在心理諮商等領域所取資，並對心理治療在方法上，超越始創於弗洛依德的精神分析法，而造成廣泛的啟示，如藏傳佛教對四諦、四念住、六度、八正道、十二支等共法的初步洋格義，以及南傳佛教對奢摩他（samatha）與毘婆舍那（vipaśyanā）在行法上的內觀詮釋，都被學界公認為在臨牀上，具有當代心理科學、生物醫學科學及物理醫學科學意義的有效方法，〔註189〕而這早在元祐三（1088）年，時在中樞任重臣，並深

〔註188〕《大正藏》，第二冊，頁105ᵇ。

〔註189〕如獲有美國醫學與生化學雙博士學位的長庚大學董事長、長庚生技公司董事長楊定一，在〈靜坐──找回失去的平衡〉一文中說：「工業革命後，知識以爆炸性的速度發展，人類在短短五十年間的進步比過去幾萬年還多。……快速的生活步調易使人們處於緊張或不安的狀態，並使『交感神經系統』過度作用，交感神經因壓力刺激而釋放大量的神經傳導物質，並使身體啟動一連串的『打和逃反射』（fight-and-flight reflex）的反應，……靜坐能幫住提升『副交感神經系統』，靜坐時，呼吸和心跳會自然地變慢，身體各部位的基本頻率連貫且同步。不論是呼吸、心跳、腦波或肌肉和神經的運作，都可以用精確的科學儀器來測量出同步的頻率，這稱為『合一性』（coherence）。……一般說來，最基本的方法就是『數息』或『觀息』，『數息』指的是指數自己的呼吸，一呼一吸即為『一息』，……真正的靜坐，其實是超越任何境界，是對生命萬事萬物的看穿並充分理解，重新對生命的價值有全新的體悟。……這種頓悟帶給我們全面的放下，並徹底轉變我們的心。」《聯合報‧元氣周報》，民國九十七年十二月七日，頁20。
其實，楊定一說的正是以物理醫學科學的實驗檢證禪坐對身心功能所產生的結果。再如張石在〈中國詩僧藝術〉一文中也說：「佛教文化的人生理想，從本質上說，是一種『低熵文化』，或曰『減熵文化』的人生理想。……熱力學第二定律可以用一句簡短的話來表達：『宇宙能量的總和是個常數，總的熵是不斷增加的。』……而把主張與自然和合，嚮往清寒〔無欲〕與純樸的文化，

爲高太后倚重的翰林學士知貢舉蘇軾那裏，於人生春風得意之際，便從色與
非色法的辯證思維進路，寫下〈寒熱偈〉說：

> 今歲大熱，八十餘日；
>
> 物我同病，是熱非虛。
>
> 方其熱時，謂不復涼；
>
> 及其既涼，熱復安在。
>
> 凡世寒熱，更相顯見；
>
> 熱既無有，涼從何立？
>
> 今我又復，認此爲涼；
>
> 後日更涼，此還是熱。
>
> 畢竟寒熱，爲無爲有？
>
> 如此分別，皆是眾生！

叫做『減熵文化』，或曰『低熵文化』。佛教文化就屬於這種文化。」張石等
著，《禪與中國文學》，長春，吉林文史出版社，1992，頁 418～420。

又，參見：

1. 〔泰〕佛使比丘（Buddhadasa Bhikkhu）著，香光書鄉編譯組譯，《解脫自
   在園十年》（*The First ten years of Suna Mokkh*），嘉義，香光寺出版社，民
   83。
2. 〔泰〕楊達（Phra Ajahn Yantra Moro）著，聖諦編譯組譯，《清淨的法流》，
   臺北，法味書院出版社，民 83。
3. 〔泰〕阿姜查（Ajahn Chah）著，法園編譯群譯，《我們眞正的歸宿》（*Our
   Real Home*），中壢，圓光出版社，民 84。
4. 〔美〕丹尼爾・寇曼、羅伯・索曼（Daniel Goleman & Robert A. F. Thurman）
   編，靳文穎譯，《心智科學──東西方的對話》（*Mind Science: An East-West
   Dialogue*），臺北，眾生文化出版有限公司，民 84。
5. 〔緬〕阿迦曼著，曾銀湖譯，《解脫心》（*Muttodaya*），南投，大林靜舍出
   版社，1995。
6. 創巴仁波切（Chögyam Trungpa）著，繆樹廉譯，《突破修道上的唯物》
   （*Cutting Through Spiritual Materialism*），臺北，眾生文化出版有限公司，
   民 85。
7. 〔德〕戈文達喇嘛（Lama Anagarika Govinda）著，周勳男譯，《白雲行》
   （*The Way of White Clouds*），臺北，白法螺出版社，1999。
8. 〔捷克〕性空（Dhammadipa）著，釋見擎等整理、註釋，《四聖諦與修行
   的關係：轉法輪經講記》，嘉義，香光書鄉出版社，民 92。
9. 〔緬〕馬哈希（Mahasi）著，嘉義新雨編譯群譯，《內觀基礎：從身體中
   了悟解脫的眞相》（*Fundamentals of Vipassana Meditation*），臺北，方廣出
   版社，2004。

客塵浮想，以此爲達；

無有是處，使謂爲迷。

則又不可，如火燒木；

從木成炭，從炭成灰。

爲灰不已，了無一物；

當以此偈，更問子由。〔註190〕

蘇軾以肯認現象有，申詳本質空的諦理，是敵體相翻的辯證關係，祇是爲客塵所迷的眾生，每執現象有爲實有，所以在根塵相交之際，以不覺之故，而放任六根陷溺於六塵中，以致自苦不迭，或以妄情執取，而沈溺在苦中，以致自以爲樂，尤有甚者，反而以苦爲樂源，如耽於諍競鬮訟者之所爲，凡此皆以其不悟在緣起法中，生滅無已的現象有，在性相上，都是剎那剎那還滅的遮障之故，是以無法在念念亦隨緣不住中，洞達應緣生起的覺受心，祇是妄心，並非本眞心，而本眞心，當如蘇軾在〈魚枕冠頌〉所說：

我觀此幻身，以作露、電觀；

而況身外物，露、電亦無有。〔註191〕

這在五祖弘忍禪師的《最上乘論》則說爲：

《〔維摩詰所說〕經》云：「十方國土，皆如虛空。」三界虛幻，唯是一心作。……但於行、住、坐、臥中，常了然守本眞心，會是妄念不生，我、所心滅，一切萬法，不出自心。〔註192〕

了透妄念在現象上的生，即性相上的不生，則身、物俱空，自然就沒有非如此則必如彼，與非如彼則必如彼的二元對立，在能觀的心上，被所觀境給片面的轉移而去，而不自明覺者，因此，以〈六如偈〉爲觀法經據的應病之道，蘇軾總是實相本來「無一事」，與「了無一物」的「無去來」的悟入者，如〈玉石偈〉說：

熱惱既除心自定，當觀熱相無去來。

寒至折膠熱流金，是我法身一呼吸。

寒人者冰熱者火，冰火初不自寒熱。

一切世間我四大，畢竟誰受寒熱者？〔註193〕

〔註190〕《蘇軾文集》，第二冊，頁647。

〔註191〕《蘇軾文集》，第二冊，頁593。

〔註192〕《大正藏》，第四十八冊，頁378b。

〔註193〕《蘇軾文集》，第二冊，頁644。文中「一呼吸」誤植爲「二呼吸」，「一呼吸」

　　那麼，在黨爭寒熱時作，炎涼不濟的風暴中，被業風掃到嶺南來的蘇軾，在地、水、火、風中，阿那箇是不空不大自在的蘇軾？如有這等不自在的蘇軾在，就沒有〈十二時偈〉對「常切覺察，遮箇是甚麼」的覺察，是以蘇軾頌偈說：

> 百滾油鐺裏，恣把心肝煠；
> 遮箇在其中，不寒亦不熱。
> 似則似是，是則未似。
> 不唯遮箇不寒熱，那箇也不寒熱。
> 咄！甚叫做遮箇那箇？〔註194〕

　　這便是蘇軾得以在嶺南，以大休歇證顯本來面目的內學根據，因而在第一義諦上說：「闔門省愆之外，無一事也。」所以嫻於藥師佛思想的蘇軾撰有〈藥師琉璃光佛贊〉云：

> 我佛出現時，眾生無病惱；

為佛學用語，在經典中稱為「呼吸間」，參見：
1. 後漢・安世高譯，《佛說阿含正行經》，佛告諸比丘說：「如呼吸間，脆不過於人命。」《大正藏》，第二冊，頁883^c。
2. 吳・支謙譯，《佛說萍沙王五願經》說：「人命不可知，在呼吸間。」《大正藏》，第十四冊，頁779^b。
3. 在宗門中則稱為「一呼吸」，《續傳燈錄》卷第二十四〈大鑑下第十五世・香嚴月禪師法嗣・鄧州香嚴倚松如璧禪師〉說：「變化密移何太急？剎那念念一呼吸：八萬四千方便門，且道何門不可入？」《大正藏》，第五十一冊，頁630^a。
4. 元・元叟行端述，《慧文正辯佛日普照元叟端禪師語錄》卷第一〈住湖州路翔鳳山資福禪寺語錄〉說：「一呼吸間，便歸無常，向此婆婆界上，覓箇甚麼物？」《卍續藏》，第七十一冊，頁516^b。
5. 元・宗寶道獨述，《長慶宗寶獨禪師語錄》卷第二〈示眾〉說：「佛說：『人命在一呼吸間。』汝等於今，刻刻甘心死得去便罷，若未能死得去，便須急急覓箇方便。」《卍續藏》，第七十二冊，頁743^a。
6. 或稱為「一息」，如智者大師在《妙法蓮華經玄義》卷第四上說：「一息不還，即便命盡。覺息與命，危脆無常，不生愛慢。知息非我，即不生見。若知息長短對欲界定，知息遍身對未到地，除諸身行對初禪覺觀支，受喜對喜支，受樂對樂支，受諸心行對一心支。心作喜即喜俱禪，心作攝即二禪一心支，心作解脫即三禪樂，觀無常即四禪不動。觀出散即空處，觀離欲即識處，觀滅即對無所有處，觀棄捨對非想非非想處。觀棄捨時，即便獲得三乘涅槃。」《大正藏》，第三十三冊，頁719^a。
7. 上舉楊定一在〈靜坐——找回失去的平衡〉一文中即用「一息」。

〔註194〕《蘇軾文集》，第二冊，頁645。

世界悉琉璃，大地皆藥草。

我今眾稚孺，仰佛如翁媼；

面頤既圓平，風末亦除掃。〔註195〕

在〈與陳伯修〉第五簡說：

某近日甚能刳心省事，不獨省外事也，幾於寂然無念矣。〔註196〕

「刳心」本爲宗門常行，祇要不是顛執的迷人，既可「看心看淨」，亦可「直心」任運，而圓通無礙。也就是說，宗門禪法，理當因應學人根器利鈍，與頓漸機宜而用，不當在行法的事相上，依人不依法，而硬生生的判南裁北，甚或詭稱家風作畧不與他同，以致徒然惑亂學人妄意簡擇的識情，這也正是祖師禪五家七宗分燈後，在宋代向禪淨過渡，並最終合流的核心思想。〔註197〕是以「刳心」既可如唐僧淨覺站在北宗立場所撰述的初期禪宗傳承史

〔註195〕《蘇軾文集》，第二冊，頁 620。《藥師經》凡五譯：

1. 東晉・帛尸梨密多羅譯，《佛說灌頂拔除過罪生死得度經》，收在《佛說灌頂經》，卷第十二，輯錄在《大正藏》，第二十一冊。

2. 劉宋・慧簡譯，《灌頂拔除過罪生死得度經》，已佚，著錄見梁・僧祐，《出三藏記集》，卷第五，《大正藏》，第五十五冊，頁 39ᵃ。唐・智昇，《開元釋教錄》卷第十七說：「《藥師琉璃光經》一卷（亦名《灌頂拔除過罪生死得度經》）。右一經，是《大灌頂經》第十二卷，或有經本在第十一。長房等錄皆云，宋代鹿野寺沙門慧簡譯者，謬也。」《大正藏》，第五十五冊，頁 662ᵇ。又，《佛光大辭典》誤以爲現存帛尸梨密多羅的譯本即慧簡的譯本，頁 3195。

3. 隋・達磨笈多譯，《佛說藥師如來本願經》，輯錄在《大正藏》，第十四冊。

4. 唐・玄奘譯，《藥師琉璃光如來本願功德經》，輯錄在《大正藏》，第十四冊。

5. 唐・義淨譯，《藥師琉璃光七佛本願功德經》，輯錄在《大正藏》，第十四冊。

《藥師經》詳述善名稱吉祥王如來、寶月智嚴光音自在王如來、金色寶光妙行成就如來、無憂最勝吉祥如來、法海雷音如來、法海勝慧遊戲神通如來、藥師琉璃光如來七佛的本願及其陀羅尼，說明現世利益與淨土往生思想，具有密教性質，一般以玄奘譯本最爲通行。

〔註196〕《蘇軾文集》，第四冊，頁 1558。

〔註197〕參見元僧天如惟則《淨土或問》論唐末五代宋初淨土宗六祖、法眼宗三祖永明延壽〈四料揀偈〉：「有禪無淨土，十人九蹉路；陰境若現前，瞥爾隨他去。無禪有淨土，萬修萬人去；但得見彌陀，何愁不開悟？有禪有淨土，猶如戴角虎；現世爲人師，當來作佛祖。無禪無淨土，鐵牀并銅柱；萬劫與千生，沒箇人依怙。」唯永明延壽的〈四料揀偈〉雖不見於其現存的主要著作，如《宗鏡錄》、《萬善同歸集》、《神棲安養賦》、《唯心訣》等，然自元以來即廣爲淨宗典籍引論，迄無反質者，又以其提倡禪淨雙修之道可與《萬善同歸集》

《楞伽師資記‧第五唐朝蘄州雙峯山道信禪師》說：

　　　或可諦看，心即得明淨。心如明鏡，或可一年，心更明淨。或
　　可三、五年，心更明淨。或可因人爲說，即得悟解。或可永不須説
　　得解。……亦不念佛，亦不捉心，亦不看心，亦不計心，亦不思惟，
　　亦不觀行，亦不散亂直任運，亦不令去，亦不令住，獨一清淨，究
　　竟處心自明淨。〔註198〕

也可以南宗爲入路，如慧能在《六祖壇經》說：

　　　法無頓漸，人有利鈍。迷即漸契，悟人頓修，識自本心，自見
　　本性，悟即元無差別，不悟即長劫輪迴。〔註199〕

　　蘇軾在這裏所指的「刳心省事」，便有了事與理的兩重自在性，亦即元僧
祥邁在《辯僞錄‧後記》所說：「刳心守道，閉戶閑居。」〔註200〕而在貶所中，
把黨爭的往事，從嶺南倒映回汴梁，乃至於無黨的眉州家鄉，並審細省思，
這大半生在塵網中的所做所爲，是否與儒術致君的初衷相應。也可如明僧傳
燈在《楞嚴經圓通疏》卷第七所說：

　　　《增韻》云：「〔刳〕剖也，虛其中也。」《易》云：「刳木爲舟。」
　　今云刳心者，凡弟子受法於師，若引瓶之受水，必虛其心而然後有
　　所得也。〔註201〕

　　把心在世法應緣牽絆的「外事」，與出世法第一義諦的「諦理」中，給當
相空掉，而在無所住中，照覺「定慧等」，之於「寂然無念」的大自在，原來
祇是一個身意柔軟，諸根清涼的直心，誠如《維摩詰所說經》卷上〈菩薩品
第四〉，世尊回答光嚴童子說：「直心是道場。」〔註202〕而在直心道場中，或
刳心自守，或刳心虛受，其之於終極的究竟了義，都是對眞如等無差別的證
顯，是以身在塵網事境中的蘇軾，與在帝網依正中閉戶獨坐大雄峯的蘇軾，
原來也是一而二、二而一，而等無差別的蘇軾。

　　在〈與陳季常〉第十六簡說：

　　　融合禪、華嚴、天臺、淨土等諸宗之思想相印證，咸信必爲其佚文無疑。
〔註198〕《大正藏》，第八十五冊，頁1287ᵇ。
〔註199〕《壇經校釋》，頁30～31。「人有利鈍」，郭朋筆誤爲「人有利頓」，以其指根
　　　器而言，當以「利鈍」爲是。參見《大正藏》，第四十八冊，頁338ᵇ⁻ᶜ。
〔註200〕《大正藏》，第五十二冊，頁764ᵃ。
〔註201〕《卍續藏》，第十二冊，頁871ᵃ。
〔註202〕《大正藏》，第十四冊，頁542ᶜ。

軾罪大責薄，……知幸、念咎之外，了無絲髮掛心，置之不復道也。〔註203〕

怎樣的心地，纔能孤明歷歷，而了無絲髮牽掛？要說這是蘇軾已然「絕棄世故」、「超然物外」、「節嗜欲」、「節飲食」，亦且「幾於寂然無念」，而法爾自然呈現的直心，在事相與理境的法相上，並沒有甚麼不適切，但如能像蘇軾的臨濟祖師義玄在《鎮州臨濟慧照禪師語錄》所說的「日上無雲，麗天普照；眼中無翳，空裏無花」那樣當臺臨鏡，〔註204〕而一任是幸、是咎都已無須擬議，那麼，父母未生以前的本來面目，正是前及〈和陶王撫軍坐送客〉詩，「莫作往來相，而生愛見悲」，自無始以來，就有的本眞心，這心在涅而不染、在白而不虜、在穢而不戚、在淨而不欣，如鑛中金、如璞中玉、如木中火、如水中冰、如千江月，其性如如，因爲「往來相」，是歸因僥倖與自咎的苦相，也是孳生愛見煩惱的溫牀，更是貪執曾爲京官的妄相，如唐僧義淨譯《大寶積經》卷第五十七〈佛說入胎藏會第十四之二〉，世尊對難陀說：

往來相愛念，貪名著利養。〔註205〕

蘇軾既然已經空掉了「往來相」，也就不再有絲毫名、聞、利、養，足堪掛懷，如此一來，誠如不著撰人在《本業瓔珞經疏》殘卷〈學觀品第三〉所說：「見著二法，俱爲煩惱。」〔註206〕而以煩惱障道的「愛、見」二行，也就與「愛、見」即「見著二法」所生的「悲」，給同時空掉了，是以在蘇軾「置之不復道」的空境中，一切的言說，都已屬餘事，因爲行在沒有「往來相」與「愛見悲」的中道，已無一物可攀緣，包括言說與文字，是以宋僧宗杲在《大慧普覺禪師住育王廣利禪寺語錄》卷第五說：

佛法要妙，離言說相，離文字相，離心緣相，不可以有心求，不可以無心得，不可以語言造，不可以寂默通。……實謂壁立萬仞，勦絕聖凡，假使智如鶖子（śāriputra）、辯若維摩，與三世諸佛同時出來，也須入地三尺，有如是自在、有如是威神，……一切障礙即究竟覺，得念失念無非解脫，成法破法皆名涅槃，智慧愚癡通爲般若。〔註207〕

〔註203〕《蘇軾文集》，第四冊，頁1570。
〔註204〕《大正藏》，第四十七冊，頁503[a]。
〔註205〕《大正藏》，第十一冊，頁334[c]。
〔註206〕《大正藏》，第八十五冊，頁759[b]。
〔註207〕《大正藏》，第四十七冊，頁829[b~c]。

斬絕如斯，還有甚麼可在一如隨色摩尼珠的菩提心上，再造成罣礙的凡情聖解好說予陳季常的呢？所以蘇軾在〈無相庵偈〉中如是說：

> 出庵見庵，入庵見圓；
>
> 問此圓相，何所因起？
>
> 非土非木，亦非虛空；
>
> 求此圓相，了不可得。
>
> 乃至無有，無有亦無；
>
> 是中有相，名大圓覺。
>
> 是佛心地，是諸魔種。〔註208〕

在〈與程正輔〉第十三簡說：「已絕北歸之望，然心中甚安之。」〔註209〕已具如〈次韻子由浴罷〉詩「安心會自得」，證以菩提達磨為神光「我與汝安心竟」的互文性之論，但仍須留意的是，此際處身南華的蘇軾，所「絕」的是「某覩近事」的事相，也就是業風不絕於汴京而泯絕於自心的黨爭，所以此時在蘇軾心上所體現的實相，正是與事相相即的實相，而這種悟達世法即出世法的知見，要非般若智慧的當機發用，恐難引出連法執也沒有的下文，因此，蘇軾接著說：「未說妙理達觀，但譬如元是惠州秀才，累舉不第，有何不可？」〔註210〕蘇軾之所以用反筆如此說，祇因程正輔並非解脫道中人之故。

程正輔是蘇軾的表兄，也是蘇軾的姊夫，但卻把蘇軾的姊姊凌虐致死，以致蘇、程兩家絕交已久，直到蘇軾被貶到惠州，纔與時任廣南東路提刑的程正輔，盡釋前嫌，〔註211〕並寫下多達七十一通的尺牘。〔註212〕從蘇軾的回信來看，重要者大抵是答覆程正輔向蘇軾請益如何施政的行政事宜，所以蘇軾祇能以此等仍在宦海中頭出頭沒的俗人，說輕描淡寫的出世法，祇是從蘇軾的自性中流露出來的文字，還是要以菩提心為前提，而在自家的一片平懷上，為之應緣開解，如程正輔的再醮妻，亦即蘇軾後來的表嫂亡故時，即在

〔註208〕《蘇軾文集》，第二冊，頁645。

〔註209〕《蘇軾文集》，第四冊，頁1593。

〔註210〕《蘇軾文集》，第四冊，頁1593。

〔註211〕程之才，字正輔，嘉祐間進士，《宋史》無傳，參見《中國文學家大辭典‧宋代卷》，頁855。

〔註212〕七集本祇收〈與程正輔提刑二十四首〉，參見《蘇東坡全集》，下冊，《續集》，卷七，頁207～212。

〈與程正輔〉第五十七簡，爲之開示一番佛法說：

> 惟兄四十年恩好，所謂老身長者子，此情豈易割捨？然萬般追
> 悼，於亡者了無絲毫之益，而於身有不皆之憂，不即拂除，譬之露
> 電，殆非所望於明哲也。讒地不敢則捨去，無緣面析此理，願兄深
> 照痛遣，勿留絲毫胷中也。惟速作佛事，升濟幽明，此不可不信也，
> 惟速爲妙。……佛僧拯貧苦尤佳，但發爲亡者意，則俯仰之間，便
> 貫幽顯也。〔註213〕

蘇軾在此試著以度亡的佛事，把佛法的因緣植入程正輔的八識田，使之
對終極關懷有所覺知，並進一步爲說基礎禪定，如〈與程正輔〉第六十一
簡說：

> 老弟凡百如昨，……自至日便杜門不見客，……但曉夕默坐，
> 作小乘定，〔註214〕雖非至道，亦且休息。〔註215〕

在這兩段文記中，「老身長者子」與「小乘定」，是蘇軾以文字隨宜作佛
事的方便法，「老身」指「毘耶離城長者」，「長者子」即「寶積」，寶積向世
尊請「菩薩淨土之行」，世尊即爲宣說，具如《維摩詰所說經》上卷〈佛國品
第一〉所云：

> 寶積！眾生之類是菩薩佛土，所以者何？菩薩隨所化眾生而取
> 佛土，隨所調伏眾生而取佛土，隨諸眾生應以何國入佛智慧而取佛
> 土，隨諸眾生應以何國起菩薩根而取佛土。所以者何？菩薩取於淨
> 國，皆爲饒益諸眾生故。……寶積！當知直心是菩薩淨土，菩薩成
> 佛時，不諂眾生來生其國；深心是菩薩淨土，……菩提心是菩薩淨
> 土。……布施是菩薩淨土，……持戒是菩薩淨土，……忍辱是菩薩
> 淨土，……精進是菩薩淨土，……禪定是菩薩淨土，……智慧是菩
> 薩淨土，……四無量心是菩薩淨土，……四攝法是菩薩淨土，……
> 方便是菩薩淨土，……三十七道品是菩薩淨土，……迴向心是菩薩
> 淨土，……說除八難是菩薩淨土，……自守戒行不譏彼闕是菩薩淨
> 土，……十善是菩薩淨土……如是，寶積！菩薩隨其直心，則能發

〔註213〕《蘇軾文集》，第四冊，頁1615。
〔註214〕孔凡禮點校，誤植爲「少乘定」。「小乘」既是佛學名相，也是蘇軾常用語，
　　　　如〈次韵定慧欽長老見寄八首〉其一詩云：「我是小乘僧。」〈悼朝雲〉詩云：
　　　　「贈行惟有小乘禪。」《蘇軾詩集合注》，下冊，頁2001、2080。
〔註215〕《蘇軾文集》，第四冊，頁1617。又，七集本《蘇東坡全集》，失收。

行；隨其發行，則得深心；隨其深心，則意調伏；隨意調伏，則如
說行；隨如說行，則能迴向；隨其迴向，則有方便；隨其方便，則
成就眾生；隨成就眾生，則佛土淨；隨佛土淨，則說法淨；隨說法
淨，則智慧淨；隨智慧淨，則其心淨；隨其心淨，則一切功德淨。
是故，寶積！若菩薩欲得淨土，當淨其心；隨其心淨，則佛土淨。
〔註216〕

　　首先，蘇軾在〈水陸法像贊并序〉破題即說：「蓋聞淨名之盎，屬饜萬口，
寶積之蓋，徧覆大千；若知法界，本造於心，則雖凡夫，皆具此理。」〔註217〕
而以「直心是菩薩淨土，菩薩成佛時不詔眾生來生其國」為句例，第一句說
的都是因地，第二句說的都是果地，以文繁故，簡為刪節號。然而，論者之
所以認為有必要把經文引出來，無非為了申詳蘇軾以文字作佛事，除了直接
以文字法施，如撰寫〈施餓鬼食文〉、〈葬枯骨疏〉等文之外，在一個人面臨
親人亡故，而情緣難捨之際，欲其於佛法聽聞得入，就不能在完全沒有佛教
信仰基礎，或佛學思想基礎尚未依了義而理性的建構起來之前，猝然講說祇
有親證者乃能知之的第一義諦，否則便會適得其反，使其徒然產生疑謗心，
乃至於增進慢心。

　　就在這種法施的認識下，蘇軾對程正輔所指出的佛法，都僅限於義通
大、小乘的基本學理，〔註218〕如三心：直心、深心、大悲心。六度：布施、
持戒、忍辱、精進、禪定。四無量心：慈無量、悲無量、喜無量、捨無量。
四攝法：布施攝、愛語攝、利行攝、同事攝。四念處：身念處、受念處、心
念處、法念處。四正勤：已生惡令永斷、未生惡令不生、未生善令生、已生
善令增長。四如意足：欲如意足、精進如意足、念如意足、思惟如意足。五
根：信根、精進根、念根、定根、慧根；五力：信力、精進力、念力、定力、
慧力；七覺分：擇法覺分、精進覺分、喜覺分、除覺分、捨覺分、定覺分、
念覺分；八正道：正見、正思惟、正語、正業、正命、正精進、正念、正定
等三十七菩提分。

〔註216〕《大正藏》，第十四冊，頁538^{a-c}。
〔註217〕《卍續藏》，第五十七冊，頁115^{a-b}。
〔註218〕蘇軾在惠州連續為程正輔寫了十首詩，第二首就勸程正輔學佛，即〈正輔既
　　　　見和復次前韻慰鼓盆勸學佛〉，還提醒程說：「此語君勿疑。」而接下來的八
　　　　首，就有六首與佛學具有互文性，比率之高，可見其用心之切。《蘇軾詩集合
　　　　注》，下冊，頁2009～2023。

　　因地行法容或有多門，但不論行願大小，在以大乘爲主要信仰的漢傳佛教中，菩薩所取佛土，都朝向自度度他思想集中，祇是蘇軾並未乍然對程正輔說出，而留待與其所發心的大小而在層層遞進中，使其在信、解、行、證之道上，依自家根器的利鈍，與自覺於自我開掘而悟入的淺深而地地自證，所以即使說禪，也僅以「小乘定」輕輕點到爲止，因此，蘇軾特別提醒程正輔說：「雖非至道，亦且休息。」也就是說，即使初機定不下來，那就當做休息好了。

　　戒、定、慧三勝學，是佛學在宗教實踐上的總綱領，禪的本義是靜慮、思惟修習，與 samādhi 同爲行 yoga 法之一，在佛教成立以前，由思惟的動詞根 dhyai 派生的 dhyāna，在古印度即爲 Upanisad 諸哲學學派所共同接受，如《歌者奧義》描述修行過程中的二十六個心理活動，第六個階段就是 dhyāna，而與第七個階段的「知識」及第十九階段的「信仰」，共同構成對「梵——我」的證悟，而形成梵我一如（brahma-ātma-aikyam）的有我論思想，〔註 219〕後來被釋迦牟尼佛所吸收、發展、改造與完善，而納入緣起論的無我思想體系中。

　　相對於佛學，奧義書諸哲學學派的 dhyāna，於是成爲共外道法，而做爲佛教主要行法之一的 dhyāna，傳入中國後，以對音方式譯爲禪那，或馱衍那，

〔註 219〕參見：

1. 巫白慧著，《印度哲學——吠陀經探義和奧義書解析》，〈奧義書解析·奧義書的禪理〉，北京，東方出版社，2000，頁 237〜238。

2. 〔日〕忽滑谷快天著，《禪學思想史》，第五章，〈ウパニツヤツドの坐禪法〉，第六章，〈ウパニツヤツドと禪〉，東京，玄黃社，大正 14（1925），頁 37〜52。

3. 關於 Upanisad 諸哲學學派的行 yoga 法，在約於西元紀元前二百五十年，被寫出的《白淨識者奧義書》（*Wvetawvatara Upanisad*），第二章第八、九節，有具體的演示，如第八節說：「三體安正直，軀幹定然兀，心內收意識。以此爲大梵筏，可怖之急流，智者當度越。」第九節說：「氣息和體中，動作皆調適，輕微露鼻息。意念如野馬，智者當羈勒，制之不放逸。」譯文見徐梵澄譯，《奧義書選譯》，中冊，《世界佛學名著譯叢》，第九十九冊，頁 357〜358。

4. *Wvetawvatara Upanisad*，別譯《白騾子仙人奧義書》，異譯參見〔日〕柳田聖山著，吳汝鈞譯，《中國禪思想史》，臺北，臺灣商務印書館股份有限公司，民 74，頁 1〜2。

5. 柳田聖山《中國禪思想史》，別譯參見毛丹青譯，《禪與中國》，臺北，桂冠圖書股份有限公司，1992，頁 1〜2。

或持阿那，並在東晉時首先以小乘禪的概念為中國人所接受，如後秦・僧肇
《注維摩詰經》卷第九〈菩薩行品第十一〉說：

> 什曰：「禪定有三種：一、大乘，二、小乘，三、凡夫。凡夫禪
> 生高慢我心；小乘禪獨善求證，能燒眾善，壞無上道根，於菩薩則
> 為惡趣。故視之如地獄也。」
>
> 肇曰：「禪定雖樂，安之則大道不成；菩薩不樂故，想之如地獄
> 也。」〔註220〕

僧肇以小乘定相對於大乘禪，而開始從境、行、果上，對析兩者的根本
不同，至隋時淨影慧遠法師在《大乘義章》卷第十三〈八禪定義四門分別〉
則詳論說：

> 大小不同，署有十三：
>
> 一、體性不同：小乘禪定事識為體；大亦始習事識為體，次除事識
> 　　妄識為體，終除妄識真識為體。
>
> 二、常無常異：小乘所得一向無常；大乘法中始修無常，終成是常，
> 　　真為體故。
>
> 三、漏無漏別：小乘初禪至無所有通漏無漏，非想一地唯是有漏，
> 　　成實設有但有順舊遊觀無漏；大乘八禪皆通有漏及與無漏，故
> 　　龍樹言：「云何菩薩非想處定？與實相俱是名菩薩非想處定。」
>
> 四、滅障不同：小乘禪定但能滅除四住麤亂；大乘禪定能滅一切。
>
> 五、深淺不同：小乘定淺，可為緣動，故龍樹說，大樹緊那羅王鼓
> 　　瑠璃琴、迦葉起舞、阿難歌吟，以定淺故；如諸菩薩禪定深靜，
> 　　乃至天雷不能發動。
>
> 六、緣心不同：小乘禪定有想有緣；大乘始習有想有緣，終成離緣，
> 　　故《地持》云，如佛先為迦游延說，比丘不依一切修禪。云何
> 　　不依？若地地除，乃至一切一切想除。
>
> 七、緣境不同：凡夫禪定事相為境；二乘禪定苦、無常等法相為
> 　　境；諸佛、菩薩實性為境。
>
> 八、出入不同：小乘所得有出有入；大乘法中始有出入，成則不
> 　　爾，於一切時無不定故。
>
> 九、超越不同：小乘超禪不過一地；諸佛菩薩於一切地隨其多少皆

〔註220〕《大正藏》，第三十八冊，頁407^{a-b}。

悉能超。

十、受生不同：二乘得禪不能迴來欲界受生；菩薩悉能於禪定中離
　　繫縛故。

十一、起行不同：小乘修禪但為自樂；大乘俱利。

十二、生德不同：小乘禪定但能出生少分功德；菩薩禪定出生一
　　　切，故《地持》云，菩薩禪定出生功德，聲聞、辟支不知其
　　　名，況復能起？

十三、得果不同：二乘禪定但得小果；菩薩所修得大菩提。不同如
　　　是。〔註221〕

　　慧遠法師除了詳論小乘禪定與大乘禪定，在體性等十三個方面的根本不
同之外，也兼及凡夫禪定，但卻祇有一句話，即：「凡夫禪定事相為境。」
〔註222〕並在佛學經過南北朝的格義，而在思想上朝大乘化與中國化發展的進
程中，逐漸被天臺學與華嚴學所汲取，而依龍樹的《大智度論》及迦旃延子
的《阿毘曇毘婆沙論》卷第二十二〈雜揵度無義品第七下〉的簡單敘述，加
入外道禪的討論與果地義項的終極簡別，〔註223〕直到中唐時，華嚴宗第五祖
圭峯宗密，再會通盛唐西來僧智嚴在《注大乘入楞伽經》卷第四〈集一切法
品第三〉所說：

　　若頓悟自心，本來清淨，元無煩惱，無漏智性，本自具足，此
　心即佛，畢竟無異。依此而修者，是最上乘禪，亦名如來清淨禪，
　亦名一行三昧，亦名真如三昧。〔註224〕

　　於是最終形成中國禪學在教下以外道禪、凡夫禪、小乘禪、大乘禪、最
上乘禪五種禪思想分流的體系，如圭峯宗密在《禪源諸詮集・都序》卷上
之一說：

　　禪是天竺之語，具云禪那，中華翻為思惟修，亦名靜慮，皆定
　慧之通稱也。源者是一切眾生本覺真性，亦名佛性，亦名心地。悟
　之名慧，修之名定，定慧通稱為禪那。……禪則有淺有深，階級殊
　等，謂帶異計，欣上壓（厭）下而修者，〔註225〕是外道禪；正信因

〔註221〕《大正藏》，第四十四冊，頁723c～724a。
〔註222〕《大正藏》，第四十四冊，頁4a。
〔註223〕參見《大正藏》，第二十八冊，頁166a。
〔註224〕《大正藏》，第三十九冊，頁460b~c。
〔註225〕「欣上壓下」當為「欣上厭下」之誤，依下文「欣厭而修」者可知，且為佛

果，亦以欣厭而修者，是凡夫禪；悟我空偏眞之理而修者，是小乘
禪；悟我、法二空所顯眞理而修者，是大乘禪（上四類，皆有四色、
四空之異也）；若頓悟自心本來清淨，元無煩惱，無漏智性，本自具
足，此心即佛，畢竟無異，依此而修者，是最上乘禪，亦名如來清
淨禪，亦名一行三昧，亦名眞如三昧。〔註226〕

　　值得注意的是，圭峯宗密所析論的五種禪，都沒有出現在禪宗東土初祖
菩提達磨，乃至於六祖慧能等，從如來禪向祖師禪過渡，以至於完成中國化
禪學的祖師的文記中，倒是圭峯宗密所說的「定慧通稱爲禪那」，是從盛唐時
以摩訶般若波羅蜜自性空的空觀，確立中國禪宗的六祖慧能那裏得到了啓
發，如慧能在《六祖壇經》說：

　　　摩訶般若波羅蜜，最尊、最上、第一，無住、無去、無來，三
　　世諸佛從中出，將大智惠到彼岸，打破五陰煩惱塵勞，最尊、最上、
　　第一。讚最上最上乘法，修行定成佛。無去、無住、無來往，是定
　　惠等，不染一切法，三世諸佛，從中變三毒爲戒、定、惠。〔註227〕

　　慧能以體、相等持的關係，確立中國禪學獨具特色的「定惠〔慧〕等」
學，〔註228〕便成爲宗門禪脫離如來禪而徹底完成完全中國化的祖師禪，乃至

學常用成詞。又，參見閻韜釋譯，《禪源諸詮集・都序》，臺北，佛光出版社，
　　　　1996，頁23。
〔註226〕《大正藏》，第四十八冊，頁399^{a~b}。
〔註227〕《壇經校釋》，頁51。
〔註228〕「等」是「等同任持禪定與智慧」義，而非概括義。此以南宋時來華的高麗
　　　　僧普照知訥在《高麗國普照禪師修心訣》中的論述最精詳，知訥以明心修
　　　　心、頓悟漸修、空寂靈知等三項，闡論修心的要訣，並對「定惠等」學，以
　　　　「定慧等持」說，做了極其精到的釐辨。普照知訥說：「若設法義入理，千門
　　　　莫非定慧，取其綱要，則但自性上體、用二義，前所謂空寂、靈知是也。定
　　　　是體，慧是用也。即體之用，故慧不離定；即用之體，故定不離慧；定則慧
　　　　故寂而常知，慧則定故知而常寂，如曹溪云，『心地無亂自性定』、『心地無癡
　　　　自性慧』，若悟如是，任運寂知，遮炤無二，則是爲頓門，箇者雙修定慧也。
　　　　若言先以寂寂治於緣慮，後以惺惺治於昏住，先後對治均調昏亂以入於靜
　　　　者，是爲漸門，劣機所行也。雖云惺寂等持，未免取靜爲行，則豈爲了事人
　　　　不離本寂本知任運雙修者也。故曹溪云：『自悟修行，不在於靜（諍），若靜
　　　　（諍）先後，即是（同）迷人。』則達人分上，定慧等持之義，不落功用，
　　　　元自無爲，更無特地時節，見色聞聲時但伊麼，著衣喫飯時但伊麼，屙屎送
　　　　尿時但伊麼，對人接話時但伊麼，乃至行、住、坐、臥，或語、或默、或喜、
　　　　或怒，一切時中，一一如是，似虛舟駕浪，隨高隨下，如流水轉山，遇曲遇
　　　　直，而心心無知，今日騰騰任運，明日任運騰騰，隨順眾緣，無障無礙，於

於分燈禪的思想根據，而其行法的具體禪相，六祖慧能說爲：

> 善知識！我此法門，以定惠爲本，第一勿迷言惠定別，定惠體
> 一不二。即定是惠體，即惠是定用。即惠之時定在惠，即定之時惠
> 在定。

> 善知識！此義即是定惠等。學道之人作意，莫言先定發惠，先
> 惠發定，定惠各別。作此見者，法有二相，口說善，心不善，定惠
> 不等；心口俱善，内外一衆，定惠即等。自悟修行，不在口諍，若
> 諍先後，即是迷人，不斷勝負，却生法我，不離四相。〔註229〕

當蘇軾以小乘定爲方便法門，要程正輔參禪時，老於教下與宗門之學的
蘇軾，並非不知「定惠〔慧〕等」學的定學，是針對惛沈、掉舉而顯發的慧
用，所以不敢要求程正輔在入門之際尚未開智慧之前，即涉入雖慧莫解的摩
訶般若波羅蜜自性空的空觀中，祇能以菩提心委婉的說：「雖非至道，亦且休
息。」等到把念念尋伺的狂心，給徹底的歇下了，那麼，悟入的契機，祇要
因緣時至，必能徑超被事識所遮蔽的頓漸糾葛，而證顯無上菩提，元來祇是
自家心性上，了了分明的本來面目，而這恰恰是曹溪的根本禪法：

> 悟即元無差別，不悟即長劫輪迴。〔註230〕

在〈與程全父〉第五簡說：

> 老拙慕道空，能誦《楞嚴》言語，而實無所得。〔註231〕

亦如〈次韵子由浴罷〉詩云：「《楞嚴》在牀頭，妙偈時仰讀；返流歸照
性，獨立遺所囑。」道空即摩訶般若波羅蜜自性空，據《大佛頂首楞嚴經》
卷第五，佛陀告訴阿難說：

> 根塵同源，縛脫無二；識性虛妄，猶如空花。〔註232〕

經文所證顯的宗旨，便是「實無所得」，以《大佛頂首楞嚴經》係開示修
禪、耳根圓通、五蘊魔境等禪法要義的重要經典，因此，依道空禪解云何無
所得？咸信是再適切不過的方法，如黃檗希運在《黃檗山斷際禪師傳心法要》

善於惡，不斷不修，質直無僞，視聽尋常，則絕一塵而作對，何勞遣蕩之
功？無一念而生情，不假忘緣之力！」《大正藏》，第四十八冊，頁 1008ª。
又，「不在於靜，若靜先後」，敦博本、宗寶本兩「靜」字皆作「諍」，當以
「諍」爲是。

〔註229〕《壇經校釋》，頁 26。
〔註230〕《壇經校釋》，頁 30。
〔註231〕《蘇軾文集》，第四冊，頁 1624。
〔註232〕《大正藏》，第十九冊，頁 124ᶜ。

中，對河東大士裴休說：

> 諸佛與一切眾生，唯是一心，更無別法。此心無始已來，不曾
> 生不曾滅，不青不黃，無形無相，不屬有無，不計新舊，非長非短，
> 非大非小，超過一切限量、名言、縱跡、對待，當體便是，動念即
> 乖，猶如虛空，無有邊際，不可測度。唯此一心即是佛，佛與眾生，
> 更無別異，但是眾生，著相外求，求之轉失，使佛覓佛，將心捉心，
> 窮劫盡形，終不能得，不知息念忘慮，佛自現前。此心即是佛，佛
> 即是眾生，為眾生時，此心不減，為諸佛時，此心不添，乃至六度
> 萬行，河沙功德，本自具足，不假修添，遇緣即施，緣息即寂。……
> 如今學道人，不悟此心體，便於心上生心，向外求佛，著相修行，
> 皆是惡法，非菩提道。……此心即無心之心，離一切相，眾生諸佛，
> 更無差別，但能無心，便是究竟，學道人若不直下無心，累劫修行
> 終不成道。……長短得無心乃住，更無可修可證，實無所得，真實
> 不虛。〔註233〕

　　雖然，宋初華嚴宗僧長水子璿在《首楞嚴經義疏釋要鈔》卷第五，以天
臺學法華圓教色心不二門、內外不二門、修性不二門、因果不二門、染淨不
二門、依正不二門、自他不二門、三業不二門、權實不二門、受潤不二門等
十不二門所顯示的相互圓融觀，並會通天臺三千大千世界的宇宙觀，與華嚴
四法界觀論述《大般若波羅蜜多經》卷第三百三十〈初分巧方便品第五十之
三〉「要於見、聞、覺、知法中，有覺慧轉，由斯起染，或復起淨。若無見、
聞、覺、知，諸法無覺慧轉，亦無染淨」說：〔註234〕

> 二、別明縛脫：知見立知者，若於見、聞、覺、知，定執實有
> 見、聞、覺、知，即生死本，此則無同異中，熾然成異，為物所轉
> 故，於是中觀大觀小。《不二門》云：「三千在理，同名無明。」若
> 能體達見、聞、覺、知，本無見、聞、覺、知可得，即是涅槃，此
> 則若能轉物，則同如來歇即菩提，勝淨明心，本周法界，等無明即
> 明也。《不二門》云：「三千果成，咸稱常樂。」〔註235〕

　　如同黃檗希運所云：「如今學道人，不悟此心體。……此心即無心之心，

〔註233〕　《大正藏》，第四十八冊，頁379ᶜ～380ᵇ。
〔註234〕　《大正藏》，第六冊，頁691ᶜ。
〔註235〕　《卍續藏》，第十一冊，頁141ᶜ。

離一切相，眾生諸佛，更無差別。」長水子璿說的卻也正是宗門破執的無差別法，如六祖慧能說：

> 故知不悟，即是佛是眾生；一念若悟，即眾生是佛。故知一切
> 萬法，盡在自身心中，何不從於自心頓現眞如本性？〔註236〕

　　這對在嶺南「刳心守道，閉戶閑居」，「巍巍獨坐大雄峯」〔註237〕的「臨濟無位眞人」〔註238〕蘇軾而言，也正是「直心是道場」的具足體現，所以蘇軾在業風依然熾烈的黨爭中，稱性透悟「眞如本性」的大自在，是以「實無所得」而得自在，也無非歸元直指「無始已來」的萬法，轉與不轉，都「盡在自身心中」，而毋庸像章惇等輩，一而再、再而三的在迷卻眼目的凡情上，不斷的計執或生、或滅、或青、或黃、或有、或無、或新、或舊、或長、或短、或大、或小，以致被猶如空花的虛妄識性，與乎無窮已的諧憼事

〔註236〕《壇經校釋》，頁58。

〔註237〕參見：

　1.「獨坐大雄峯」首見於圓悟克勤《圓悟佛果禪師語錄》卷第十九〈頌古下〉：「舉，僧問百丈：『如何是奇特事？』丈云：『獨坐大雄峯。』僧禮拜，丈便打。【頌云】：醬裏著鹽雪中送炭，纏枔虎鬚棒頭有眼；怪來獨坐大雄山，他家曾踏上頭關。」《大正藏》，第六冊，頁801[b-c]。

　2.《佛光大辭典》在「百丈獨坐大雄峯」解釋說：「獨坐，有獨立於宇宙，乃至『天上天下，唯我獨尊』之意。……獨坐大雄峯，概謂百丈多年於大雄峯之坐禪生涯，既爲獨立於宇宙之上之最上修行，亦爲平常無奇，舉凡行、住、坐、臥，語、默、動、靜，均爲禪理禪行之禪者生涯。」頁2490。

　3.「天上天下，唯我獨尊」，首見於《長阿含經》卷第一〈第一分初大本經第一〉：「佛告比丘：『諸佛常法，毘婆尸菩薩當其生時，從右脇出，專念不亂。從右脇出，墮地行七步，無人扶持，遍觀四方，舉手而言：「天上天下，唯我爲尊；要度眾生生、老、病、死。」此是常法。』」《大正藏》，第一冊，頁4[b-c]。

　4.關於「唯我獨尊」歷來釋義者眾，而論者不同諸家，以爲此中的「我」，在有情眾生而言指「佛性」，在情無情萬法而言指「法性」，是以「獨坐大雄峯」係指證得佛性與證得法性。自圓悟克勤此「舉」一出，未幾即成爲百丈家風騰播叢林，而成爲衲僧參禪的話頭或拈頌的常用語，如提倡「看話禪」的宋僧臨濟宗楊岐派的大慧宗杲，即在《大慧普覺禪師語錄》卷第十〈頌古〉說：「百丈再參馬祖，頌云：馬駒喝下喪家風，四海從茲信息通；烈火焰中撈得月，巍巍獨坐大雄峯。」《大正藏》，第四十七冊，頁851[a]。

〔註238〕臨濟義玄在《鎮州臨濟慧照禪師語錄》說：「上堂云：『赤肉團上有一無位眞人，常從汝等諸人面門出入，未證據者看看！』時有僧出問：『如何是無位眞人？』師下禪床把住云：『道！道！』其僧擬議，師托開云：『無位眞人是甚麼乾屎橛？』便歸方丈。」《大正藏》，第四十七冊，頁496[c]。

相，要得像「偏向髭邊飛」的蒼蠅，〔註239〕而在哲宗跟前，成羣作隊的賣弄腥羶。

第五節　於世第一雙印二空如實安立本眞的圓通禪觀

　　至若蘇詩云：「《楞嚴》在牀頭，妙偈時仰讀；返流歸照性，獨立遺所囑。」蘇軾仰讀的妙偈，自當是依《大佛頂首楞嚴經》卷五所宣說的聲塵圓通、色塵圓通、香塵圓通、味塵圓通、觸塵圓通、法塵圓通、眼根圓通、鼻根圓通、舌根圓通、身根圓通、意根圓通、眼識圓通、耳識圓通、鼻識圓通、舌識圓通、身識圓通、意識圓通、火大圓通、地大圓通、水大圓通、風大圓通、空大圓通、識大圓通、根大圓通、耳根圓通等二十五圓通，〔註240〕所成立的〈圓通偈〉，經卷六說：「如來告文殊師利法王子：『汝今觀此二十五無學諸大菩薩及阿羅漢，各說最初成道方便，皆言修習眞實圓通，彼等修行實無優劣前後差別，我今欲令阿難開悟，二十五行誰當其根？兼我滅後此界眾生，入菩薩乘求無上道，何方便門得易成就？』」〔註241〕於是文殊師利法王子，對世尊誦出響動禪林的圓通妙偈，以該偈對蘇軾的佛學思想、信仰與佛事實踐，具有行、證上的一貫性，故將全文寫出，以見全豹，偈曰：

> 覺海性澄圓，圓澄覺元妙；
> 元明照生所，所立照性亡。
> 迷妄有虛空，依空立世界；
> 想澄成國土，知覺乃眾生。
> 空生大覺中，如海一漚發；
> 有漏微塵國，皆從空所生。
> 漚滅空本無，況復諸三有？
> 歸元性無二，方便有多門。
> 聖性無不通，順逆皆方便；
> 初心入三昧，遲速不同倫。

〔註239〕宋雲門宗僧佛國惟白在《建中靖國續燈錄》卷第六〈廬山開先善暹禪師法嗣・雲居山佛印禪師〉說：「師云：『蟻子解尋腥處走，蒼蠅偏向髭邊飛。』」《卍續藏》，第七十八冊，頁676ª。
〔註240〕《大正藏》，第十九冊，頁124ᵇ～128ᵇ。
〔註241〕《大正藏》，第十九冊，頁130ª。

色想結成塵，精了不能徹；
如何不明徹，於是獲圓通。
音聲雜語言，但伊名句味；
一非含一切，云何獲圓通？
香以合中知，離則元無有；
不恒其所覺，云何獲圓通？
味性非本然，要以味時有；
其覺不恒一，云何獲圓通？
觸以所觸明，無所不明觸；
合離性非定，云何獲圓通？
法稱爲內塵，憑塵必有所；
能所非遍涉，云何獲圓通？
見性雖洞然，明前不明後；
四維虧一半，云何獲圓通？
鼻息出入通，現前無交氣；
支離匪涉入，云何獲圓通？
舌非入無端，因味生覺了；
味亡了無有，云何獲圓通？
身與所觸同，各非圓覺觀；
涯量不冥會，云何獲圓通？
知根雜亂思，湛了終無見；
想念不可脫，云何獲圓通？
識見雜三和，詰本稱非相；
自體先無定，云何獲圓通？
心聞洞十方，生于大因力；
初心不能入，云何獲圓通？
鼻想本權機，祇令攝心住；
住成心所住，云何獲圓通？
說法弄音文，開悟先成者；
名句非無漏，云何獲圓通？
持犯但束身，非身無所束；

元非遍一切，云何獲圓通？

神通本宿因，何關法分別；

念緣非離物，云何獲圓通？

若以地性觀，堅礙非通達；

有為非聖性，云何獲圓通？

若以水性觀，想念非真實；

如如非覺觀，云何獲圓通？

若以火性觀，厭有非真離；

非初心方便，云何獲圓通？

若以風性觀，動寂非無對；

對非無上覺，云何獲圓通？

若以空性觀，昏鈍先非覺；

無覺異菩提，云何獲圓通？

若以識性觀，觀識非常住；

存心乃虛妄，云何獲圓通？

諸行是無常，念性無生滅；

因果今殊感，云何獲圓通？

我今白世尊，佛出娑婆界；

此方真教體，清淨在音聞。

欲取三摩提，實以聞中入；

離苦得解脫，良哉觀世音！

於恒沙劫中，入微塵佛國；

得大自在力，無畏施眾生。

妙音觀世音，梵音海潮音；

救世悉安寧，出世獲常住。

我今啟如來，如觀音所說，

譬如人靜居，十方俱擊鼓；

十處一時聞，此則圓真實。

目非觀障外，口鼻亦復然；

身以合方知，心念紛無緒。

隔垣聽音響，遐邇俱可聞；

五根所不齊，是則通眞實。
音聲性動靜，聞中爲有無；
無聲號無聞，非實聞無性。
聲無既無滅，聲有亦非生；
生滅二圓離，是則常眞實。
縱令在夢想，不爲不思無；
覺觀出思惟，身心不能及。
今此娑婆國，聲論得宣明；
眾生迷本聞，循聲故流轉。
阿難縱強記，不免落邪思；
豈非隨所淪，旋流獲無妄？
阿難汝諦聽，我承佛威力，
宣說金剛王；如幻不思議，
佛母眞三昧。汝聞微塵佛，
一切祕密門；欲漏不先除，
畜聞成過誤。將聞持佛佛，
何不自聞聞？聞非自然生，
因聲有名字。旋聞與聲脫，
能脫欲誰名？一根既返源，
六根成解脫。見聞如幻翳，
三界若空花；聞復翳根除，
塵銷覺圓淨。淨極光通達，
寂照含虛空；却來觀世間，
猶如夢中事。摩登伽在夢，
誰能留汝形？如世巧幻師，
幻作諸男女。雖見諸根動，
要以一機抽；息機歸寂然，
諸幻成無性。六根亦如是，
元依一精明，分成六和合；
一處成休復，六用皆不成。
塵垢應念銷，成圓明淨妙；

餘塵尚諸學，明極即如來。

大眾及阿難，旋汝倒聞機；

反聞聞自性，性成無上道。

圓通實如是，此是微塵佛；

一路涅槃門，過去諸如來。

斯門已成就，現在諸菩薩，

今各入圓明：未來修學人，

當依如是法。我亦從中證，

非唯觀世音：誠如佛世尊，

詢我諸方便。以救諸末劫，

求出世間人：成就涅槃心，

觀世音為最。自餘諸方便，

皆是佛威神：即事捨塵勞，

非是長修學。淺深同說法，

頂禮如來藏：無漏不思議，

願加被未來。於此門無惑，

方便易成就；堪以教阿難，

及末劫沈淪。但以此根修，

圓通超餘者，眞實心如是。〔註242〕

〈圓通偈〉在盛宋時，經由圓悟克勤借經卷第五：「跋陀婆羅，并其同伴，十六開士，即從座起，頂禮佛足，而白佛言：『我等先於威音王佛，聞法出家，於浴僧時，隨例入室，忽悟水因，既不洗塵亦不洗體，中間安然，得無所有，宿習無忘，乃至今時，從佛出家，今得無學，彼佛名我，跋陀婆羅，妙觸宣明，成佛子住，佛問圓通，如我所證，觸因為上。』」〔註243〕以觸塵圓通之一

〔註242〕《大正藏》，第十九冊，頁130ᵃ～131ᵇ。

〔註243〕《大正藏》，第十九冊，頁126ᵃ。蘇軾曾親筆恭寫〈圓通偈〉追薦亡母，可見其對〈圓通偈〉所開顯的法義領受之透徹，殆非浮泛過眼者所能體達，如寫於徽宗建中靖國元（1101）年四月初八釋迦佛誕日的〈跋所書圓通偈〉說：「軾遷嶺海七年，每遇私忌，齋僧供佛，多不能如舊。今者北歸，舟行豫章、彭蠡之間，遇先姚成國太夫人程氏忌日，復以阻風滯留，齋薦尤不嚴，且敬寫《楞嚴經》中文殊師利法王所說〈圓通偈〉一篇，少伸追往之懷，行當過廬山，以施山中有道者。」《蘇軾文集》，第五冊，頁2204。

從「齋僧供佛，多不能如舊」，可知蘇軾除了以文字作佛事之外，並時常以法

端，將之導入宗門觀法之後，便與禪法匯流，如在《佛果圜悟禪師碧巖錄》卷第八第七十八則〈開士入浴〉評唱說：

> 楞嚴會上，跋陀婆羅菩薩與十六開士，各修梵行，乃各說所證圓通法門之因，此亦二十五圓通之一數也。他因浴僧時，隨例入浴，忽悟水因云：『既不洗塵，亦不洗體。』且道洗箇甚麼？若會得去，中間安然。〔註244〕

圓悟克勤以教通宗，由稍後於蘇軾的曹洞宗僧，倡行默照禪的天童正覺所繼承，遂廣為禪師示法與佛子參學創立了新的話頭，如正覺在《宏智禪師廣錄》卷第一〈泗州大聖普照禪寺上堂語錄〉說：

> 心不見心，機前具眼。水不洗水，直下通身。所以道：「性水真空，性空真水，清淨本然，周遍法界。」祇如妙觸宣明處，作麼生體悉？莫聽別人澆惡水，要須冷煖自家知。〔註245〕

置身在這種以義學為思想根源的圓通禪觀風行的思潮中，亦且經常讀誦《大佛頂首楞嚴經》的蘇軾，自會在「返流歸照性」次，當際頓斷能照與所照猶有較些子毫末之隔的微細生滅，而於「反聞聞自性」的當體，如實安立本真，如經卷第四世尊告訴阿難說：「汝今欲逆生死欲流，返窮流根至不生滅，當驗此等六受用根，誰合、誰離、誰深、誰淺，誰為圓通、誰不圓滿？若能於此悟圓通根，逆彼無始識妄業流，得循圓通與不圓根，日劫相倍。」〔註246〕又於經卷第八說：「云何現業？阿難！如是清淨，持禁戒人，心無貪婬，於外六塵，不多流逸，因不流逸，旋元自歸，塵既不緣，根無所偶，反流全一，六用不行，十方國土，皎然清淨。」〔註247〕從而證立〈圓通偈〉破題所說的第一句：「覺海性澄圓，圓澄覺元妙；元明照生所，所立照性亡。」

這第一句偈，正是蘇軾詩「獨立遺所矚」的根據，因為元明所照的境與能照的性，既已因世諦而得第一義諦，而於世第一雙印二空，那麼，遺於所矚者自然是無所矚，是以經先說見精所矚，一旦以不悟執為實有，則世間不能安立，如卷第二佛告訴阿難說：「是諸近遠，諸有物性，雖復差殊，同汝見精，清淨所矚，則諸物類，自有差別，見性無殊。此精妙明，誠汝見性，若

會的儀式作佛事，由來已久。

〔註244〕《大正藏》，第四十八冊，頁205[a]。
〔註245〕《大正藏》，第四十八冊，頁7[a]。
〔註246〕《大正藏》，第十九冊，頁123[a]。
〔註247〕《大正藏》，第十九冊，頁141[c]。

見是物，則汝亦可見吾之見，若同見者，名爲見吾，吾不見時，何不見吾？不見之處，若見不見，自然非彼不見之相，若不見吾不見之地，自然非物，云何非汝？又，則汝今見物之時，汝既見物，物亦見汝，體性紛雜，則汝與我，并諸世間，不成安立。阿難！若汝見時，是汝非我，見性周遍，非汝而誰？云何自疑，汝之眞性？」〔註248〕又，文殊師利法王子接著世尊說：「此諸大眾，不悟如來發明二種精，見色空是非是義。世尊若此，前緣色空等象，若是見者，應有所指，若非見者，應無所矚。而今不知是義所歸，故有驚怖，非是疇昔善根輕尟，唯願如來大慈，發明此諸物象，與此見精，元是何物？於其中間無是非是。」〔註249〕佛陀的回答則是：「十方如來及大菩薩，於其自住三摩地中，見與見緣，并所想相，如虛空花，本無所有，此見及緣，元是菩提妙淨明體。云何於中有是非是？文殊吾今問汝：『如汝文殊更有文殊，是文殊者爲無文殊？』『如是！世尊！我眞文殊，無是文殊。何以故？若有是者，則二文殊，然我今日，非無文殊，於中實無是非二相。』佛言：『此見妙明，與諸空塵，亦復如是，本是妙明，無上菩提，淨圓眞心，妄爲色空，及與聞見，如第二月，誰爲是月，又誰非月？文殊！但一月眞，中間自無是月非月，是以汝今觀見與塵，種種發明，名爲妄想，不能於中出是非是，由是精眞妙覺明性，故能令汝出指非指。』」〔註250〕是以蘇軾的「獨立」便是情與無情皆「巍巍獨坐大雄峯」的獨立，而其以「返流歸照性」爲根據的「遺所矚」，則恰恰是以無住生心爲前提而「應無所矚」的空花，所以蘇軾在〈觀妙堂記〉中，以超越之思，超越事相斷滅之非，而無所超越的「遺所矚」，借歡喜子之名，對不憂道人說：

> 是室云何而求我？況乎妙事，了無可觀！既無可觀，亦無可說。欲求少分，可以觀者，如石女兒，世終無有。欲求多分，可以說者，如虛空花，究竟非實。不說不觀，了達無礙，超出三界，入智慧門。雖然如是置之，不可執偏，強生分別，以一味語，斷之無疑。……今此居室，孰爲妙與？蕭然是非，行、住、坐、臥，飲、食、語、默，具足眾妙，無不現前。覽之不有，卻之不無，倏知覺知，要妙如此。當持是言，普示來者。入此室時，作如是觀。〔註251〕

〔註248〕《大正藏》，第十九冊，頁 111^{b-c}。
〔註249〕《大正藏》，第十九冊，頁 112^{b}。
〔註250〕《大正藏》，第十九冊，頁 112^{b-c}。
〔註251〕《蘇軾文集》，第二冊，頁 404。

　　「觀妙」既是以能觀之心，觀與蘇軾同時代，且同為臨濟宗，但系出楊岐派的五祖法演，在《法演禪師語錄》卷中〈舒州白雲山海會演和尚語錄〉所說，「納須彌於芥中，擲大千於方外」的所觀境於一堂的神通妙用，〔註252〕也是觀《大乘本生心地觀經》卷第三〈報恩品第二之下〉所說，「日夜能觀妙理空」的以空觀妙，〔註253〕所以在芥子中生滅的諸法，就實相而論，本來就是觀而無可觀的念念遷流不住的現象，也是說而無可說的寂然離言說相，祇是就方便權法而論，勉強可觀之所觀境，之所以為有是境之境，無非都是應緣貪執而幻生的有境，但其之所以為所觀者，意圖以有為法執實為有的結果，最終必屬徒勞，如石女兒妄求得子，如《大般涅槃經》卷第二十五〈光明遍照高貴德王菩薩品第十之五〉說：

　　　　譬如石女，本無子相，雖加功力，無量因緣，子不可得。心亦
　　如是，本無貪相，雖造眾緣，貪無由生。〔註254〕

　　石女兒求子，就像本來清淨的自性，因一時在迷，而為眾緣所染污，祇是染污之於清淨心，本來無有，所以「本無子相」，而求有子，與「本無貪相」，而迷執於貪，在終極之理上，都不能成立，如與蘇軾同時代的餘杭律僧釋元照，在《四分律行事鈔資持記》卷中二〈釋十三僧殘〉說：「石女者，根不通淫者。」〔註255〕也就是自體本不能生，而強為說能生，自性本不迷染，而在能觀心上，強為說所觀境為有境之迷，如《入楞伽經》卷第三〈集一切佛法品第三之二〉說：

　　　　因緣本自無，不生亦不滅，
　　　　見諸有為法，石女虛空花。
　　　　轉可取能取，不生惑妄見，
　　　　現本皆不生，緣本亦不有。
　　　　如是等諸法，自體是空無，
　　　　亦無有住處，為世間說有。〔註256〕

　　蘇軾係在萬不得已的方便義下，以「欲求少分，可以觀者」的方式，發用普濟的菩提心，自名為歡喜子，而為不憂道人，例以石女求子的結果，最

〔註252〕《大正藏》，第四十七冊，頁658^a。
〔註253〕《大正藏》，第三冊，頁304^a。
〔註254〕《大正藏》，第十二冊，頁515$^{b~c}$。
〔註255〕《大正藏》，第四十冊，頁287^c。
〔註256〕《大正藏》，第十六冊，頁530^c。

終也祇能是「世終無有」，從而在觀境上，切觀妙之題旨，以有爲法開顯無爲義。

　　至於在言說的遮表上，蘇軾也同樣以不可說的方便，而不可不爲之一說，說由煩惱惑而生起的貪、欲、瞋、癡，如何被色取蘊、受取蘊、想取蘊、行取蘊、識取蘊等五受陰所無端執取，而爲本無所有的幻境所嬈擾，祇因昧於諸法的本質在自性清淨心上，既無所住，亦無所有之故，如《大般若波羅蜜多經》卷第三十七〈初分無住品第九之二〉，具壽善現對世尊說：

　　　　我於如幻、如夢、如像、如響、如光、如影、如空華、如陽焰、如尋香城、如變化事、五取蘊等，不得不見若集若散。云何可言此是如幻等、五取蘊等？世尊！是如幻等、五取蘊等，名皆無所住，亦非不住。何以故？如幻等、五取蘊等，名義既無所有故，如幻等、五取蘊等，名皆無所住，亦非不住。世尊！我於寂靜、遠離、無生、無滅、無染、無淨，絕諸戲論，眞如、法界、法性、實際、平等性、離生性，不得不見若集若散。云何可言此是寂靜乃至此是離生性？世尊！是寂靜等名，皆無所住，亦非不住。何以故？寂靜等名，義既無所有故，寂靜等名，皆無所住，亦非不住。〔註257〕

　　蘇軾以表詮的言說，在絕諸寂靜、遠離、無生、無滅、無染、無淨等「欲求多分，可以說者」的戲論上，再爲不憂道人，例以可說的「空花」，而以遮詮的言說，在眞如、法界、法性、實際、平等性、離生性等究竟理地上，證立「空花」本是「究竟非實」的第一義諦。

　　然而，就實法而論，在觀妙之能觀與所觀上，祇有離言說相與能所雙非的「不說不觀」，纔能「了達無礙，超出三界」，所云不說即不說「欲求多分，可以說者」，所云不觀即不觀「欲求少分，可以觀者」，如《大般若波羅蜜多經卷》卷第二百九十六〈初分說般若相品第三十七之五〉，世尊告訴善現說：

　　　　如是般若波羅蜜多大寶藏中，不說少法有生、有滅、有染、有淨、有取、有捨。所以者何？以無少法可生、可滅、可染、可淨、可取、可捨。善現！如是般若波羅蜜多大寶藏中，不說有法是善、是非善、是世間、是出世間、是有漏、是無漏、是有罪、是無罪、是雜染、是清淨、是有爲、是無爲。善現！由此因緣，如是般若波

〔註257〕《大正藏》，第五冊，頁204b-c。

羅蜜多，名無所得大法寶藏。善現！如是般若波羅蜜多大寶藏中，不說少法是能染污。所以者何？以無少法可染污故。善現！由此因緣，如是般若波羅蜜多，名無染污大法寶藏。〔註258〕

也就是說，既然在般若波羅蜜多自性空，且不可染污的大寶藏中，連少分生滅、染淨、取捨都無可生滅、無可染淨、無可取捨可說，那麼，「欲求多分，可以說者」，就像被五受陰所無端執取的空花，本是不可以言說，妄爲指涉的有法，而在實相上，既無有有法可說，是以蘇軾讚六祖說「不去不來，何增何損」的本來面目，在不得不說，而實無所說的言說下，自然是染污即是無染污的當相法爾所顯明的大法寶藏。當然，蘇軾並非一開始便站在如此夐絕的絕境上，來說如此絕對的究竟理，而是歷經漸階思惟，並最終依經體證之說，如〈記佛語〉說：

佛告阿難，「使汝流轉心、目」之罪人，〔註259〕能降伏此兩物，即去道不遠矣。心既降伏，目亦自定，不須雙言，但此兩物，常相表裏，故佛云爾也。佛云，三千大千世界，「猶如空華，亂起亂滅」。〔註260〕而況我在此空華起滅之中，寄此須臾貴賤、壽夭、賢愚、得喪，所計幾何？惟有勤修善果，以昇輔神明，照遣虛妄，以識知本性，差爲著身要事也。〔註261〕

前論〈與程正輔〉第五十七簡「老身長者子」、第六十一簡「作小乘定」次，論者申明，蘇軾之於初機學人，所開顯的入道進路，係義通大、小乘的三心、四無量心、四攝法、三十七菩提分等基本學理。然而，務須審明的是

〔註258〕《大正藏》，第六冊，頁505^b。

〔註259〕《大佛頂首楞嚴經》卷第一，佛說：「阿難我今問汝：『當汝發心，緣於如來三十二相，將何所見？誰爲愛樂？』阿難白佛言：『世尊！如是愛樂，用我心、目，由目觀見如來勝相，心生愛樂，故我發心，願捨生死。』佛告阿難：『如汝所說，眞所愛樂，因于心、目，若不識知心、目所在，則不能得降伏塵勞，譬如國王爲賊所侵，發兵討除，是兵要當知賊所在，使汝流轉心、目爲咎。吾今問汝，唯心與目，今何所在？』」《大正藏》，第十九冊，頁106^c～107^a。

〔註260〕《圓覺經》卷第一，世尊告訴普眼菩薩說：「善男子！此菩薩及末世眾生，修習此心，得成就者，於此無修，亦無成就，圓覺普照，寂滅無二，於中百千萬億不可說阿僧祇恒河沙諸佛世界猶如空花，亂起亂滅，不即不離，無縛無脫，始知眾生，本來成佛，生死涅槃，猶如昨夢。」《大正藏》，第十七冊，頁915^a。

〔註261〕《蘇軾文集》，第五冊，頁2070。

〈與程全父〉第五簡所說的，卻是宿學之論的「老拙慕道空，能誦《楞嚴》言語，而實無所得」的不可得之論，而此無所得，也正是〈觀妙堂記〉的不觀「欲求少分，可以觀者」的無所觀，如《大般若波羅蜜多經》卷第三〈學觀品初分學觀品第二之一〉，佛陀告訴具壽舍利子說：

> 諸菩薩摩訶薩安住般若波羅蜜多，以無所得而爲方便，應圓滿四念住、四正斷、四神足、五根、五力、七等覺支、八聖道支，是三十七菩提分法不可得故。……諸菩薩摩訶薩安住般若波羅蜜多，以無所得而爲方便，應圓滿大慈、大悲、大喜、大捨及餘無量無邊佛法，如是諸法不可得故。〔註262〕

亦即以般若波羅蜜多自性空所安立者，係在「以無所得而爲方便」的前提之下，安立在緣起自性空中不可得的諸法，也祇是方便權法。因爲自性空的安立，之於究竟實法，在實相上本無需多此一舉的安立，以其性自在故，所以在《大般若波羅蜜多經》卷第三百五十五〈初分多問不二品第六十一之五〉，佛陀告訴善現說：

> 菩薩摩訶薩行深般若波羅蜜多時，不觀四念住若常、若無常、若樂、若苦、若我、若無我、若淨、若不淨、若寂靜、若不寂靜、若遠離、若不遠離，亦不觀四正斷、四神足、五根、五力、七等覺支、八聖道支若常、若無常、若樂、若苦、若我、若無我、若淨、若不淨、若寂靜、若不寂靜、若遠離、若不遠離。〔註263〕

如此一來，不憂道人之於觀妙堂的所觀，自然不能像本無子相而欲求有子的石女兒那樣，以世法，乃至於出世法，終是無有的觀境爲所觀，因爲設使以本不能觀的心，去觀本不應觀的境，終歸是妄心所造作的幻妄之境，剋實而言，即爲與義相違的不應道理之論。

要之，以妄心造作幻境，是佛學用以簡別外學的基本學理，也是佛法不共外道法的核心思想，如與前述佛教教理兩大系統之一的般若、法華、維摩思想中的實相論對舉的緣起論而論，於中國學界通途所知，雖有《俱舍論》所說的業感緣起，法相宗所說的賴耶緣起，《大乘起信論》所說的眞如緣起，密宗所說的六大緣起，《大方廣佛華嚴經》所說的法界緣起，而這些或學派或宗派，雖依不同典據，而發展出觀解不同的分論，但其完整的理論體系，卻

〔註262〕《大正藏》，第五冊，頁 11^c～12^b。
〔註263〕《大正藏》，第六冊，頁 826$^{a\sim b}$。

都來源於佛世時代的原始佛教，即已立論完備的本論。

第六節　依法界緣起所建構起來的圓融宇宙觀

　　爲照應到身處大乘佛學鼎盛的盛宋時代，蘇軾對緣起思想的接受，就其文藝學文本所一再接受與體現的華嚴思想來確認，自當以法界緣起爲正依，如〈和子由四首〉其二〈送春〉詩云：

　　　　憑君借取法界觀。〔註264〕

〈送劉寺丞赴餘姚〉詩云：

　　　　手香新寫法界觀。〔註265〕

〈南都妙峯亭〉詩云：

　　　　俯仰盡法界。〔註266〕

〈惠州薦朝雲疏〉云：

　　　　伏願山中一草一木，皆被佛光；

　　　　今夜少香少花，遍周法界。〔註267〕

〈書破地獄偈〉云：

　　　　「若人欲了知，三世一切佛，應觀法界性，一切唯心造。」

　　〔註268〕近有人喪妻者，夢其妻求〈破地獄偈〉，覺而求之，無有也。

　　問薦福古老，云：「此偈是也」〔註269〕

　　蘇軾對《大方廣佛華嚴經》的讀誦之嫻熟，與對華嚴義理領悟之深徹，曾使其發願手抄部帙僅次於六百卷的《大般若波羅蜜多經》，且多達六十卷的晉譯或八十卷的唐譯大經《大方廣佛華嚴經》，後來雖然沒有寫成，但卻對其晚輩姑溪居士李之儀，表達了深刻的遺憾，李之儀在《姑溪居士前集》卷三十八〈跋東坡書多心經〉說：

〔註264〕《蘇軾詩集合注》，上冊，頁601～602。

〔註265〕《蘇軾詩集合注》，上冊，頁923。

〔註266〕《蘇軾詩集合注》，中冊，頁1256。

〔註267〕《蘇軾文集》，第五冊，頁1910。

〔註268〕唐譯《大方廣佛華嚴經》卷第十九〈夜摩宮中偈讚品第二十〉，覺林菩薩頌說：「心如工畫師，能畫諸世間，五蘊悉從生，無法而不造。……若人欲了知，三世一切佛，應觀法界性，一切唯心造。」《大正藏》，第十冊，頁102[a~b]。

〔註269〕《蘇軾文集》，第五冊，頁2070。

在中山時謂予曰：「早有意寫《華嚴經》，不謂因循，今眼力不迨矣，良可惜者，子能勉之否？」〔註270〕

蘇軾既以法界緣起爲正依，是以在〈觀妙堂記〉中，蘇軾以歡喜子爲名，對不憂道人指出，「超出三界」，是「入智慧門」的戶樞，便是從般若實相論，會通法界緣起的途徑，因爲不論是石女兒之可以觀，或空花之可以說，都是「三界虛妄，但是一心作」，所導出的「世終無有」，與「究竟非實」的華嚴四法界的事事無礙法界的法界觀，如晉譯《大方廣佛華嚴經》卷第二十五〈十地品第二十二之三〉，金剛藏菩薩指出：

三界虛妄，但是一心作：十二緣分，是皆依心，所以者何？隨事生欲心，是心即是識，事是行，行誑心故名無明，識所依處名名色，名色增長名六入，三事和合有觸，觸共生名受，貪著所受名爲愛，愛不捨名爲取，彼和合故名爲有，有所起名爲生，生變名爲老，老壞名爲死。……又，十二因緣說名三苦：無明、行、識、名色、六入，名爲行苦；觸、受名爲苦苦；愛、取、有、生、老死、憂、悲、苦、惱名爲壞苦；無明滅故，諸行滅，乃至生滅故，老死滅，名爲斷三苦相續說。又，因無明諸行生，無明滅諸行滅，以諸行性空故，餘亦如是。無明因緣諸行生，以生縛說，無明滅故諸行滅，以滅縛說，餘亦如是。又，無明因緣諸行生，是隨順無所有觀說，無明滅諸行滅，是隨順盡觀說，餘亦如是。如是逆順十種觀十二因緣法，所謂因緣分次第，心所攝，自助成法，不相捨離，隨三道行，分別先、後際，三苦差別，從因緣起生滅縛，無所有盡觀。
〔註271〕

法界緣起在華嚴學中有諸種表法，如華嚴宗第三祖賢首法藏，分別在《華嚴一乘教義分齊章》與《華嚴經探玄記》中，以法界無盡緣起、十玄緣起、無盡緣起、一乘緣起等說，以不同的思維進路，進行精詳的論述，這些論述的論式，雖然在論法上，容或有所不同，但都是爲了表詮法性外無有現象，與現象之外無有法性，而現象則與法性，或者說爲法性則與現象，共同構成法界。

也就是說，法界形成的前提，是以法性爲根據，如以一表示法性，以一

〔註270〕文淵閣《四庫全書》鈔本，葉 2^b。
〔註271〕《大正藏》，第九冊，頁 558^c～559^a。

切表示現象，那麼，一與一切的開展關係，便是「一即一切」的相即關係，而一切與一的含攝關係，則是「一切即一」的相即關係。因此，法性與現象，不但同時互爲主從，且具足了相入相即的特質，而在華嚴四法界第四法界的事事無礙法界觀之下，便體現爲圓融無礙與重重無盡的宇宙觀，是以賢首法藏在《華嚴一乘教義分齊章》卷第四，以華嚴別教一乘緣起義，〔註272〕首先說：

> 初、立義門者，畧立十義門，以顯無盡。何者爲十？一、教義：即攝一乘、三乘乃至五乘等一切教義，餘下準之。二、理事：即攝一切理事。三、解行：即攝一切解行。四、因果：即攝一切因果。

〔註272〕參見：

1. 《佛光大辭典》「同別二教」條說：「爲同教與別教之並稱。又作同教別教、二種一乘。指華嚴宗所判之同教一乘與別教一乘。同教一乘，即隨應二乘、三乘等根機而說法，使其入於一多無盡之法界，故將一乘無盡之法，寄顯於始教之三乘法，或終、頓二教之一乘法，以說一乘之義。別教一乘，即別異於二乘、三乘之法，而爲一多無盡之一乘法；亦即指華嚴宗獨特之思想。」頁2244。

2. 又，華嚴判教判釋如來一代聖教爲五類教旨，凡有三說：一、華嚴三祖法藏賢首所立的賢首五教，法藏賢首在《華嚴經探玄記》卷第一說：「以義分教，教類有五；此就義分，非約時事。一、小乘教，二、大乘始教，三、終教，四、頓教，五、圓教。初、小乘可知。二、始教者，以《深密經》中第二、第三時教，同許定性，二乘俱不成佛故，今合之總爲一教，此既未盡大乘法理，是故立爲大乘始教。三、終教者，定性二乘、無性闡提，悉當成佛，方盡大乘至極之說，立爲終教。然上二教，並依地位，漸次修成，俱名漸教。四、頓教者，但一念不生，即名爲佛，不依位地漸次而說，故立爲頓，如《思益》云：『得諸法正性者，不從一地至於一地。』《楞伽》云：『初地即八地。』乃至無所有，何次等。又，下地品中，十地猶如空中鳥跡，豈有差別可得？具如《諸法無行經》等說。五、圓教者，明一位即一切位，一切位即一位，是故十信滿心，即攝五位，成正覺等，依普賢法界，帝網重重，主伴具足故，名圓教。」《大正藏》，第三十五冊，頁115c。

3. 二、華嚴宗第五祖圭峯宗密所立的五教，圭峯宗密在《華嚴原人論·斥偏淺第二（習佛不了義教者）》說：「佛教自淺之深，畧有五等：一、人天教，二、小乘教，三、大乘法相教，四、大乘破相教，五、一乘顯性教。」《大正藏》，第四十五冊，頁708c。

4. 三、唐西來僧波羅頗迦羅蜜多羅三藏所立的五教，據華嚴宗第四祖清涼澄觀在《大方廣佛華嚴經疏》卷第二〈世主妙嚴品第一〉引述說：「波頗三藏立，一、四諦教，謂四阿含等。二、無相教，謂諸般若。三、觀行教，謂《華嚴經》。四、安樂教，謂《涅槃經》，說常、樂故。五、守護教，謂《大集經》說守護正法事故。」《大正藏》，第三十五冊，頁510b。

五、人法：即攝一切人法。六、分齊境位：即攝一切分齊境位。七、師弟法智：即攝一切師弟法智。八、主伴依正：即攝一切主伴依正。九、隨其根欲示現：即攝一切隨其根欲示現。十、逆順體用自在等：即攝一切逆順體用自在等。此十門爲首，皆各總攝一切法，成無盡也。〔註273〕

其次說：

> 二、言解釋者，亦以十門，釋前十義，以顯無盡。……依《華嚴經》中立十數爲則，以顯無盡義。一者，同時具足相應門：此上十義，同時相應，成一緣起，無有前、後、始、終等別，具足一切自在逆順，參而不雜，成緣起際，此依海印三昧，炳然同時顯現成矣。二者，一多相容不同門：此上諸義，隨一門中即具攝前因果理事一切法門。……三者，諸法相即自在門：此上諸義，一即一切，一切即一，圓融自在，無礙成耳。……第四者，因陀羅網境界門：此但從喻異前耳，此上諸義，體相自在，隱顯互現，重重無盡。……五者，微細相容安立門：此上諸義，於一念中，具足始終、同時、別時、前後、逆順等一切法門，於一念中，炳然同時，齊頭顯現，無不明了。……六者，祕密隱顯俱成門：此上諸義，隱、覆、顯、了，俱時成就也。……第七，諸藏純雜具德門：此上諸義，或純或雜，如前人法等，若以人門取者，即一切皆人，故名爲純；又，即此人門，具含理事等一切差別法，故名爲雜；……如是繁興法界，純雜自在，無不具足者矣。……八者，十世隔法異成門：此上諸雜，義遍十世中，同時、別異，具足顯現，以時與法，不相離故；……此十世具足別異，同時顯現成緣起故，得即入也。……九者，唯心迴轉善成門：此上諸義，唯是一如來藏，爲自性清淨心轉也；但性起具德故，異三乘耳，然一心亦具足十種德。……十者，託事顯法生解門：此上諸義，隨託之事，以別顯別法，謂諸理事等一切法門。〔註274〕

就華嚴別教一乘緣起義，論法界緣起所建構起來的圓融宇宙觀，必會導出此所託即是彼所現的重重無盡與無礙的相即相入與相攝的共構關係，並開

〔註273〕《大正藏》，第四十五冊，頁504°～505ª。

〔註274〕《大正藏》，第四十五冊，頁505ª～507ª。

顯十義門第十門「攝一切逆順體用自在等」的無方所義。易言之，法性與現象之所以能在體用關係上顯明「自在等」的法義，並非經過重重彼此否證的結果，而是在能證者的一心上，同時會融的證顯。因此，賢首法藏得出如下的結論，並以此做為簡別同教一乘的根據說：

> 三乘託異事相表顯異理。今此一乘所託之事相，即是彼所現道理，更無異也。具足一切理事教義，及上諸法門，無不攝盡者也，宜可如理思之。此上十門等解釋，及上本文十義等，皆悉同時會融，成一法界緣起具德門，普眼境界諦觀察餘時，但在大解、大行、大見聞心中。然此十門，隨一門中，即攝餘門，無不皆盡，應以六相方便而會通之。〔註275〕

這在蘇軾眼中的「觀妙」，從實相論本來就是觀而無可觀的超絕視域，一旦轉移到法界緣起論來觀解，自然就要與實相論的論典如《中論》會通無間，纔能在事相上以「入智慧門」之用，反結在真如理上「超出三界」之體，而把不憂道人如同安立程正輔的法身慧命那樣，安立在如來境界中，因為晉譯《大方廣佛華嚴經》卷第十三〈如來昇兜率天宮一切寶殿品第十九〉如是說：

> 如來境界，悉能容受，一切眾生，普知眾生，所行諸法，解了其相，無有自性，知一切世間，一性非性，隨順眾生，示現有性；欲令眾生，超出三界，一向正趣，無上菩提，救護拯濟，一切眾生，未曾妄取，世間之相，滅諸煩惱，正觀世間，大乘彌勒，所行不亂。〔註276〕

在「欲令眾生超出三界，一向正趣無上菩提」之道上，「世終無有」的石女生子，在緣起法界中，之所以在實相上，是「少分可以觀」而不可以妄取

〔註275〕《大正藏》，第四十五冊，頁 507^{a-b}。又，此中「十門」，即賢首法藏承華嚴宗第二祖智儼所說的一乘十玄門，稱為古十玄，至於與賢首法藏同為十門之集大成者的清涼澄觀，在《華嚴玄談》卷六祖述賢首法藏之意而釐為「同時具足相應門、廣狹自在無礙門、一多相容不同門、諸法相即自在門、隱密顯了俱成門、微細相容安立門、因陀羅網法界門、託事顯法生解門、十世隔法異成門、主伴圓明具德門」十門者，則稱為新十玄。然而，不論是古十玄或新十玄，都與總相、別相、同相、異相、成相、壞相「六相」的體、相、用的圓融與差別，共同構成華嚴宗的根本教理，所以賢首法藏說：「然此十門，隨一門中，即攝餘門，無不皆盡，應以六相方便而會通之。」

〔註276〕《大正藏》，第九冊，頁 482^{c}～483^{a}。

的世間相，以其無因生而與法義相違故，如清涼澄觀在《大方廣佛華嚴經隨疏演義鈔》卷第四十一〈夜摩宮中偈讚品第二十〉說：

〔疏〕故《中論》下，引論證成無法為非法也，即第三論〈成壞品〉頌云：

從法不生法，亦不生非法，

從非法不生，法及於非法。

直釋偈意：

法即是有，如色心等。非法是無，如兔角等。若從法生法，如母生子；法生非法，如人生石女兒；從非法生法，如兔角生人；從非法生非法者，如龜毛生兔角。故彼長行釋云：「從法不生法者，若至若失二俱不然；……從法不生非法者。非法名無所有，法名為有。云何從有相生無相？……從非法不生法者，非法名為無。無云何生有？若從無生有者，是則無因。無因則有大過，是故不從非法生法。不從非法生非法者，……兔角不生龜毛。」〔註277〕

際此，值得深入釐辨的是，歡喜子是精通實相論與法界緣起論的佛學思想家，而請歡喜子撰寫〈觀妙堂記〉的不憂道人則是道家，祇是不憂道人給出的命題，雖然是《老子·第一章》的「故常無，欲以觀其妙」的觀妙，〔註278〕而觀妙的觀法則是《莊子·內篇·齊物論第二》的齊物思想，並以此為操作定義，對蘇軾的行文，做出書寫導向的限定說：

來，我所居室，汝知之乎？沈寂湛然，無有喧爭，嗒然其中，

死灰槁木，以異而同，我既名為觀妙矣，汝其為我記之。〔註279〕

然而，同樣深於老莊之學，且著有《莊子解·廣成子解》、〈莊子祠堂記〉、〈眾妙堂記〉的蘇軾，〔註280〕絕非沒有能力就老學、或莊學、或老莊之學的命意，在既定的範疇之中，像萬斛泉源那樣，輕而易舉的自其慣於汪洋宏肆的硯池，滔滔汨汨的澎湃而出，不意蘇軾一起手，便代不憂道人下了以迷開悟的一轉語說：

〔註277〕《大正藏》，第三十六冊，頁319^b。

〔註278〕《帛書老子校注》，頁224。

〔註279〕《蘇軾文集》，第二冊，頁404。

〔註280〕值得注意的是，蘇軾與老莊之學互文性的詩學藝術實踐與文論，僅次於與佛學互文性者，其三纔是儒家典籍。

是室云何而求我？〔註281〕

意思是說，如欲僅止於以老莊觀妙的方法為方法，而撰述觀妙堂的堂號之所以命名的緣起與寓意，那麼，以老莊的思想內證老莊的觀妙義，也就綽綽有餘了，又何必要人像個瞎漢那樣，多此一舉的代為頭上安頭？設使一定要寫，自然要別有超越老莊的勝解，纔能見出不「以異而同」的和而不同的高妙境界。因為在蘇軾的超越之思中，所深刻蘊藉著的，早已不是「嗒然其中，死灰槁木」的坐忘，而是在體用相即義下的坐而不坐是為坐、不坐忘而不忘是為忘不忘的定慧等持，是以不論不憂道人所指涉的坐忘，是形式上的坐忘，抑或是心靈上的坐忘，還是在形式上儘管有所差別，而在心靈上具有同一性的坐忘，抑或僅是閉塞六根，否除六塵，從而否證根、塵在事用上的相即，與在體性上的不相執的坐忘，如《莊子・內篇・齊物論第二》於破題之際，便以提出的問題，及其對問題所銷釋的「喪我」，所揭示齊物思想說：

> 南郭子綦隱机而坐，仰天而噓，荅焉似喪其耦。
>
> 顏成子游立侍乎前，曰：「何居乎？形固可使如槁木，而心固可如死灰乎？今之隱机者，非昔之隱机者也。」
>
> 子綦曰：「偃，不亦善乎，而問之也！今者吾喪我，汝知之乎？女聞人籟而未聞地籟，女聞地籟而未聞天籟乎？」〔註282〕

隱机上郭象注曰：「同天人，均彼我，故外無以為歡，而荅焉解體，若失其配匹。」〔註283〕隱机下郭象注曰：「吾喪我，我自忘矣；我自忘矣，天下有何物足識哉！故都忘內外，然後超然俱得。」〔註284〕而這就是不憂道人體道的所悟：沈寂湛然。」誠如清人王夫之在《莊子解》卷二〈齊物論〉所說：

> 賅物之論，而知其所自生，不出於環中而特分其一隅，則物無非我，而我不足以立。物無非我者，為天為然。我無非天，而誰與我為偶哉？故我喪而偶喪，偶喪而我喪，無則俱無，不齊者皆齊也。〔註285〕

這看在嫺於佛學奢摩他與毘婆舍那的止觀之學的蘇軾的慧眼中，首先，

〔註281〕《蘇軾文集》，第二冊，頁404。
〔註282〕《莊子集釋》，頁43～45。
〔註283〕《莊子集釋》，頁43。
〔註284〕《莊子集釋》，頁45。
〔註285〕《莊子解》，頁11。

必然會發生與龍樹《中論》卷第一〈觀因緣品第一〉所說的「諸法不自生，亦不從他生，不共不無因，是故知無生」於義相違的現象，〔註286〕並與《維摩詰所說經》上卷〈弟子品第三〉所說的「彼外道六師：……末伽梨拘賒梨子、……阿耆多翅舍欽婆羅、……是汝之師，因其出家，彼師所墮，汝亦隨墮」的自然外道合流。〔註287〕

其次，必然會與「了達無礙，超出三界」的終極解脫義相違，而在《妙法蓮華經》卷第二〈譬喻品第三〉所說「三界無安，猶如火宅，眾苦充滿，甚可怖畏」的迷界中流轉不已。〔註288〕經云「三界」，即在生滅變化中，流轉於生死輪迴的迷妄有情所居的欲界、色界、無色界三種苦界。

關於欲界在《長阿含經》、《起世經》、《舍利弗阿毘曇論》、《大毘婆沙論》、《俱舍論》、《雜阿毘曇心論》諸經論中都有詳論，茲例以彌勒菩薩的論說，以見一斑，玄奘譯《瑜伽師地論》卷第四〈本地分中有尋有伺等三地之一〉，彌勒菩薩說：

〔註286〕《大正藏》，第三十冊，頁 2^b。諸經論說自然外道，簡述如次：
1. 外道六師每師弟子又分十五個支派，即失譯《別譯雜阿含經》卷第三〈初誦第三・第五十二經〉所說：「九十六種外道。」《大正藏》，第二冊，頁 390^b。
2. 其中主張萬物皆非依因緣所生而係自然所生的末伽梨拘賒梨子（Maskarī-gośālī-putra）與阿奢多翅舍欽婆羅（Ajita-kesakambala）皆屬自然外道，如後秦・僧肇撰，《注維摩詰經》卷第三〈弟子品第三〉說：「末伽梨拘賒梨子：什曰：『末伽梨，字也；拘賒梨，是其母也。其人起邪見言：「眾生罪垢，無因無緣也。」』肇曰：『末伽梨，字也；拘賒梨，其母名也。其人起見謂：「眾生苦樂，不因行得，自然耳也。」』」《大正藏》，第三十八冊，頁 350^c。
3. 隋・智顗撰，《摩訶止觀》卷第十上「第七觀諸見境者」說：「末伽梨拘賒梨子，計眾生苦樂，無有因緣，自然而爾。」《大正藏》，第四十六冊，頁 132^b。
4. 隋・慧遠撰，《維摩義記》卷第二本〈弟子品第三〉說：「何〔阿〕耆多翅舍欽婆羅者，是第四人。……此自然見外道，說一切法，自然而有，不從因緣。」《大正藏》，第三十八冊，頁 452^a。
5. 唐・窺基撰，《說無垢稱經疏》卷第三本〈聲聞品第三〉說：「四、無勝髮褐：無勝，名也；垂髮被褐，故言髮褐。古云：『阿耆多翅舍欽婆羅。』即自然外道，說一切法，皆自然生。」《大正藏》，第三十八冊，頁 1046^c。
6. 值得注意的是，蘇軾不祇不贊同自然外道，而是六師外道都不贊同，見下引〈水陸法像贊〉之〈一切六道外者眾〉。
〔註287〕《大正藏》，第十四冊，頁 540^{b-c}。
〔註288〕《大正藏》，第九冊，頁 14^c。

處所建立者，於欲界中有三十六處，謂八大那落迦，〔註289〕
何等爲八？一、等活，二、黑繩，三、眾合，四、號叫，五、大號
叫，六、燒熱，七、極燒熱，八、無間。此諸大那落迦處，廣十千
踰繕那。〔註290〕此外復有八寒那落迦處，何等爲八？一、炮那落
迦，二、炮裂那落迦，三、喝哳詀那落迦，四、郝郝凡那落迦，
五、虎虎凡那落迦，六、青蓮那落迦，七、紅蓮那落迦，八、大紅
蓮那落迦。從此下三萬二千踰繕那，至等活那落迦；從此復隔四千
踰繕那，有餘那落迦，如是等活大那落迦處，初寒那落迦處亦爾；
從此復隔二千踰繕那，有餘那落迦應知又有餓鬼處所、又有非天處
所，傍生即與人天同處，故不別建立。復有四大洲如前說，〔註291〕
復有八中洲。〔註292〕又，欲界天有六處：一、四大王眾天，二、三

〔註289〕唐·慧琳撰，《一切經音義》卷第五十〈攝大乘論第一卷〉說：「那落迦：梵
語也，亦言：『那羅柯。』亦云：『泥羅夜。』舊言：『泥羅耶斯。』梵言：『楚
夏耳。』此譯有四義：一、不可樂，二、不可救濟，三、闇冥，四、地獄。
經中言地獄者，一義也，所以仍置本名。或言：『非行。』謂非法行處也。」
《大正藏》，第五十四冊，頁640^b。

〔註290〕唐·慧琳撰，《一切經音義》卷第一〈大般若波羅蜜多經卷第一·第八卷〉說：
「踰繕那：上，羊朱反。繕，音善。古云：『由旬。』或云：『由延。』或云：
『瑜闍那。』皆梵語訛畧也，正云：『踰繕那。』上古聖王軍行一日程也。前
後翻譯諸經論中，互說不同，文句繁多，畧而不述，今且案《西域記》云：『踰
繕那者，自古聖王軍行程也。舊傳一踰繕那有四十里（今本《大唐西域記》
卷二作：「自古聖王一日軍行也。舊傳一踰繕那四十里矣。」《大正藏》，第五
十一冊，頁875^c。）印度國俗乃三十里，《聖教》所載唯十六里。』如上經
論所說，差別不同，考其異端，各有所據，或取聖王，或取凡肘，或取古尺，
取捨雖懷異見，終是王軍一日行程適中取實，今依《西域記》三十里爲定。
玄奘法師親考遠近，撰此行記，奉對太宗皇帝所問，其言眞實，故以爲憑，
餘皆不取。」《大正藏》，第五十四冊，頁315^c。
又，〈佛光大辭典〉說：「近代學者富烈特（J. Flect）與弗斯特（Major Vost）
二人，分別基於印度之一肘（hasta）爲半碼或少於半碼來換算爲英哩，故若
依富烈特之說，並換算爲公里，則舊傳之一由旬爲十九點五公里，印度之國
俗爲十四點六公里，佛教爲七點三公里；若依弗斯特之說，則舊傳爲二十二
點八公里，印度國俗爲十七公里，佛教爲八點五公里。」頁2075。

〔註291〕《瑜伽師地論》卷第二〈本地分中意地第二之二〉說：「四大洲者，謂南贍
部洲、東毘提訶洲、西瞿陀尼洲、北拘盧洲。」《大正藏》，第三十冊，頁
287^a。

〔註292〕唐·窺基撰，《瑜伽師地論畧纂》卷第一釋云：「八中洲者，東二州：一、提
河，二、毘提河。南二州：一、遮末羅，二、筏羅遮末羅。西二州：一、舍
搋，二、嗢呾羅漫呾哩拏。北二州：一、矩拉婆，二橋拉婆。」《大正藏》，

十三天，三、時分天，四、知足天，五、樂化天，六、他化自在
天。復有摩羅天宮，即他化自在天攝，然處所高勝。復有獨一那落
迦、近邊那落迦，即大那落迦及寒那落迦，以近邊故，不別立處。
又於人中亦有一分獨一那落迦可得，如尊者取莣豆子說。我見諸有
情，燒然、極燒然、遍極燒然、總一燒然，聚如是等三十六處，總
名欲界。〔註293〕

欲界的欲（chanda）字，用中國人的固有認識來說，差可與《禮記・禮運
第九》所說「飲食男女，人之大欲存焉。死亡貧苦，人之大惡存焉。故欲惡
者，心之大端也」的「欲」字相埒，衹是唐經學家孔穎達影響深遠的疏，一
準含糊其辭的說：「飲食男女是人心所欲之大端緒也。」〔註294〕也就是說，說
了等於沒有說。也可與《孟子・告子上》告子回答孟子的話「食色，性也」
的性字比論，〔註295〕同孔穎達一樣，宋經學家孫奭的疏，也一準不知所云的

第四十三冊，頁 16^a。
〔註293〕《大正藏》，第三十冊，頁 294^c～295^a。
〔註294〕清・阮元，《重栞宋本禮記注疏附校勘記》，〈附釋音禮記注疏卷第二十二〉，
　　　　江西，南昌府學，嘉慶 20，葉 4^a～5^a。
〔註295〕中國傳統學界解釋性字，幾乎找不出與性欲有關的說法，茲以下六例概之：
　　1. 漢・董仲舒撰，《春秋繁露・深察名號第三十五》說：「如其生之自然之資
　　　謂之性，性質也。」把性字當做人的本性來理解。漢・董仲舒撰，清・蘇
　　　輿義證，《春秋繁露義證》，臺北，河洛圖書出版社景印清宣統庚戌（1910）
　　　刊本，民 63，臺景印初版，頁 204～205。
　　2. 《春秋左傳・昭公二十五年》說：「則天之明，因地之性。」把性字當做
　　　事物的性質來理解。《十三經》，下冊，頁 1532。
　　3. 晉・陶淵明撰，〈歸園田居五首〉，其一說：「少無適時願〔韵〕，性本愛丘
　　　山。」把性字當做性情或脾性來理解。袁行霈撰，《陶淵明集箋注》，北京，
　　　中華書局，2005，頁 76。
　　4. 《詩經・大雅・卷阿》第二章詩云：「豈弟君子，俾爾彌爾性。」把性字
　　　當做性命或生命來理解。《十三經》，上冊，頁 349。
　　5. 曹魏・嵇叔夜撰，〈與山巨源絕交書〉說：「危坐一時，痺不得搖，性復多
　　　蝨，把搔無已。」把性字當做身體來理解。唐・李善註，《孫批胡刻昭明
　　　文選》，第四十三卷，書下，臺北，弘道文化事業有限公司影印上海錦章
　　　圖書局宋淳熙本重雕鄱陽胡氏藏版，民 63，葉 2^a。
　　6. 《淮南子》第十九卷〈脩務訓〉說：「曼頰皓齒，形夸骨佳，不待脂粉芳
　　　擇，而性可說者，西施、陽文也。」把性字當做姿態來理解。漢・劉安撰，
　　　漢・高誘注，明・茅一桂訂，《明刻淮南鴻烈解》，臺北，鼎文書局景印，
　　　民 63，頁 868。
　　7. 直到當代的字書，才把性字當做形容詞而與性欲聯繫起來，如高樹藩說：
　　　「形於男女肉慾有關的，例性病、性慾、性器、性教育。」高樹藩編纂，

說：「告子言，人之嗜其甘食，悅其好色，是人之性也。」〔註296〕倒是孔穎達在《禮記‧曲禮上第一》疏「敖不可長，欲不可從」時，使用了欲字的本義是恰如其分的，孔穎達說：「欲不可從者，心所貪愛爲欲，則『飲食男女，人之大欲存焉』是也。」〔註297〕如漢人許慎在《說文解字》解釋說：「欲，貪也。」清人段玉裁注說：「欲而不當於理，則爲人欲。」〔註298〕而這些「貪也」、「飲食男女」、「人欲」的內在聯繫，在根本思想上，漢經學家鄭玄在注《禮記‧樂記第十九》的「君子樂得其道，小人樂得其欲」時，已把欲與淫欲的偏義會通起來理解，是以鄭玄說：「欲，謂邪淫也。」〔註299〕但論者以爲高樹藩的新解，比起以上諸說來更深到，如說：

> 本義作「貪欲」解（見《說文徐箋》），喜、怒、哀、懼、愛、惡爲六欲。人常貪而求其遂一己之欲，足一己之望，此貪心即欲。
> 〔註300〕

這就把貪欲與人的心理活動狀態與深層動機給結合了起來考察，但從以上的疏、注、解，都可以看出，中國傳統學者在儒家倫理學的牽制之下，在面對人性的本能問題時，往往躲在天理乃至於倫理綱常、仁義道德的聖教背後，而採取含蓄的迂迴策署因應之，如當代法國漢學家弗朗索瓦‧于連在《迂迴與進入》第二章〈正面、側面〉所說：

> 中國表達法的本質（也是中國文章的特點）就是通過迂迴保持
> 語言「從容委曲」：以與所指對象保持隱喻的距離的方式。〔註301〕

中國傳統學者，在面對人的本能問題上，不若佛學家那樣赤灑灑的去面對，與徹底的揭顯，而之所以說鄭玄僅得偏義，是相對於佛家之敢於赤裸裸的正視淫欲乃至於淫、怒、癡三毒，以及苦、集、滅、道四聖諦，和無明、

《正中形音義綜合大字典‧增訂本》，臺北，正中書局，民73，頁489ᶜ。

〔註296〕清‧阮元，《重栞宋本孟子注疏附校勘記》，〈孟子注疏解經卷第十一上〉，江西，南昌府學，嘉慶20，葉4ᵇ～5ᵃ。

〔註297〕《重栞宋本禮記注疏附校勘記》，〈附釋音禮記注疏卷第一〉，葉5ᵇ～6ᵃ。

〔註298〕漢‧許慎著，清‧段玉裁注，《新添古音說文解字注》，臺北，洪葉文化事業有限公司，1998，頁415。

〔註299〕《重栞宋本禮記注疏附校勘記》，〈附釋音禮記注疏卷第三十八〉，葉12ᵃ。

〔註300〕高樹藩編纂，《正中形音義綜合大字典‧增訂本》，臺北，正中書局，民73，頁774ᵃ。

〔註301〕〔法〕弗朗索瓦‧于連（Francois Jullien）著，杜小眞譯，《迂迴與進入》（Le Détour et l'Accès. Stratégies du sens en Chine, en Grèce），北京，三聯書店，2003，頁37。

行、識、名色、六處、觸、受、愛、取、有、生、老死十二支，並眼、耳、
鼻、舌、身、意、色、聲、香、味、觸、法、眼識、耳識、鼻識、舌識、身
識、意識十八界等，所有可能的心理與生理與超克之道的活動而言，如天臺
僧靈耀在《大佛頂首楞嚴經觀心定解》卷第八說：

> 妻妾為正淫，非己妻為邪淫，但舉不淫，十善可知，是人具足
> 妻妾，但不犯非己之色，不但身遠，心更無邪，如水之澄，如玉之
> 瑩，瑩潔也，從此身心皆有光明。〔註302〕

中國傳統學者在對治邪淫的克制之道上，因長期蔽於隱諱，與有意識的
壓抑，以致往往沒有辦法如實給出更佳的導正方法，以進行在事法上合宜，
乃至於在話語表述權利上合法化，而予以如其實際的揭示出，男女變理陰陽，
在禮的規範上，是可以公然宣稱的正當性，更別說把它提到終極問題的論域
來審視，並尋求超越的對破之道，予以解脫化。其實，不論是飲食男女的大
欲，或食色的本能性，在被禮的規範與仁義及其形上之道所強為遮蔽之前，
在總體的方向上，都是指人的婬欲、情欲、色欲、食欲等本能的發用，與貪
執不已的習染，而這些存在於有情世間與器世間的諸欲，在蘇軾的超越之思
中，自然是要被明明覺覺的智慧，在解脫道上給徹底頓斷的第一重關，所以
蘇軾在〈地獄變相偈〉中，依法界緣起思想說：

> 乃知法界性，一切惟心造；

> 若人了此言，地獄自破碎。〔註303〕

「地獄」（naraka），在佛學三界思想中，就是地獄、餓鬼、畜生、阿修
羅、人、六欲天六道中下三道的第一道，也是《瑜伽師地論》所說的八大那
落迦、八寒那落迦，而地獄的種類之多，就像眾生貪得無饜的欲望那樣，剎
那剎那生生不已，以致於罄竹難書，如八大那落迦的第八那落迦無間那落
迦，據東晉・西來僧佛陀跋陀羅譯《佛說觀佛三昧海經》卷第五〈觀佛心品
第四〉的記載，就有三千多億種之多，經云：

> 阿鼻地獄：〔註304〕十八小地獄、十八寒地獄、十八黑闇地獄、
> 十八小熱地獄、十八刀輪地獄、十八劍輪地獄、十八火車地獄、十
> 八沸屎地獄、十八鑊湯地獄、十八灰河地獄、五百億刀林地獄、五

〔註302〕《卍續藏》，第十五冊，頁811ᵇ。
〔註303〕《蘇軾文集》，第二冊，頁645。
〔註304〕以下地獄，單指八寒地獄之八阿鼻地獄一獄下轄的諸小地獄而言。

百億劍林地獄、五百億刺林地獄、五百億銅柱地獄、五百億鐵機地

獄、五百億鐵網地獄、十八鐵窟地獄、十八鐵丸地獄、十八尖石地

獄、十八飲銅地獄，如是等眾多地獄。〔註305〕

在種類及數量上，可謂算術譬喻所不能窮極其數的地獄，都是眾生依各

種不同業因所造並招感而來的苦報之果，因此，蘇軾以其阿耨多羅三藐三菩

提心，發願要讓被黑業惡風所汩沒的眾生，出離有方、有期，是以在〈虔州

法幢下水陸道場薦孤魂滯魄疏〉說：

願除無始以來貪瞋惡念，願發今日以後清淨善心，願行行坐坐

皈依佛、皈依法、皈依僧，願世世生生遠離財、遠離色、遠離酒。

既獲清涼之果，咸躋極樂之邦。普冀有緣，皆證無漏。〔註306〕

關於色界《立世阿毘曇論》、《雜阿毘曇心論》、《大乘阿毘達磨雜集論》

諸論都有所申詳，而以玄奘譯《大般若波羅蜜多經》所述最為中國人所知悉，

如卷第四百二〈第二分歡喜品第二〉說：

梵眾天、梵輔天、梵會天、大梵天。光天：少光天、無量光

天、極光淨天。淨天：少淨天、無量淨天、遍淨天。廣天：少廣

天、無量廣天、廣果天。無繁天、無熱天、善現天、善見天、色究

竟天。〔註307〕

這色界十八天，在欲界的上方，屬天人所居，而仍有淨妙色質的器世間，

根據眾賢在《阿毘達磨順正理論》卷第二十一〈辯緣起品第三之一〉，解釋色

界十八天的名義說：

第一靜慮處有三者：一、梵眾天，二、梵輔天，三、大梵天。

第二靜慮處有三者：一、少光天，二、無量光天，三、極光淨天。

第三靜慮處有三者，一、少淨天，二、無量淨天，三、遍淨天。第

四靜慮處有八者：一、無雲天，二、福生天，三、廣果天；并五淨

居處合成八，五淨居者：一、無繁天，二、無熱天，三、善現天，

四、善見天，五、色究竟天。廣善所生，故名為梵，此梵即大，故

名大梵。由彼獲得中間定故、最初生故、最後歿故、威德等勝故，

名為大。大梵所有、所化、所領，故名梵眾。於大梵前，行列侍衛，

〔註305〕《大正藏》，第十五冊，頁668^b。

〔註306〕《蘇軾文集》，第五冊，頁1910。

〔註307〕《大正藏》，第七冊，頁11^a。

故名梵輔。自地天內光明最小，故名少光。光明轉勝，量難測故，
名無量光。淨光遍照自地處故，名極光淨。意地受樂，說名為淨，
於自地中此淨最劣，故名少淨。此淨轉增，量難測故，名無量淨。
此淨周普，故名遍淨。意顯更無樂能過此以下空中天所居地，如雲
密合，故說名雲。此上諸天，更無雲地，在無雲首，故說無雲。更
有異生勝福方所可往生故，說名福生。居在方所，異生果中，此最
殊勝，故名廣果。離欲諸聖，以聖道水，濯煩惱垢，故名為淨，淨
身所止，故名淨居；或住於此，窮生死邊，如還債盡，故名為淨，
淨者所住，故名淨居；或此天中，無異生雜，純聖所止，故名淨居。
繁謂繁雜，或謂繁廣，無繁雜中，此最初故，繁廣天中，此最劣故，
說名無繁，或名無求，不求趣入無色界故。已善伏除雜脩靜慮上中
品障，意樂調柔，離諸熱惱，故名無熱；或令下生煩惱名熱，此初
離遠，得無熱名；或復熱者，熾盛為義，謂上品脩靜慮及果，此猶
未證，故名無熱。已得上品雜修靜慮，果德易彰，故名善現。雜修
定障，餘品至微，見極清澈，故名善見。更無有處於有色中能過於
此，名色究竟；或此已到眾苦所依身最後邊，名色究竟；有言色者，
是積集色，至彼後邊，名色究竟。此十七處，諸器世間，并諸有情，
總名色界。〔註308〕

色界十八天，分別為四禪天所攝，如世親在《阿毘達磨俱舍論》卷第八
〈分別世品第三之一〉說：

欲界上處有十七，謂三靜慮處各有三，第四靜慮處獨有八，器
及有情總名色界。第一靜慮處有三者：一、梵眾天、二、梵輔天，
三、大梵天。第二靜慮處有三者：一、少光天、二、無量光天、三、
極光淨天。第三靜慮處有三者：一、少淨天、二、無量淨天、三、
遍淨天。第四靜慮處有八者：一、無雲天，二、福生天，三、廣果
天，四、無〔繁〕煩天，五、無熱天，六、善現天，七、善見天，
八、色究竟天。〔註309〕

論云「四靜慮」，即四種根本禪定，是色界行者治惑生德的修持行法，而
四禪各有不同的功能，如卷第二十八〈分別定品第八之一〉世親頌說：

〔註308〕《大正藏》，第二十九冊，頁456^{b-c}。

〔註309〕《大正藏》，第二十九冊，頁41^a。

靜慮初五支：尋、伺、喜、樂、定。

第二有四支：內淨、喜、樂、定。

第三具五支：捨、念、慧、樂、定。

第四有四支：捨、念中、受、定。〔註310〕

然而，四禪的功能雖不同，但都以「心一境性」為體，如世親在〈分別定品第八之一〉，一開始詮釋「定謂善一境」的頌句時便說：「定，靜慮體，總而言之，是善性攝心一境性，以善等持為自性故。」〔註311〕並以「能審慮」為用，所以世親接著說：

> 何名一境性？謂專一所緣，若爾，即心專一境位，依之建立三摩地，名不應別有餘心所法。……又，三摩地是大地法，應一切心皆一境轉。……契經說，此為增上心學故，心清淨最勝即四靜慮故。依何義故立靜慮名？由此寂靜能審慮故，審慮即是實了知義，如說心在定能如實了知，審慮義中置地界故，此宗審慮以慧為體，若爾，諸等持皆應名靜慮。……靜慮如何獨名為勝？諸等持內唯此攝支，止觀均行最能審慮，得現法樂住及樂通行名。〔註312〕

也就是說，色界的四種根本禪定，已從欲界容易馳散的染心，因定性而超離出來，而以「心一境性」綜攝尋、伺，喜、樂等靜慮支，並為定慧等持者，同時以其最能審慮之故，而於色界中，得色界最勝義。

色界四禪既然在「心一境性」的定慧等持中得最勝義，那麼，又何以會成為蘇軾在解脫道上欲予徹底頓斷的第二重關？這得回到原始佛教的教說中，纔能看出問題的真正所在，首先，《長阿含經》卷第八〈第二分眾集經第五〉，舍利弗說：

> 比丘除欲惡不善法，有覺有觀，離生喜樂，入於初禪。滅有覺觀，內信一心，無覺無觀，定生喜樂，入第二禪。離喜修捨念進，自知身樂，諸聖所求，憶念捨樂，入第三禪。離苦樂行，先滅憂喜，不苦不樂，捨念清淨，入第四禪。〔註313〕

這是持修四禪的進路與次第，然而，舍利弗在卷第九〈第二分十上經第六〉又說：

〔註310〕《大正藏》，第二十九冊，頁146c。

〔註311〕《大正藏》，第二十九冊，頁145a。

〔註312〕《大正藏》，第二十九冊，頁145b。

〔註313〕《大正藏》，第一冊，頁50c。

若比丘有信、有戒、有多聞，能說法、能養眾、能在大眾廣演法言，而不得四禪，則梵行不具。若比丘有信、有戒、有多聞，能說法、能養眾、能於大眾廣演法言，又得四禪，則梵行具足。若比丘有信、有戒、有多聞，能說法、能養眾，在大眾中廣演法言，又得四禪，不於八解脫，逆順遊行，則梵行不具。若比丘有信、有戒、有多聞，能說法、能養眾，於大眾中廣演法言，具足四禪，於八解脫，逆順遊行，則梵行具足。若比丘有信、有戒、有多聞，能說法、能養眾，在大眾中廣演法言，得四禪，於八解脫，逆順遊行，然不能盡有漏成無漏，心解脫、智慧解脫，於現法中，自身作證：生死已盡，梵行已立，所作已辦，更不受有。則梵行不具。若比丘有信、有戒、有多聞，能說法，能養眾，能在大眾廣演法言，成就四禪，於八解脫，逆順遊行，捨有漏成無漏，心解脫、智慧解脫，於現法中，自身作證：生死已盡，梵行已立，所作已辦，更不受有。則梵行具足。〔註314〕

這說明了即使已經能證「得四禪」，也還有「不於八解脫，逆順遊行」，〔註315〕並蠲盡有漏證成無漏，而從定障中得解脫、以智慧力斷除煩惱障而得解脫，同時親證斷離諸欲的梵行，因此，依然是不究竟的有漏法。而這種現象在大乘般若學中，仍然被認為是世俗法，且都與無漏法與道法於義相違之故，如《放光般若經》卷第三〈了本品第十四〉，佛陀告訴須菩提說：

四禪、……是謂世間善法。……四禪、……是謂世俗法。……四禪、……是為漏法。……欲界、形〔色〕界、……是為有為法。〔註316〕

相對於出世間法、無漏法、無為法，形〔色〕界四禪，終非圓滿之道法，

〔註314〕《大正藏》，第一冊，頁56°。

〔註315〕八解脫，即依八種定力而捨卻對色與無色之貪欲，具如尊者舍利子在《阿毘達磨集門足論》卷第十八〈八法品第九之一〉說：「八解脫者，云何為八？答：若有色觀諸色，是第一解脫。內無色想觀外諸色，是第二解脫。淨解脫身作證具足住，是第三解脫。超一切色想滅有對想，不思惟種種想，入無邊空空無邊處具足住，是第四解脫。超一切空無邊處，入無邊識識無邊處具足住，是第五解脫。超一切識無邊處，入無所有無所有處具足住，是第六解脫。超一切無所有處，入非想非非想處具足住，是第七解脫。超一切非想非非想處，入想受滅身作證具足住，是第八解脫。」《大正藏》，第二十六冊，頁443^(a~b)。

〔註316〕《大正藏》，第八冊，頁19^a。

所以蘇軾認爲，仍需在究竟道法上，進一步予以超克，庶幾「了達無礙」。

關於無色界，《業報差別經》、《法蘊足論》、《大毘婆沙論》、《法苑珠林》、《大乘法苑義林章》等經論，皆有詳論，然爲論點一貫與集中故，仍先例於世親之論，《阿毘達磨俱舍論》卷第八〈分別世品第三之一〉說：

> 頌曰：
>
> 無色界無處，由生有四種，
>
> 依同分及命，令心等相續。

> 論曰：……無色界中，都無有處，以無色法，無有方所、過去、未來，無表無色，不住方所，理決然故，但異熟生，差別有四：一、空無邊處，二、識無邊處，三、無所有處，四、非想非非想處。如是四種，名無色界。此四非由處有上下，但由生故，勝劣有殊。復如何知彼無方處？謂於是處，得彼定者，命終即於是處生故。復從彼沒，生欲、色時，即於是處，中有起故。……於無色界，受生有情，以何爲依，心等相續？……經部師說：「無色界心等相續，無別有依。」……若因於色，已得離愛，厭背色故，所引心等，非色俱生，不依色轉。……於彼界中，色非有故，名爲無色。所言色者，是變礙義，或示現義，彼體非色，立無色名。……無色所屬界，說名無色界。〔註317〕

無色界諸天眾，指超越欲界、色界「變礙義」而修持四無色定厭離色想者所生諸天，並以「都無有處，以無色法，無有方所、過去、未來，無表無色，不住方所」爲無色界特質，但在果報上仍屬「勝劣有殊」的器界有情，而其所持修的空無邊處、識無邊處、無所有處，非想非非想處識無邊處四無色定，如龍樹《大智度論》卷第十七〈釋初品中禪波羅蜜第二十八〉所說：

> 常觀身空，如籠、如甑，常念不捨，則得度色，不復見身，如內身空，外色亦爾，是時，能觀無量無邊空，得此觀已，無苦無樂，其心轉增，如鳥閉著瓶中，瓶破得出，是名空處定。是空無量無邊，行識緣之，緣多則散，能破於定，行者觀虛空緣受、想、行、識，如病、如癰、如瘡、如刺，無常、苦、空、無我，欺誑和

〔註317〕《大正藏》，第二十九冊，頁40°～41ᵇ。

合則有，非是實也。如是念已，捨虛空緣，但緣識。云何而緣？現前識，緣過去、未來無量無邊識，是識無量無邊，如虛空無量無邊，是名識處定。是識無量無邊，以識緣之，識多則散，能破於定。行者觀是緣識受、想、行、識，如病、如癰、如瘡、如刺，無常、苦、空、無我，欺誑和合而有，非實有也。如是觀已，則破識相。是呵識處，讚無所有處，破諸識相，繫心在無所有中，是名無所有處定。〔註318〕

這雖已經脫離色法的繫縛，但仍然屬於世法的範疇，如《大乘義章》卷第十一〈菩薩四無畏義〉，淨影慧遠說：

藥有二種：一、世間法，二出世法。世法有三：一、欲界法，二、色界法，三、無色界法。出世亦三：一、聲聞乘法，二、緣覺乘法，三、大乘法。〔註319〕

欲界、色界、無色界三界所持修的禪定，既然都是世法，如同蘇軾在解脫道上欲予徹底頓斷的欲界第一重關、色界第二重關那樣，第三重關無色界，必然也要跟著被超越。如此一來，「了達無礙，超出三界」的命意，纔有思想與行、證上的著落，進入「智慧門」的途徑，纔有可能被如實開展出來，而在實踐上，成就大乘法。然而，蘇軾之所以在不憂道人觀妙的限定義之下，以「是室云何而求我」爲轉語，「以一味語」別立一超越「死灰槁木」的究竟法，使「斷之無疑」的議題，並非橫空妄計的汗漫之說，而是以經證見，以見明經，而爲行其所當行的結果，如晉譯《大方廣佛華嚴經》卷第十二〈功德華聚菩薩十行品第十七之二〉，功德林菩薩以偈頌說：

眾生不迫迮，清淨法身力，
一味一義中，分別無量義。
演說無窮盡，無邊慧所行，
修習佛解脫，智慧無障礙。
成就無所畏，無量方便德，
了諸世界海，一切佛剎海，
法海智慧海，度脫眾生海。〔註320〕

〔註318〕《大正藏》，第二十五冊，頁186[b-c]。
〔註319〕《大正藏》，第四十四冊，頁694[a]。
〔註320〕《大正藏》，第九冊，頁474[b]。

又，卷三十三〈寶王如來性起品第三十二之一〉，普賢菩薩摩訶薩告訴如來性起妙德菩薩等諸大眾說：

> 佛子！譬如大雲，雨一味水，隨其所雨，而有差別，如來、應供、等正覺，亦復如是，雨於大悲，一味法雨，隨所應化，種種不同。……佛子！譬如大雲，雨一味水，隨諸眾生，善根力故，起種種宮殿，如來大悲，一味法水，隨眾生器根不同故，法雨差別。……佛子！是為大雲，雨一味水，以眾生善根，果報力故，法如是故，起種種風輪，風輪差別故，大千世界，形類不同，如來、應供、等正覺亦復如是，出興于世，具諸善根，有光明，名無上大智不斷如來性起不思議智，普照十方世界，授一切菩薩如來記，號成等正覺，出興于世。……佛子！譬如大千世界成已，種種饒益無量眾生，水性眾生，得水安樂，陸地眾生，得地安樂，宮殿眾生，得宮殿安樂，空中眾生，得虛空安樂，如來、應供、等正覺，亦復如是，出興于世，種種饒益一切眾生，見聞如來，踴躍歡喜，修諸善根，住尸羅者，得佛戒樂，住四禪、四無量者，得聖無上智明之樂，住法門者，得真實樂，住照明者，得淨智樂。〔註321〕

如此之一味語，就解脫義而論，對初機而言，當然是從尸羅、四禪等止觀進路層層升進到有為法無可再升進，而為老宿毋庸任何升進，而以大乘法做為終極指撝的解脫境，具如晉譯《大方廣佛華嚴經》卷第四十二〈離世間品第三十三之七〉所說：

> 三解脫門，……六波羅蜜、四攝法，出生大乘法所攝持，知一切剎、一切法、一切眾生、一切世間，是佛境界法所攝持；斷一切念，捨一切取，離過去、未來、隨順涅槃法所攝持。〔註322〕

蘇軾正是站在這個圓融境界中，以文藝學的創作實踐，署以出世法的大乘法、緣覺乘法、聲聞乘法，世間法的無色界法、色界法、欲界法為序，撰著〈水陸法像贊〉十六首說：

> 上堂八位
>
> 〈一切常住佛陀耶眾〉
>
> 謂此為佛，是事理障；謂此非佛，是斷滅相。

〔註321〕《大正藏》，第九冊，頁613^b～614^b。
〔註322〕《大正藏》，第九冊，頁664^c。

事理既融，斷滅亦空：佛自現前，如日之中。

〈一切常住達摩耶眾〉

以意爲根，是謂法塵；以佛爲體，是謂法身。

風止浪靜，非別有水：放爲江河，匯爲沼沚。

〈一切常住僧伽耶眾〉

佛既強名，法亦非眞；神而明之，存乎其人。

惟佛法僧，非三非一：如雲出雨，如水現日。

〈一切常住大菩薩眾〉

神智無方，解脫無礙；以何因緣，得大自在。

障盡願滿，反于自然：無始以來，亡者復存。

〈一切常住大辟支迦佛眾〉

現無佛處，修第二乘；如日入時，膏火爲燈。

我說三乘，如應病藥；敬禮辟支，即大圓覺。

〈一切常住大阿羅漢眾〉

大不可知，山隨綖移；小入無間，澡身軍持。

我雖不能，能設此供：知一切法，具此玅用。

〈一切五通神仙眾〉

孰云飛仙，高舉違世；湛然神凝，物不疵癘。

爲同爲異，本自無同；契我無生，長生之宗。

〈一切護法龍神眾〉

外道壞法，如刀截風；壞者既妄，護者亦空。

偉茲龍神，威而不怒：示有四支，佛之禦侮。

下堂八位

〈一切官僚吏從眾〉

至難者君，至憂者臣；以眾生故，現宰官身。

以難爲易，以憂爲樂：樂兼萬人，禍倍眾惡。

〈一切〔三界諸〕天眾〉

苦極則修，樂極則流：禍福無窮，糾纏相求。

遂超欲色，至非非想；不如一念，真發無上。

〈一切阿修羅王眾〉

正念淳想，則為飛行；毫釐之差，遂墮戰爭。

以此為道，穴胸隕首；是真作家，當師子吼。

〈一切人〔道〕眾〉

地獄天宮，同一念頃；涅槃生死，同一法性。

抱寶號窮，鑽穴索空；今夕何夕，當選大雄。

〈一切地獄〔道〕眾〉

汝一念起，業火熾然；非人燔汝，而汝自燔。

觀法界性，起滅電速；知惟心造，是破地獄。

〈一切餓鬼〔道〕眾〉

說食無味，涎流妄嚥；真食無火，中虛妄見。

美從妄生，惡亦幻成；知幻即離，既飽且寧。

〈一切畜生〔旁生〕道眾〉

欲人不知，心則有負；此念未成，角尾已具。

集我道場，一洗濯之；盡未來劫，愧者勿為。

〈一切六道外者眾〉

陋劣之極，蕩於眇冥；胎卵溼化，莫從而生。

聞吾法音，飆超電動；如夢覺人，不復見夢。〔註323〕

　　根據《佛祖統紀》卷第四十六〈法運通塞志第十七之十三・哲宗〉的記載說：

　　　〔元祐〕八（1093）年，知定州蘇軾，繪《水陸法像》，作贊十

　　六篇，世謂辭理俱妙（今人多稱《眉山水陸》者，由於此）。〔註324〕

　　志磐所指，當時人稱述的「辭理俱妙」之妙，正是蘇軾以權法，轉不憂道人仍在界內的觀妙，而為界外之妙的解脫義，但別忽略了，此妙之所以為解脫之妙的真義，亦正是由權法即實法所體現出來的當相即真如的妙義，而

─────────────

〔註323〕《蘇軾文集》，第二冊，頁 632～634。又，與宋僧宗曉編的《施食通覽》卷上所輯錄者互有異文，茲依文意逕予改正，不另出校記，參見《卍續藏》，第五十七冊，頁 115^b～116^a。

〔註324〕《大正藏》，第四十九冊，頁 418^a。

且更不能被忽署的是當蘇軾撰《眉山水陸》時，正是高太后崩殂、哲宗親政、章惇執宰、元祐更化向神宗熙寧新政紹述之際。可以說，整個國家都陷於山雨欲來風滿樓的前夕。然而，自請外任的蘇軾，以其既能安頓出世法的智慧，必能安頓世法的歷練，處身在時局飄颻的黨爭亂流之中，不僅一方面，以其向來戮力從公的宰官身，關切著大政的因革，關懷著元祐黨人的遭遇，並時加相與勸慰，亦且在文藝學的創作上，一本優遊從容的無執之思，出入自證其所已證得的內學所證境，並因境而自在出有入空、出空入有，而圓融無礙摩訶般若波羅密多，是以在三界中，自請外放，乃至於在南遷過程中，一再遭到落職打擊的宰官，便以「超出三界」的終極關懷，諦觀著世法通達出世法、出世法任運世法的隨緣之道，因此，在定州完成《眉山水陸》的翌年，雖又被放逐到更荒遠的獦獠邊鄙曹溪祖庭的所在，但仍沿途擊節銷釋與根塵相磨互盪的萬法，而為顯明實相本來法爾如此的眞面目，所以顚沛在南行的路上賦〈次韻子由書清汶老所傳秦湘二女圖〉詩云：

　　春風消冰失瑤玉，我本無身安有觸？〔註325〕

如其「有觸」，就權法而論，則仍在見、聞、覺、知的六根門頭瞎打轉，仍在作、止、任、滅的黑漆桶底搗墨汁而為禪病，還是垢濁邊事、是情器世間事，而非清淨邊事、非空劫那邊事，因為以「觸為緣所生諸受是可攝受及所壞滅」者，既是有為法，亦是生滅法，更是浪得生死的根本，與乎執迷不悟的本元。然而，「有觸」在實法上卻是「無身」的前提，更是六祖慧能所說的「自識本心，自見本性，悟即元無差別」的定慧等觀境，〔註326〕是以在觀法上，不能以否證的作署去用無身遮詮有觸，乃至於執無以為有，而合當祇是等不等觀，等觀不等觀的終極現觀，因此，《大般若波羅蜜多經》卷第八十八〈初分學般若品第二十六之四〉，舍利子問具壽善現說：「何緣菩薩摩訶薩如是學時，不為聲聞乘攝受壞滅故學，不為獨覺乘、無上乘攝受壞滅故學？」〔註327〕具壽善現回答舍利子說：

　　舍利子！菩薩摩訶薩如是學時，不見有身界是可攝受及所壞
　滅，亦不見有能攝受身界及壞滅者；不見有觸界、身識界及身觸、
　身觸為緣所生諸受是可攝受及所壞滅，亦不見有能攝受觸界乃至身

〔註325〕《蘇軾詩集合注》，下冊，頁1902。
〔註326〕《壇經校釋》，頁30。
〔註327〕《大正藏》，第五冊，頁490°。

觸爲緣所生諸受及壞滅者。何以故？以身界等若能若所內外俱空不可得故。〔註328〕

既然能觀與所觀，乃至於能證與所證，內外畢竟空，那麼，身觸何由安立，又何須安立？所以世尊在《大佛頂首楞嚴經》卷第三，便不斷以反質的方式，對阿難開顯「六入本如來藏妙眞如性」，是無須妄計安立不安立的眞義說：

> 阿難！又汝所明，身觸爲緣，生於身識，此識爲復因身所生，以身爲界？因觸所生，以觸爲界？阿難！若因身生，必無合離，二覺觀緣，身何所識？若因觸生，必無汝身，誰有非身，知合離者？阿難！物不觸知，身知有觸，知身即觸，知觸即身，即觸非身，即身非觸，身觸二相，元無處所，合身即爲身自體性，離身即是虛空等相，內外不成，中云何立？中不復立，內外性空，則汝識生，從誰立界？是故當知，身觸爲緣，生、身、識界，三處都無，則身與觸，及身界三，本非因緣、非自然性。〔註329〕

也就是說，在迷的眾生，本自具足自性清淨的如來清淨法身，而且並不因在染而爲煩惱所污，祇要轉迷爲悟，自能證見本來清淨的自性，而證見諸法與實相，元是無差別法，這與前論水鏡喻、銅鏡喻、古鏡喻之於宗門教下，乃至華嚴法界緣起，及於如來藏緣起，在佛學思想中，都是超越判教的說通宗通之論。

可見「有觸」是根塵障道之所由，如其不從眼觸、耳觸、鼻觸、舌觸、身觸、意觸等六觸，與與之相應的色塵、聲塵、香塵、味塵、觸塵、法塵等六境爲緣的三界中超離出來，那麼，生死無端，長劫輪迴，乃事法之所必然，如明僧達觀眞可在《紫栢老人集》卷之一〈法語‧示覺慈〉說：

> 夫知廢則覺全，知立則覺隱，隱則昧，昧則無往而非障也。至於色之障眼，聲之障耳，香臭之障鼻，味之障舌，觸之障身，法之障心，所以根塵汨然，常濁而不清矣。嗚呼！我之靈臺，本來空清，以種種障〔障〕之，自是空者不空，清者不清。空者不空，則於無色處橫謂有色，無觸處橫謂有觸，無身處橫謂有身，無心處橫謂有心。身心備，則死生好惡，不召而至焉。〔註330〕

〔註328〕《大正藏》，第五冊，頁491[b]。
〔註329〕《大正藏》，第十九冊，頁117[a]。
〔註330〕《大正藏》，第七十三冊，頁153[a–b]。

如此一來，就無法安立「我本無身」的證境，以見、聞、覺、知係推度比量的障道法之故。而「我本無身」則無我，無我則無有我見，無有我見則無有人我見，無有人我見則無有法我見。若然，則能空諸所有，能空諸所有，則我執與法執在「若能若所」上，必能當體證顯「內外俱空」，以無我是法印故，是義通小大、義通教通宗通的根本法要，是以春風消冰，生、身、識俱泯，如圓悟克勤在《圓悟佛果禪師語錄》卷第四〈上堂四〉示眾說：

> 千聖不同轍，正體獨露，萬象無所覆，妙用常真。法隨法行，無處不遍；心隨心用，無處不周。若能上絕攀仰，下絕己躬，放出人人，常光目前，各各獨露，便可以於一塵中，現寶王剎，坐毛端裏，轉大法輪。以無轉而轉，即一切皆轉；以無身現身，一切處無不是身。亙古亙今，凝然寂照。所以道：「唯一堅密身，一切塵中現。」雖居塵中，而塵中收他不得；雖居四相，而四相羅籠不住；雖一切處覓其纖毫形相，了不可得。然而，要用便用，要行便行，亦不於一塵中覓塵，亦不尋其纖毫形相，謂之無生法忍。且祇如截斷兩頭，一句：「作麼生道？」死生同一際，萬化悉皆如。〔註331〕

既然「死生同一際」的真際，是本來如此的「萬化悉皆如」的如，是「法隨法行」所證立的實相，允宜蘇軾在間關南行的顛沛之道上，呈顯無有顛沛的湛然常寂的本心，而賦〈慈湖夾阻風五首〉其四詩云：

> 暴雨雲過聊一快，未妨明月卻當空。〔註332〕

賦〈八月七日入贛過惶恐灘〉詩云：

> 便合與官充水手，此生何止略知津！〔註333〕

賦〈廉泉〉詩云：

> 有貪則有廉，有慧則有癡。
> ……
> 紛然立名字，此水了不知。〔註334〕

賦〈發廣州〉詩云：

> 三杯軟飽後，一枕黑甜餘。〔註335〕

〔註331〕《大正藏》，第四十七冊，頁729^b。
〔註332〕《蘇軾詩集合注》，下冊，頁1932。
〔註333〕《蘇軾詩集合注》，下冊，頁1941。
〔註334〕《蘇軾詩集合注》，下冊，頁1943。
〔註335〕《蘇軾詩集合注》，下冊，頁1961。

賦〈十月二日初到惠州〉詩云：

> 彷彿曾遊豈夢中，欣然雞犬識新豐。〔註336〕

這些簡例都是蘇軾以其「返流歸照性」爲根據的「遺所矚」，所以蘇軾在生死岸頭得大自在，除了表現在上述書信與文藝學文本的創作之外，其與佛學互文性甚深的尺牘，更是所在多有，如〈與王仲敏〉第一簡說：

> 某凡百粗遣，適邐過新居，已浹旬日，小窻疎籬，頗有幽趣。
> 〔註337〕

〈與王仲敏〉第十六簡說：

> 生不挈棺，死不扶柩，此亦東坡之家風也。此外宴坐寂照而已。〔註338〕

〈與徐得之〉第十三簡說：

> 絕欲息念之外，浩然無疑，殊覺安健也。〔註339〕

〈與吳秀才〉第二簡說：

> 近者南遷，過眞、揚間見子野，無一語及得喪休戚事，獨謂僕曰：「邯鄲之夢，猶足已破妄歸眞，子今目見而身履之，亦可以少佈矣。」〔註340〕

〈與羅祕校〉第一簡說：

> 然仕無高下，但能隨事及物，中無所愧，即爲達也。〔註341〕

〈與姪孫元老〉第一簡說：

> 老人與過子相對，如兩苦行僧爾。然胸中亦超然自得，不改其度。〔註342〕

〈與參寥子〉第十七簡說：

> 某到貶所半年，……大暑祇似靈隱天竺和尚退院後，却住一箇小村院子，折足鐺中，罨糙米飯便喫，便得過一生也。〔註343〕

凡此，以世出世、界內外再爲之內證釐析，已屬無意義語，姑置不論。

〔註336〕《蘇軾詩集合注》，下冊，頁1965。
〔註337〕《蘇軾文集》，第四冊，頁1689。
〔註338〕《蘇軾文集》，第四冊，頁1695。
〔註339〕《蘇軾文集》，第四冊，頁1724。
〔註340〕《蘇軾文集》，第四冊，頁1738。
〔註341〕《蘇軾文集》，第四冊，頁1769。
〔註342〕《蘇軾文集》，第五冊，頁1841。
〔註343〕《蘇軾文集》，第五冊，頁1864～1865。

第七節　非兼修中國文學與佛教者不能問津的桃源境

「已絕北歸之望」的蘇軾，竟不意有北歸之期，《長編》卷五百二十「元符三（1100）年正月己丑」條說：「上崩於福靈殿。」〔註344〕時年方二十五歲，親政纔六年有餘的青年皇帝哲宗，猝滅如春花，向太后舉端王趙佶繼位，在曾布的附議下，立爲徽宗皇帝，並依三省、樞密院的決議，垂簾聽政，而哲宗的「暴崩」，〔註345〕意謂紹述之政，勢將隨著新皇帝的登極，而改弦更轍，據《宋史》卷三百八十列傳第九十七〈蘇軾〉傳說：

> 徽宗立，移廉州，改舒州團練副使，徙永州。更三大赦，遂提
>
> 舉玉局觀，復朝奉郎。〔註346〕

蘇軾雖然有幸獲得平反，並最終再度官復十六年前，即元豐八（1085）年的朝奉郎職，但據《長編拾補》卷十五「哲宗元符三年二月丙寅」條引《續宋編年資治通鑑》載：「二月，……蘇軾、……移廉。」〔註347〕可見此時移廉的詔命已布達，並於四月「移永」，〔註348〕誠如蘇軾在〈儋耳〉詩云：「除書欲放逐臣回。」〔註349〕然而，早已體達夷險一致、寒熱等受、去來不異、沈浮無別、悲喜平懷之究竟義的蘇軾，並沒有時流寓蜀中梓州的詩聖杜甫，於唐代宗廣德元（763）年春，聞史朝義兵敗自縊，〔註350〕官軍重光故土，而得以回京，致「涕淚滿衣裳」的狂喜，也沒有情不自禁於「漫卷詩書」的整治行裝去，並忙不及待的舉杯澆灌長期鬱積在胸次之間的塊磊。〔註351〕反而以冷靜的態度，與清淨的本心，根據內學的大修爲，以綺語盡洗的詩筆，書寫

〔註344〕《長編》，第二十冊，頁 12356。

〔註345〕《長編》，第二十冊，頁 12362。

〔註346〕《宋史》，第十三冊，頁 10817。

〔註347〕《長編拾補》，第二冊，頁 577。

〔註348〕《長編拾補》，第二冊，頁 590。

〔註349〕《蘇軾詩集合注》，下冊，頁 2214。

〔註350〕司馬光在《資治通鑑》卷二百二十二〈唐紀三十八・代宗睿文孝武皇帝上之上〉「廣德元年」第四條說：「時朝義范陽節度使李懷仙已因中使駱奉先請降，……朝義至范陽，不得入。……東奔廣陽，廣陽不受；欲北入奚、契丹，至溫泉柵，李懷仙遣兵追及之：朝義窮蹙，縊於林中。」《資治通鑑》，第八冊，頁 7139。

〔註351〕杜詩〈聞官軍收河南河北〉云：「劍外忽傳收薊北，初聞涕淚滿衣裳；卻看妻子愁何在？漫卷詩書喜欲狂。白首放歌須縱酒，青春作伴好還鄉；即從巴峽穿巫峽，便下襄陽向洛陽。」唐・杜甫著，清・楊倫鏡詮，《杜詩鏡詮》，臺北，天工書局，民 83，頁 433。

著「心一境性」的詩偈，如翻陶淵明〈桃花源〉之案，〔註352〕而朝天臺與楞嚴思想轉移與超越而去的〈和陶桃花源〉詩云：

> 凡聖無異居，清濁共此世；
>
> 心閒偶自見，念起忽已逝。
>
> 欲知真一處，要使六用廢，
>
> 桃源信不遠，杖藜可小憩。〔註353〕

「凡聖無異居」，是從天臺判教學凡聖同居土、方便有餘土、實報無礙土、常寂光土等四土說的第一土所化出，係指藏教、通教、別教、圓教化法四教的三藏教所屬的佛土而言，如智顗在《仁王護國般若經疏》卷第四〈菩薩教化品第三〉說：

> 若藏教唯是凡聖同居。……凡聖同居，聖少凡多，是穢非淨。
>
> 〔註354〕

又如智顗在《觀音義疏》卷第二說：

> 凡聖同居土，明應佛者，土有二種：一、淨，二、穢。如富樓那土、西方等土，其中眾生，具三毒見、思，無三惡名，果報嚴淨，此名淨土。如此娑婆，三惡、四趣，荊棘丘墟，是名穢土。若淨、若穢，皆是凡聖同居土也。二土眾生，各有二種：根利濁重，根鈍濁重。根利濁輕，根鈍濁輕。濁重者，若娑婆眾生，身形醜惡，矬短卑小，命止八十，或復中天，煩惱熾盛，諸見心彊，時節廳險，

〔註352〕翻案法，參見：

1. 中國詩學中的翻案法，係由隋末初唐詩人王梵志首先提出，且為宋詩人在創作方法所繼承，並成為禪門參疑情的通用語，如宋僧釋惠洪在《林間錄》卷下說：「子常愛王梵志詩云：『梵志翻著襪，人皆謂是錯；寧可刺你眼，不可隱我腳。』寒山子詩云：『人是黑頭蟲，剛作千年調；鑄鐵作門限，鬼見拍手笑。』道人自觀行處，又觀世間，當如是游戲耳。」《卍續藏》，第八十七冊，頁265[a-b]。

2. 宋僧佛智廣聞在《偃溪廣聞禪師語錄》卷下〈住徑山興聖萬壽禪寺語錄‧自讚‧禪人請〉說：「冷泉亭放開，換盡時人眼睛，見山堂看雲，甚處討佗巴鼻？認得完全，是則未是。手中黑竹篦，不能打得儞；胡亂三十年，全無巴鼻；叨居六七剎，無補宗教。翻著梵志襪，疑之者多；倒用司農印，識之者少。出嶺既不能跋步玄沙，入嶺又何敢追蹤雪老！上人擔頭不堪泊蠅，也能帶得老僧去那。逢人展似即不無，若謂起楊岐正宗，疏束澗正派，且莫謗渠好。」《卍續藏》，第六十九冊，頁751[b]。

〔註353〕《蘇軾詩集合注》，下冊，頁2200。

〔註354〕《大正藏》，第三十三冊，頁275[c]～276[a]。

是爲五濁重也。淨土不爾，是爲五濁輕也。何故爾？不多修福德，
生重濁土，多修福德，生於輕土；若穢土中生，有戒乘俱緩，有乘
急戒緩，有乘緩戒急，有戒乘俱急。戒急受人天身，乘急有感聖之
機，機有二種：一、大，二、小。小機則示三藏佛身說法，大機應
以舍那佛身說法。〔註355〕

天臺判教學中的四土思想，亦爲華嚴家所肯認，如唐代華嚴學者李通玄
在《新華嚴經論》卷第十〈世主妙嚴品第一〉，首先與華嚴圓融思想會通說：
「凡聖同居，各無妨礙。」〔註356〕後來被華嚴宗第四祖清涼澄觀，導入華嚴
詮釋學中，用於論證眾生與菩薩在「共搆〔構〕一緣」的關係中，所證得的
自受用與他受用在變化土的機緣與果德的同異，如清涼澄觀在《大方廣佛華
嚴經隨疏演義鈔》卷第二十六〈世界成就品第四〉說：

眾生菩薩共搆一緣者。……言凡聖同居者，即變化土，若他受
用，唯聖所居。變化之土，凡聖同居，有二意：一、就機化故，二、
於凡身中初證聖果，尚亦爲居之。〔註357〕

這是說，行人一但停逗在自受用上則爲凡，「取直心之土，以應直心眾生，
爲同搆一緣，來生其國」則爲聖。〔註358〕

至於「凡聖同居」的淨土思想，發展到宋代以後的禪宗諸流派中，更成
公案語，如汾陽善昭在《汾陽無德禪師語錄》卷中說：

凡聖同居，龍蛇混雜。〔註359〕

宋臨濟宗楊岐派支派虎丘派僧咸傑在《密菴和尚語錄・密菴和尚住衢州
西烏巨山乾明禪院語錄》說：

舉龐居士頌：「十方同聚會。」……

師云：「龍蛇混雜，心空及第歸。」

師云：「凡聖同居。」〔註360〕

宋曹洞宗僧慧暉在《淨慈慧暉禪師語錄》卷第四亦說：

諸佛念眾生，眾生不念佛，方知佛度凡夫時，凡夫度諸佛，至

〔註355〕《大正藏》，第三十四冊，頁933^{b-c}。
〔註356〕《大正藏》，第三十六冊，頁782^{c}。
〔註357〕《大正藏》，第三十六冊，頁195^{b-c}。
〔註358〕《大正藏》，第三十六冊，頁195^{b-c}。
〔註359〕《大正藏》，第四十七冊，頁609^{c}。
〔註360〕《大正藏》，第四十七冊，頁959^{b}。

這裏，龍蛇混雜，凡聖同居，自入法界之性，獨觀世間之相，性相了然無有二。〔註361〕

元僧梵琦在《楚石梵琦禪師語錄》卷第四〈住杭州路鳳山大報國禪寺語錄〉則說：

佛法兩字，不要拈著，拈著則不堪。這裏龍蛇混襍，凡聖同居，若起無事心，棒了趂出院，金不博金，水不洗水。〔註362〕

根據上述諸說，蘇軾必然要將陶淵明〈桃花源〉詩的第一句「嬴氏亂天紀，賢者避其世」，〔註363〕以《六祖大師法寶壇經・般若第二》所說：「佛法在世間，不離世間覺；離世覓菩提，恰如求兔角。」〔註364〕即以等觀世出世法的方式，給予徹底打破，並導出「清濁共此世」的「凡聖同居」的證境，是以宋人吳子良在《荊溪林下偶談》卷二〈桃源〉說：

淵明〈桃花源記〉，初無仙語，蓋緣詩中有「奇蹤隱五百，一朝敞神界」之句，後人不審，遂多以爲仙，如韓退之詩云：「神仙有無何渺茫，桃源之說尤荒唐。」劉禹錫云：「仙家一出尋無踪，至今流水山重重。」王維云：「初因避地去人間，及至成仙遂不還。」又云：「重來遍是桃花水，不下仙源何處尋？」王逢原亦云：「惟天地之茫茫兮，故神仙之或容。惟昔王之致治兮，惡魅魑之人逢。逮後世之陵夷兮，固〔因〕神鬼之爭雄。」此皆求之過也。惟王荊公詩與東坡〈和桃源〉詩所言最爲得實，可以破千載之惑矣。〔註365〕

當然，眼中無宋詩的明人，是不免要依慣例持反對意見的，如闞士琦在〈桃源避秦考〉說：「蘇子瞻復泥於『殺雞』一語，曰世無仙殺雞者，祇以爲青城菊水之類。〔註366〕其言殆近於迂。」〔註367〕又，另一明人羅其鼎在〈淵明祠序〉亦說：「曾有『神仙』兩字，爲來世口實否？韓、蘇兩君子，扶微言，醒惑俗，遂以渺茫荒唐目之，且借太守公迷路一段怪事，認作神仙公案，『莫

〔註361〕《卍續藏》，第七十二冊，頁144^c。
〔註362〕《卍續藏》，第七十一冊，頁563^a。
〔註363〕《陶淵明集箋注》，頁480。
〔註364〕《大正藏》，第四十八冊，頁351^c。
〔註365〕文淵閣《四庫全書》鈔本，葉2$^{a~b}$。
〔註366〕宋・蘇軾撰，〈和陶桃花源并引〉說：「又云：『殺雞作食。』豈有仙而殺者乎？舊說南陽有菊（花）水，〔水〕甘而芳。」《蘇軾詩集合注》，下冊，頁2199。
〔註367〕轉引自本社編輯，《陶淵明研究》輯清人余良棟等編修《桃源縣志》卷十三，臺北，成偉出版社，民（65？），頁348。

須有』三字，寧足服天下耶？」〔註368〕

其實，不論是吳子良或闕士琦、羅其鼎之說如何，都像歷來評此詩的論家一樣，全把眼光局限在陶詩意在無絃之思上，而論斷歷來諸家的評述與仿擬切不切陶意的片面之見，因此翻來轉去，都沒有揭示出〈和陶桃花源〉詩後出轉新的內學等持思想，及結構在與佛學互文性中的阿耨多羅三藐三菩提心的命意。菩提心是前論「四弘誓願」的第一誓「眾生無邊誓願度」，旨在慈愍眾生，而不殺則是其護生思想的體現，所以蘇軾要在「引」言中拈出「殺雞」的疑情，以其義違五戒第一戒殺生戒之故。

至於「欲知眞一處，要使六用廢」，則典出《大佛頂首楞嚴經》卷第四所說：

> 〔佛告阿難〕：「阿難！若言一者，耳何不見？目何不聞？頭奚不履？足奚無語？若此六根，決定成六，如我今會，與汝宣揚，微妙法門。汝之六根，誰來領受？」
>
> 阿難言：「我用耳聞。」
>
> 佛言：「汝耳自聞，何關身口？口來問義，身起欽承，是故應知，非一終六，非六終一，終不汝根，元一元六。阿難！當知是根，非一非六，由無始來，顚倒淪替，故於圓湛，一六義生，汝須陀洹，雖得六銷，猶未亡一，如太虛空，參合羣器，由器形異，名之異空，除器觀空，說空爲一。」〔註369〕

世尊意在顯明「心閒偶自見，念起忽已逝」的念念不住，正是以第一義諦爲歸元的互根互用的現量境的證顯，是以「桃源信不遠，杖藜可小憩」，也就是當下即桃源、即凡聖同居土、即淨穢各隨所趣之機宜而證得的基礎佛土，而此土正是向天臺化法四教之圓教，具足常、樂、我、淨四德的常寂光土，層層升進的根據。也是慧暉所說的「自入法界之性」之所由，更是蘇軾處身儋耳，或「移廉」、或「徙永」、或「更三大赦」，乃至於「提舉玉局觀」，都已沒有分別、或不分別之處，足以嬈惑「從來一生死，近又等癡慧」的覺觀。〔註370〕因此，蘇軾在接獲「欲放逐臣回」之「除書」的同時，又賦〈歸去來集字十首〉其三詩云：

〔註368〕　《陶淵明研究》，頁 349。

〔註369〕　《大正藏》，第十九冊，頁 123^{a-b}。

〔註370〕　《蘇軾詩集合注》，下冊，頁 2200。

今日悟無心。〔註371〕

　　蒂費納‧薩莫瓦約在《互文性研究》一書的〈模仿和隱文：狹義概念〉中指出，文本對文獻縱向的體現，是超文性的派生關係，即「乙文從甲文派生出來，但甲文並不切實出現在乙文中」，〔註372〕論者以為，中國固有的唱和詩，可與派生關係義項下的風格仿作、或體裁仿作相埒，而集句、或集字，則可與戲擬比論。然而，不論一篇文本在另一篇文本中，是橫向文獻羅列的共存關係，或是縱向體現的派生關係，其美學體現，都具有跨文性的關係。因此，蘇軾的和遍陶詩，除了在風格及形式上的仿作之外，更在互文性上，對陶詩與佛學思想互文性的面向上有所模仿，可見蘇軾對陶詩與佛學互文性的體會，走得比現當代研究陶淵明的絕大部分學者之所見，都要來得更加透徹與深遠，誠如丁永忠於《陶詩佛音辨》的〈弁言：佛教玄風籠罩下的東晉詩人陶淵明〉一文，在下筆破題之際，即開門見山的指出：

　　　　綜觀當今眾多論陶文章及著述，言其儒道思想者多，論其佛教
　　思想者少；稱其反佛者眾，道其奉佛者寡；而從佛教文化角度析其
　　詩文藝術精神風貌者，更是微乎其微。……如我國的劉大杰、蕭望
　　卿、朱光潛、趙樸初、李澤厚、李文初、鐘優民、羅宗強諸先生，……
　　都曾先後明確地肯定過陶淵明具有的佛教思想。但總而觀之，我國
　　學者大都言之不詳，往往點到為止，缺乏詳細的論證辨析。……加
　　之研究此課題，非兼修中國文學與佛教者，不能問津。〔註373〕

　　「非兼修中國文學與佛教〔學〕者，不能問津」於陶淵明，在學術研究上如此，在創作實踐上又何嘗不然？是以蘇軾在嶺南、在儋州的和陶之作，以其超越的生命意識，與當相解脫的行誼，相適應的便是「桃源信不遠，杖藜可小憩」的當下安頓，更是〈歸去來集字十首〉其十詩云「庭柯還獨晗，時有鳥飛回」禪境的給出，〔註374〕如五代禪師法眼宗初祖大法眼在《金陵清涼院文益禪師語錄》說：

　　　　舉，僧問夾山：「如何是夾山境？」
　　　　夾山云：「猿抱子歸青嶂裏，鳥銜花落碧巖前。」〔註375〕

〔註371〕　《蘇軾詩集合注》，下冊，頁 2205。
〔註372〕　《互文性研究》，頁 20～23。
〔註373〕　丁永忠著，《陶詩佛音辨》，成都，四川大學出版社，1997，頁 1～7。
〔註374〕　《蘇軾詩集合注》，下冊，頁 2206。
〔註375〕　《大正藏》，第四十七冊，頁 593[b]。

盛唐禪師夾山善會說：「猿抱子歸青嶂裏。」正是根、塵、境十八界的心猿意馬，際此合當不能爲縛，亦且入看空境境空的「遺所矚」，所以蘇詩云：「返流歸照性。」夾山善會說：「鳥銜花落碧巖前。」那花，在陶淵明讓凡夫俗子幾近兩千年來再也無從問津的桃花源中，豈非唐僧靈雲志勤禪師騰播禪林的「靈雲見桃明心」、「靈雲桃華悟道」，並蒙溈仰宗初祖溈山靈祐印可的桃花悟境？如溈山靈祐在《潭州溈山靈祐禪師語錄》說：

> 靈雲初在溈山，因見桃花悟道，有偈云：
>
> 三十年來尋劍客，幾回落葉又抽枝；
>
> 自從一見桃華後，直至如今更不疑。
>
> 師覽偈，詰其所悟，與之符契，師云：「從緣悟達，永無退失，善自護持。」〔註376〕

這又豈非蘇詩「凡聖無異居，清濁共此世」，之於世出世，乃至眞妄一如的湛然命意？所以長水子璿在《首楞嚴義疏注經》卷第五說：

> 根、境、識三，不能爲縛，故名解脫。〔註377〕

在解脫境中，得到官復原職的除書，與在黨爭的火宅裏，幾番落職南遷途中，再再接獲遠謫的詔命，在蘇軾的覺照心上，都以同體諦觀爲前提，因而在其文藝學文本中，在在處處所體現境界，便顯得分外的夐絕迥脫，如紹聖元（1094）年秋，左遷惠州，自江西南竄途中，賦〈江西〉詩云：

> 直欲一口吸老龐。〔註378〕

中唐禪學家龐蘊，先參訪無際大師石頭希遷：「不與萬法爲侶者，是甚麼人？」而悟入「神通并妙用，運水與搬柴」的日用境，後往江西參訪提倡「平常心是道」、「即心是佛」的洪州宗宗主馬祖道一禪師，而頓悟玄旨，如《景德傳燈錄》卷第八〈懷讓禪師第二世下・馬祖法嗣・襄州居士龐蘊〉說：

> 後之江西，參問馬祖云：「不與萬法爲侶者是甚麼人？」
>
> 祖云：「待汝一口吸盡西江水，即向汝道。」
>
> 居士言下頓領玄要。〔註379〕

「待汝一口吸盡西江水」，雖是事用上的不可能，卻是「今日悟無心」之

〔註376〕《大正藏》，第四十七冊，頁580ᶜ。
〔註377〕《大正藏》，第三十九冊，頁892ᶜ。
〔註378〕《蘇軾詩集合注》，下冊，頁1938。
〔註379〕《大正藏》，第五十一冊，頁263ᵇ。

悟境上的無限可能，所以永明延壽在《宗鏡錄》卷第八十三說：

> 若不起妄心，則能順覺，所以云：「無心是道。」〔註380〕

此等無心之道，便是蘇軾所說的眞一處，也是杖藜小憩之處，更是六用盡廢的現量境，以其「凡聖無異居」，而不執於凡聖的情識分別，並向常寂光土超邁之故，所以接著龐蘊一口吸盡馬祖道一的西江水之後，蘇軾便以更上一層的自由境界，翻出西江而「一口吸盡老龐」，是以蘇軾的大機大用，早已逸出梵志猶有對錯二元之爭的「翻著襪」的翻案範疇，而具足了周徧含容、事事無礙法界觀稱性圓融的特質。

第八節　漲起西江十八灘對曹源一滴的反饋

蘇軾既能在度越大庾嶺之前，不爲貶官所苦的「一口吸盡老龐」，便能在元符三（1100）年六月二十日夜，束裝內渡之前，以其始終一如的超越之思，繼有鳥銜花飛回在俗之人無從問津、亦不願問津，而在蘇軾〈儋耳〉的詩境中，體現爲「野老已歌豐歲語」的桃源境——儋州，〔註381〕且不爲放歸復官所喜的以山僧自況，是以賦〈題過所畫枯木竹石三首〉其一詩云：

> 山僧自覺菩提長，心境都將付臥輪。〔註382〕

臥輪除了道原在《景德傳燈錄》卷第五〈第三十三祖慧能大師法嗣〉卷末的「附錄」中以「夾注」的方式說：「臥輪者，非名即住處也。」〔註383〕無法確定是人名或地名之外，在一般的禪典及佛教史傳中，都認爲臥輪（倫）是人名，且是六祖慧能的入室弟子，而臥輪禪師的禪法，最早出現在禪典中，係早於道原的永明延壽在《宗鏡錄》卷第九十八所載：

> 臥輪禪師云：「詳其心性，湛若虛空；本來不生，是亦不滅。何須收捺？但覺心起，即須向內，反照心原。無有根本，即無生處，無生處故，心即寂靜，無相無爲。」〔註384〕

根據永明延壽的記載，元代臨濟宗曇噩禪師，在《新修科分六學僧傳》卷第三十〈定學‧神化科二‧唐海雲〉說：

〔註380〕《大正藏》，第四十八冊，頁875^{b}。
〔註381〕《蘇軾詩集合注》，下冊，頁2214。
〔註382〕《蘇軾詩集合注》，下冊，頁2207。
〔註383〕《大正藏》，第五十一冊，頁245^{b}。
〔註384〕《大正藏》，第四十八冊，頁942^{c}。

雲嘗語節曰：「吾聞上都有臥輪禪師者，雖云隱晦，而實闡揚曹

溪六祖心印，汝往依之，毋自滯。」〔註385〕

　　曇噩直指臥輪禪師是「實闡揚曹溪六祖心印」者，也就是說，臥輪禪師
傳持曹溪心法，是經過海雲印可的，而海雲恰恰是文殊菩薩的化身，亦即晉
譯《大方廣佛華嚴經》卷第四十六〈入法界品第三十四之三〉所說善財童子
五十三參第二參的參訪主「海雲比丘」，〔註386〕所以唐僧慧祥撰成於高宗永隆
元（680）年至弘道元（683）年間的《古清涼傳》卷下〈遊禮感通四・高守
節〉傳說：

　　　隋并州人高守節，家代信奉，而守節尤深，最爲精懇，到年十
　　六、七時，曾遊代郡，道遇沙門，年可五、六十，自稱海雲。……

〔註385〕《卍續藏》，第七十七冊，頁343^b。
〔註386〕《大正藏》，第九冊，頁690^c。值得注意的是：

1. 蘇軾在〈題靈峯寺壁〉詩中，說自己前世是善財童子五十三參第一參的參
　訪主德雲，即詩云：「前世德雲今是我，依稀猶記妙高臺。」《蘇軾詩集合
　注》，下冊，頁2247。

2. 「依稀猶記妙高臺」，一指猶記佛印了元，即〈金山妙高臺〉詩云：「臺中
　老比丘，碧眼照窗几。巉巉玉爲骨，凜凜霜入齒。機鋒不可觸，千偈如翻
　水。何須尋德雲，即此比丘是。」《蘇軾詩集合注》，中冊，頁1295。

3. 也就是說，蘇軾亦曾以德雲比丘比況了元長老。一指「今是我」的「德
　雲」，猶記「前世」在勝樂國修行的道場妙高峯，詳下經云。

4. 德雲在晉譯《大方廣佛華嚴經》卷第四十六〈入法界品第三十四之三〉中
　具云：「功德雲比丘。」在唐譯的《大方廣佛華嚴經》卷第四〈入不思議
　解脫境界普賢行願品〉中具云：「吉祥雲比丘。」而不論是德雲比丘、功
　德雲比丘或吉祥雲比丘，都是 Meghaśrī-bhiksu 的異譯。分別見《大正藏》，
　第九冊，頁690^b、《大正藏》，第十冊，頁679^c。

5. 蘇軾在〈南都妙峯亭〉詩云：「亭亭妙峯亭。」宋人王次公注云：「妙高峯
　取海上德雲所居之山爲名。」《蘇軾詩集合注》，中冊，頁1256。

6. 王注典出唐譯《大方廣佛華嚴經》卷第六十二〈入法界品第三十九之三〉：
　「善男子！於此南方有一國土，名爲勝樂；其國有山，名曰妙峯；於彼山
　中，有一比丘，名曰德雲。汝可往問：『菩薩云何學菩薩行？菩薩云何修
　菩薩行？乃至菩薩云何於普賢行疾得圓滿？』德雲比丘當爲汝說。」《大
　正藏》，第十冊，頁334^a。

7. 蘇轍在〈題南都留守妙峯亭〉詩云：「我登妙峯亭，欲訪德雲師。……不
　見妙峯處，安知德雲期？……酌我一斗酒，盡公終日嬉；德雲非公歟？相
　對欲無詞。」《蘇轍集》，第一冊，頁276。

8. 此亦比況了元長老。據現存僧傳的記載，蘇軾昆仲在世時並無法號德雲之
　宋僧，是以可以確定大蘇詩云：「前世德雲今是我。」正是蘇軾以功德雲
　比丘爲再來人之明證。

師曰：「汝誦得《法華經》，大乘種子，今已成就，汝必欲去，當詢好師，此之一別，難重相見，汝京內可於禪定道場，依止臥倫禪師。」

節入京求度，不遂其心，乃往倫所，倫曰：「汝從何來？」

答曰：「從五臺山來，和尚遣與師爲弟子。」

倫曰：「和尚名誰？」

答曰：「海雲。」

倫大驚歎曰：「五臺山者，文殊所居，海雲比丘，即是《華嚴經》中，善財童子祈禮第三（二）大善知識，汝何以棄此聖人？千劫萬劫，無由一遇，何其誤也！」〔註387〕

從上述文記可以看出，自宋人王十朋在《王狀元集百家注分類東坡先生詩》中，首度徵引《景德傳燈錄》卷第五的「附錄」，注這兩句蘇詩以來，幾成定解，顯然是不夠週全，並以訛傳訛，竟垂千年之久，且無有提出疑義者。因此，論者認爲，這一筆後來在元代被宗寶糅寫進《六祖大師法寶壇經・機緣第七》的「附錄」，〔註388〕是否與臥輪對六祖慧能心印的闡揚相應，實有商榷之必要，以「附錄」說：

有僧舉臥輪禪師偈云：

臥輪有伎倆，能斷百思想；

對境心不起，菩提日日長。

六祖大師聞之曰：「此偈未明心地，若依而行之，是加繫縛因。」

示一偈曰：

慧能沒伎倆，不斷百思想；

對境心數起，菩提作麼長。〔註389〕

〔註387〕《大正藏》，第五十一冊，頁 1097ᵃ⁻ᵇ。

〔註388〕《大正藏》，第四十八冊，頁 358ᵃ⁻ᵇ。

〔註389〕《大正藏》，第五十一冊，頁 245ᵇ。又：

1. 宗寶本《六祖大師法寶壇經》的這一段經文，既沒有任何一句見諸敦煌本的《南宗頓教最上大乘摩訶般若波羅蜜經六祖惠能大師於韶州大梵寺施法壇經》，亦不見於印順導師所考訂的《精校燉煌本壇經》，參見《華雨集》，第一冊，頁 413～490。

2. 值得注意的是，糅寫在宗寶本《六祖大師法寶壇經・機緣第七》中慧能翻臥輪案的偈語，與慧能以〈無相偈〉對神秀首座〈心偈〉的翻案手法是一致的，如印順《精校燉煌本壇經》上編二～十載神秀〈心偈〉說：「身是

　　也就是說，在道原筆下的臥輪禪師，並沒有獲得六祖慧能傳心印的認可，而其不存在於之前《宗鏡錄》中的禪法，即：「臥輪有伎倆，能斷百思想；對境心不起，菩提日日長。」反而成爲行人造作繫縛的原因。那麼，深於《景德傳燈錄》的蘇軾，在詩中將「心境都將付臥輪」，豈不成爲以作、止、任、滅四大禪病自我繫縛下劣學人？誠如前述，蘇軾亦是深於《圓覺經》申詳法界觀的〈長廣偈〉的行者，當不至於犯下這等證境上的錯誤，一如〈長廣偈〉說：

> 普眼汝當知：一切諸眾生，
> 身心皆如幻，身相屬四大。
> 心性歸六塵，四大體各離，
> 誰爲和合者？如是漸修行，
> 一切悉清淨，不動遍法界，
> 無作止任滅，亦無能證者。
> 一切佛世界，猶如虛空花，
> 三世悉平等，畢竟無來去。〔註390〕

〈長廣偈〉源自於實相論的義學根據，便是《心經》所說：

> 舍利子！是諸法空相，不生不滅，不垢不淨，不增不減。是故，空中無色，無受、想、行、識；無眼、耳、鼻、舌、身、意；無色、聲、香、味、觸、法；無眼界，乃至無意識界；無無明亦無無明盡，乃至無老死亦無老死盡；無苦、集、滅、道；無智，亦無得。〔註391〕

　　既然王注於蘇詩命意及禪典與教下史傳之通說三處相違，那麼，蘇軾在離儋前早已全然與臥輪冥契的心境，〔註392〕合當一如《宗鏡錄》所揭示的無

　　菩提樹，心如明鏡臺，時時勤佛拭，莫使有塵埃。」二～十五載慧能〈無相偈〉說：「菩提本無樹，明鏡亦無臺，佛性常清淨，何處有塵埃？」都是以當相超越的悟境，對執相析空的塵境的否證。參見《華雨集》，第一冊，頁 417～419。

〔註390〕《大正藏》，第十七冊，頁 915^a–b。
〔註391〕《大正藏》，第八冊，頁 848^c。
〔註392〕蘇詩云：「心境都將付臥輪。」「都將付」即早已全部付予，而非現在纏想到往後要付予。如以「都將」做偏義複詞用，正義在「都」字上；如以「將」做爲關係副詞，亦爲「與」或「共」義，而「共」義望上聯繫「都」字，「與」義望下聯繫「付」字，如：

縛之境繞得體，而所舉臥輪的心境之於六祖心印的傳持，清僧超溟在《萬法歸心錄》卷下〈禪分五宗・佛經已明祖語述後〉中，[註393] 除了本諸《宗鏡錄》對禪宗東土六代祖師，及諸多禪師在心法相承上的相關記載之外，復根據東土禪宗初祖菩提達磨在《少室六門・第四門安心法門》所說的頌：

> 心心心，難可尋，
>
> 寬時遍法界，窄也不容針。
>
> 亦不觀惡而生嫌，亦不觀善而勤措，
>
> 亦不捨智而近愚，亦不抱迷而就悟。
>
> 達大道兮過量，通佛心兮出度，
>
> 不與凡聖同躔，超然名之曰祖。[註394]

以及三祖鑑智禪師僧璨在《信心銘》所說的詩：

> 眼若不眠，諸夢自除；
>
> 心若不異，萬法一如。
>
> 一如體玄，兀爾忘緣；
>
> 萬法齊觀，歸復自然。[註395]

乃至於宗寶本《六祖大師法寶壇經・付囑第十》所說的法語：

> 其法無二，其心亦然；其道清淨，亦無諸相。汝等慎勿觀靜及空其心，此心本淨，無可取捨。……汝等自心是佛，更莫狐疑。外無一物而能建立，皆是本心生萬種法，故經云：「心生種種法生，心滅種種法滅。」[註396]

甚至將唐人于頔編《龐居士語錄》卷第三〈龐居士詩卷下〉所說的詩：

> 萬法從心起，心生萬法生；
>
> 法生有日了，來去枉虛行。
>
> 寄語修道人，空生有莫生；

---

1. 李白在〈月下獨酌四首〉其一詩云：「暫伴月將影，行樂須及春。」唐・李白撰，《李太白全集》，卷二十三，臺北，河洛圖書出版社，民 64，頁 505。
2. 岑參在〈太白胡僧歌〉詩云：「心將流水同清淨，身與浮雲無是非。」清聖祖編，《全唐詩》，第三冊，臺南，明倫出版社，民 63，頁 2057。
[註393] 《卍續藏》，第六十五冊，頁 422^{a-c}。
[註394] 《大正藏》，第四十八冊，頁 370^c。
[註395] 《大正藏》，第四十八冊，頁 376^c。
[註396] 《大正藏》，第四十八冊，頁 361^b～362^a。

如能達此理，不動出深坑。〔註397〕

　　全都將臥輪禪師「無相無爲」的心法，與之融通並等同了起來，而從超溟的聯繫上，祇要是明眼人，都可以一眼看出，臥輪禪師從「但覺心起」到「反照心原」，以諦觀念念不住的伎倆，恰恰是六祖慧能「不斷百思想；對境心數起」的沒伎倆，而這可以從臥輪所說的「心即寂靜，無相無爲」，即慧能所說的「頓漸皆立無念爲宗，無相爲體，無住爲本」得到證明，所以曇噩禪師纔會明確的說，臥輪禪師實是「闡揚曹溪六祖心印」者。亦唯有這樣，蘇軾離開儋州貶所之後，所創作的一系列與宗門互文性的詩學文本，纔有本來如此的安立處，如賦〈昔在九江與蘇伯固唱和其畧曰我夢扁舟浮震澤雪浪橫空千頃白覺來滿眼是廬山倚天無數開青壁蓋實夢也昨日又夢伯固手執乳香嬰兒示予覺而思之蓋南華賜物也豈復與伯固相見於此耶今得來書知已在南華相待數日矣感嘆不已故先寄此詩〉云：

　　　　水香知是曹溪口，眼淨同看古佛衣；

　　　　不向南華結香火，此身何處是眞依？〔註398〕

　　賦〈南華老師示四韵事忙姑以一偈答之〉詩云：

　　　　惡業相纏五十年，常行八棒十三禪；

　　　　却著衲衣歸玉局，自疑身是五通仙。〔註399〕

　　蘇軾是大鑑下第十四世，宗門分燈後，臨濟宗黃龍派東林照覺常總禪師的法嗣，自然要「常行」臨濟家風「八棒十三禪」的祖法，關於臨濟「八棒」與「十三種句」，歷來注蘇的注家、評蘇的評家、論蘇的論家皆失注、失評亦且失論，詩云：「八棒。」指祖師禪時代大鑑下第二世吉州青原山行思禪師法嗣第四世德山宣鑑的嶮峻道風，即宗門通途所知的棒打天下衲子的「德山棒」，道原在《景德傳燈錄》卷第十五〈朗州德山宣鑑禪師〉載：

　　　　師上堂曰：「今夜不得問話，問話者三十挂杖。」

　　　　時，有僧出方禮拜，師乃打之。

　　　　僧曰：「某甲話也未問，和尚因甚麼打某甲？」

　　　　師曰：「汝是甚麼處人？」

　　　　曰：「新羅人。」

〔註397〕　《卍續藏》，第六十九冊，頁140[b]。
〔註398〕　《蘇軾詩集合注》，下冊，頁2253。
〔註399〕　《蘇軾詩集合注》，下冊，頁2255～2256。

師曰：「汝未跨船舷時便好與三十拄杖。」〔註400〕

此一照面放棒，當機打斷學人擬議法塵勢必終將被法塵遮蔽本眞心的禪法，在道原撰成《景德傳燈錄》一百四十年之後，被南宋鎭國軍節度使李遵勗所繼承，並在《天聖廣燈錄》卷第十〈鎭州臨濟院義玄惠照禪師〉中改寫爲：

道得也三十棒，道不得也三十棒。〔註401〕

又四十年之後，爲南宋僧晦翁悟明在《聯燈會要》卷第九〈南嶽下第五世・筠州黃蘗希運禪師法嗣下・鎭州臨濟義玄禪師〉所襲用，〔註402〕再後被將道原的《景德傳燈錄》、李遵勗的《天聖廣燈錄》、佛國惟白的《建中靖國續燈錄》、晦翁悟明的《聯燈會要》、雷庵正受的《嘉泰普燈錄》裁員撮要簡編爲《五燈會元》一書的南宋僧普濟，在《五燈會元》卷第七〈青原下四世・龍潭信禪師法嗣・鼎州德山宣鑑禪師〉所傳鈔，〔註403〕遂成爲宗門成詞，於是乎自宋以降，叢林便棒影幢幢，祇是終宋、元兩朝，一直沒有人指出「八棒」究竟是何義。

關於做爲宗門名相的「八棒」，直到十六世紀朝鮮李朝時代，世稱西山大師的禪僧清虛休靜（1520～1604），纔在《禪家龜鑑》的〈別明臨濟宗旨〉中說「八棒」是：

觸令返玄〔棒〕、接掃從正〔棒〕、靠玄復正〔棒〕、苦責罰棒、
順宗旨賞棒、有虛實辨棒、盲枷瞎棒、掃除凡聖正棒。〔註404〕

並簡要的提出「八棒」的宗旨，是佛與眾生行禪的本分事，也就是說，「八棒」不但是宗門共法，也是教下修止觀的大作畧，因此，清虛休靜接著說：

此等法非特臨濟宗風，上自諸佛，下至眾生，皆分上事，若離
此說，法皆是妄語。〔註405〕

與清虛休靜同時代，但稍晚於清虛休靜的明代曹洞宗僧虛一方覺，在刊行於明神宗萬曆三十五（1607）年的《宗門玄鑑圖》的〈八棒論〉中，纔逐一做出對應性的義旨舉隅說：

〔註400〕《大正藏》，第五十一冊，頁317^c。
〔註401〕《卍續藏》，第七十八冊，頁467^a。
〔註402〕《卍續藏》，第七十九冊，頁89^b。
〔註403〕《卍續藏》，第八十冊，頁143^a。
〔註404〕《卍續藏》，第六十三冊，頁745^a。
〔註405〕《卍續藏》，第六十三冊，頁745^a。

　　且如引機垂語之棒，畧有八種：……

　　第一、觸令支玄棒：今夜不答話，問話者三十棒。時有僧出禮拜，山便打是也。

　　第二、接機從正棒：如僧被打云：「某甲未問，爲甚麼打？」山云：「汝是甚處人？」僧云：「新羅人。」山云：「未踏舡舷好與三十棒。」

　　第三、辯機提正棒：如參長老，威儀不肅，禮數怠慢，禪主便打是也。

　　第四、靠玄傷正棒：如大禪佛到仰山，翹足乃云：「西天二十八祖亦如是，唐土六祖亦如是，和尚亦如是，某甲亦如是。」仰山與四棒是也。

　　第五、印順宗乘棒：如禪主與學人問答，深有大契，禪主便打是也。

　　第六、盲枷瞎煉棒：如長老行棒，學人云：「屈棒！屈棒！」主更無酬對是也。

　　第七、考驗虛實棒：如禪主反問學人答，至極則處，禪主便打是也。又，苦責愚癡棒：如學人來參，長老種種開示，學人一一不會，長老便打是也。又如雪峯背負一束藤，路逢一僧便拋下，僧方擬取，雪峯踏倒是也。

　　第八、掃除凡聖棒：如道得也打，道不得也打，此方是正棒也。〔註406〕

　　至於前證蘇詩「心境都將付臥輪」，以臥輪禪師「反照心原」、「無相無爲」禪法的清僧超溟，在《萬法歸心錄》卷下〈禪分五宗‧臨濟‧鎮州慧照義玄禪師六祖下第五世〉，則進一步申詳「八棒」的具體內容說：

　　問：「如何是臨濟宗？」

　　答曰：「臨濟家風，白拈手段，勢如山崩，機似電卷，赤手殺人，毒拳追命，棒、喝交馳，照、用齊行，賓、主歷然，人、境縱奪，一切差別名相，不離向上一著。」

　　問：「云何爲八棒？」

　　答曰：「賞棒、罰棒、縱棒、奪棒、愚癡棒、降魔棒、掃跡棒、

無情棒。」

問：「如何爲賞棒？」

答曰：「學人道一句子，最親切語，與道相契，師家便打，名爲賞棒。」

問：「如何爲罰棒？」

答曰：「學人與師問答，隨意亂道，觸犯當頭，師家便打，名爲罰棒。」

問：「如何爲縱棒？」

答曰：「學人一知半解，道一句子，少有相應，師家便打，名爲縱棒。」

問：「如何爲奪棒？」

答曰：「學人雜毒入心，道句合頭，以爲得意，師家便打，名爲奪棒。」

問：「如何爲愚癡棒？」

答曰：「學人賓、主不分，邪、正不辨，信口亂統，師家便打，名愚癡棒。」

問：「如何爲降魔棒？」

答曰：「學人認魔境界，顚狂鬼語，以謂證道，師家痛打，名降魔棒。」

問：「如何爲掃跡棒？」

答曰：「學人不落凡情，便墮聖解，不離窠臼，師家便打，名掃跡棒。」

問：「如何爲無情棒？」

答曰：「道是也打，道不是也打，開口也打，不開口也打，一切不存，名無情棒。」

問：「棒下翻身得何道理？」

答曰：「劈頭一棒，全身脱落，意識冰消，眞常獨露，利機翻身，鈍根點頟，繞涉思惟，一場懡㦬。」〔註407〕

不論是清虛休靜與虛一方覺大同小異的「八棒」，或超溟賞、罰、縱、奪的「八棒」，都是意在以如來眞空常寂涅槃之境眞常獨露的正棒，掃除與祖師

〔註407〕《卍續藏》，第六十五冊，頁 417$^{b\sim c}$。

西來意於義相違的「十三禪」。要之，「十三禪」在臨濟宗中，並不是指禪法
而言，而是指「十三種句」，即清僧三山燈來禪師在《五家宗旨纂要》卷上〈臨
濟宗‧濟宗十三種句〉所說：

　　一、迷真句：貪尋言語路，失却本來真。

　　二、出身句：今日且去，明日再來。

　　三、正宗無問句：不在多言，開口即錯。

　　四、正宗無答句：要答也何難，究竟沒交涉。

　　五、末後句：把斷要津，不通凡聖。

　　六、轉身句：見鼻孔麼，却是拳頭。

　　七、隔身句：但看天邊月，却是屋裏燈。

　　八、把關句：扼斷玄關，往來無路。

　　九、藏鋒句：口裏吐劍，舌上帶刀。

　　十、聲前句：不待開口，已遲八刻。

　　十一、擬問傷玄句：一念擬求玄，雲障天邊月。

　　十二、褒貶句：好箇闍黎，廁中餵狗。

　　十三、收放句：喫我三十棒，我煞不如你。〔註408〕

　　當蘇軾從儋州放歸後詩云：「惡業相纏五十年，常行八棒十三禪。」不但
是老於臨濟家風之於詩學創作在藝術上的實踐，並體現了對相纏達五十年之
惡業的徹底解脫，而且對「八棒」之棒與「十三句」之句，也都已迥然頓脫，
祇是就世法而言，仍有詔命在身的宰官蘇軾，仍一如既往，以隨順世緣的權
法，取兩用中的「却著衲衣歸玉局」。

　　據仲溫曉瑩《雲臥紀譚》載，蘇軾在南竄途中，是現僧相參訪重辯長老
的，如卷下說：

　　　蘇翰林子瞻，以紹聖元年秋，經由南華，著衲衣與長老辯公坐
　　次，忽客來謁，乃著公服，遂謂辯曰：「裏面著衲衣，外面著公服，
　　大似壓良為賤。」

　　　辯曰：「外護也，少不得。」

　　　蘇曰：「言中有響。」

　　　辯曰：「靈山付屬，不要忘却！」〔註409〕

〔註408〕　《卍續藏》，第六十五冊，頁261^c～262^a。

〔註409〕　《卍續藏》，第八十六冊，頁679^c。

　　仲溫曉瑩的記載，是指蘇軾於五十九歲時，因哲宗親政改行紹述之政而引發黨爭，以致落職貶寧遠軍節度使惠州安置時的事，七年之後的如今，哲宗既崩，蘇軾也已經高齡六十五，而自從徽宗登極以來，連連頒下詔命，令蘇軾兼程北返，根據《經進東坡文集事略》卷二十六〈提舉玉局觀謝表〉題下，宋人郎曄注的記載說：「時，元符三（1100）年十一月癸亥朔，有玉局之命。」〔註410〕也就是說，蘇軾在前往舒州團練副使在永州任所應命的途中，就接到改任玉局觀提舉的新詔命，如蘇軾在〈提舉玉局觀謝表〉說：

　　　　臣先自昌化軍貶所奉勅移廉州安置，又自廉州奉勅授臣舒州團
　　　　練副使永州居住，今行至英州，又奉勅授臣朝奉郎提舉成都玉局觀
　　　　在外州軍任便居住者。〔註411〕

　　根據宋人施元之注蘇軾作於元豐八（1085）年〈送戴蒙赴成都玉局觀將老焉〉詩「玉局他年第幾人」說：「《北斗經》：『地神湧出，扶一玉局，而作高座。』《成都集記》云：『開元中，道士羅上清奏重修殿宇。本名玉局治，避高宗諱，改爲玉局化。國朝爲玉局觀，置提舉主管官。』」〔註412〕

　　易言之，徽宗是任命蘇軾前往成都擔任道觀的主管，用現代的話語來敘述，這種情形就好比任命一個虔誠的基督教信徒去管理伊斯蘭教的教務，從思想、學說、信仰諸方面來看，顯然都有著嚴竣的排他性、對立性與實質上的衝突性，衹是對以儒術行政的官吏、佛學思想家及佛教信徒，亦且在思想與養生上兼賅互融道家與道教思想與信仰的蘇軾而言，著衲衣應道觀提舉之命，並不因此而產生任何可能的心靈困擾，這可從蘇軾在嘉祐八（1063）年二十八歲任鳳翔府簽判時，即曾賦〈讀道藏〉詩云：「至人悟一言，道集由中虛。」〔註413〕及至三十八年之後，仍經常在文藝學文本創作的藝術實踐上，以圓融的智慧在單一作品中同時銷釋佛、道語境，乃至於將儒、釋、道最深湛的形上論與解脫論及登仙說、養生論，並置在同一思想平臺上，以超越之思等觀，而以多元互文性會通無礙的境界，自外證及內證兩個論域的複疊無間得到證明，如創作於建中靖國元（1101）年，春甫度過大庾嶺之際的〈乞數珠贈南禪湜老〉詩云：

〔註410〕續修四庫全書編纂委員會編，《續修四庫全書》，第一三一五冊，上海古籍出版社，1995，頁 118[b]。
〔註411〕《蘇軾文集》，第二冊，頁 708。
〔註412〕《蘇軾詩集合注》，中冊，頁 1345。
〔註413〕《蘇軾詩集合注》，上冊，頁 167。

未能轉千佛，且從千佛轉。

儒生推變化，乾策數大衍。

道士守玄牝，龍虎看舒卷。〔註414〕

第一句與《六祖壇經》具互文性，如六祖慧能說：

大師言：「法達！心行轉《法華》，不行《法華》轉；心正轉《法華》，心邪《法華》轉；開佛知見轉《法華》，開眾生知見被《法華》轉。」

大師言：「努力依法修行，即是轉經。」

法達一聞，言下大悟，涕淚悲泣，自言：「和尚！實未曾轉《法華》，七年被《法華》轉，已後轉《法華》，念念修行佛行。」

大師言：「即佛行是佛。」〔註415〕

第二句與《周易·繫辭上》具互文性，如〈繫辭上〉說：

大衍之數五十，其用四十有九。分而為二以象兩，掛一以象三，揲之以四以象四時，歸奇於扐以象閏；五歲再閏，故再扐而後掛。天數五，地數五，五位相得而各有合。天數二十有五，地數三十，凡天地之數五十有五，此所以成變化而行鬼神也。〔註416〕

第三句先與《老子》具互文性，如第六章說：

谷神不死，是謂之玄牝，玄牝之門，是謂天地根。緜緜若存，用之不勤。〔註417〕

再與蘇軾自撰的〈龍虎鉛汞說寄子由〉具互文性，蘇軾說：

龍者，汞也，精也，血也。出於腎，而肝藏之，坎之物也。虎者，鉛也，氣也，力也。出於心，而肺生之，離之物也。心動，則氣力隨之而作。腎溢，則精血隨之而流。如火之有烟，未有復反於薪者也。世之不學道，其龍常出於水，故龍飛而汞輕；其虎常出於火，故虎走而鉛枯。此人生之常理也。順此者死，逆此者仙。故真人之言曰：「順行則為人，逆行則為道。」又曰：「五行顛倒術，龍從火裏出。五行不順行，虎向水中生」〔註418〕

〔註414〕《蘇軾詩集合注》，下冊，頁2268～2269。

〔註415〕《壇經校釋》，頁82。

〔註416〕《十三經》，上冊，頁78。

〔註417〕《帛書老子校注》，頁247～249。

〔註418〕《蘇軾文集》，第六冊，頁2331。又，〈續養生論〉所論大抵同此，參見《蘇

　　然而，值得注意的是，徽宗是北宋九帝中唯一尊崇道教排斥佛教的亡國皇帝，但蘇軾竟能超越於皇帝的信仰，而在從貶所放還的路上，寫佛偈公開顯示自己與皇帝不同的見地，且以實際行動體現堅固的信心，故偈云：「却著衲衣歸玉局，自疑身是五通仙。」可見僧人仲溫曉瑩的記載，並非對名士奉佛的附麗，而是確有其事，但更重要的是蘇軾至少在嶺南七年的期間，有著衲衣的習慣，以致被任命為道觀主事者，仍現僧相而往，且無所避忌，並強調自己是「修治梵行事」的「五通仙」，誠如吳・西來僧支謙譯《佛說維摩詰經》卷下〈如來種品第八〉長者維摩詰頌說：

> 為五通仙人，修治梵行事，
> 立眾以淨戒，及忍和順意，
> 以敬養烝民，見者樂精進。
> 所有僮僕奴，教學立其信，
> 隨如方便隨，令人得樂法。〔註419〕

　　這也正是蘇軾在翌年，即建中靖國元（1101）年，北度大庾嶺之前的新正，把明公對其所說的話，慎重的寫入〈南華長老題名記〉的思想根源，蘇軾說：

> 學者以成佛為難乎？累土畫沙，童子戲也，皆足以成佛。以為易乎？受記得道，如菩薩大弟子，皆不任問疾。是義安在？方其迷亂顛倒，流浪苦海之中，一念正真，萬法皆具。及其勤苦用功，為山九仞之後，毫釐差失，千劫不復。嗚呼，道固如是也，豈獨佛乎？
> ……
> 明公告東坡居士曰：「宰官行世間法，沙門行出世間法，世間即出世間，等無有二。」〔註420〕

　　〈南華長老題名記〉的第一段，在短短的三句中，連續運用了三個佛學典據，並在最後以反質的筆法，將本來就根據宇宙緣生的普遍法則而安立的佛學思想，泯除掉世法的片面遮蔽，而再度揭顯世出世法的等流真義，如「累土畫沙，童子戲也，皆足以成佛」，與《妙法蓮華經》卷第一〈方便品第二〉具互文性，世尊偈說：

　　　　軾文集》，第五冊，頁1983～1985。附見，「篇目索引」檢索碼誤植為1883。
〔註419〕《大正藏》，第十四冊，頁530ᶜ。
〔註420〕《蘇軾文集》，第二冊，頁393～394。

若於曠野中，積土成佛廟，

乃至童子戲，聚沙爲佛塔，

如是諸人等，皆已成佛道。

若人爲佛故，建立諸形像，

刻雕成眾相，皆已成佛道。〔註421〕

又如「受記得道，如菩薩大弟子，皆不任問疾」，與《維摩詰所說經》上卷〈弟子品第三〉具互文性，經說：

爾時，長者維摩詰自念：「寢疾于床，世尊大慈，寧不垂愍？」

佛知其意，即告舍利弗：「汝行詣維摩詰問疾。」

舍利弗白佛言：「世尊！我不堪任詣彼問疾。……」

佛告大目犍連：「汝行詣維摩詰問疾。」

目連白佛言：「世尊！我不堪任詣彼問疾。……」

如是五百大弟子，各各向佛說其本緣，稱述維摩詰所言，皆曰：「不任詣彼問疾」。〔註422〕

再如「方其迷亂顛倒，流浪苦海之中，一念正眞，萬法皆具」，與《宗鏡錄》卷第三十二具互文性，永明延壽說：

心有二種：一、隨染緣所起妄心，而無自體，但是前塵，逐境有無，隨塵生滅，唯破此心，雖云可破，而無所破，以無性故。《百論·破情品》云：「譬如愚人，見熱時焰，妄生水想，逐之疲勞。智者告言：『此非水也。』爲斷彼想，不爲破水。如是諸法自性空，眾生取相故著，爲破是顛倒故言破，實無所破。」二、常住眞心，無有變異，即立此心，以爲宗鏡。《識論》云，「心有二種」：一、相應心，「謂無常妄識，虛妄分別，與煩惱結使相應」。二、不相應心，「所謂常住第一義諦，古今一相，自性清淨心」。今言破〔心〕者，是相應心；不相應心，立爲宗本。是以一切自行履踐之路，無邊化他方便之門，皆以心爲本，本立而道生，萬法浩然，宗一無相，欲舉一蔽諸，指鹹知海者，即此常住不動眞心也。〔註423〕

準上所證互文性以論，明公所說的「宰官行世間法，沙門行出世間法，

〔註421〕《大正藏》，第九冊，頁 8^c。

〔註422〕《大正藏》，第十四冊，頁 539^c～542^a。

〔註423〕《大正藏》，第四十八冊，頁 601^{b-c}。

世間即出世間，等無有二」，就具有了佛道的實踐，在本質上，可以消除緇白之分的兩重性，或者說，祇要行佛所行、思佛所思，那麼，衲子與平信徒，縱使在世法的生活形式與形象上，有著表象上的不同，以及行誼軌則上的差異，但在體現佛教精神上，並無實質的分別，是以蘇軾的體會，與明公的觀點，既迴絕於對諸法的片面否證，又是對諸法持否證態度，而以法為執，致令困於法執者的徹底頓脫，誠如明人秀水載生居士王起隆在《皇明金剛經新異錄・織經坐脫》說：

> 凡運水擔柴、經營技藝、治世語言、資生事業，曾有般若外法、金剛外心乎？〔註424〕

清僧溥畹在《金剛般若波羅蜜經心印疏》卷下也說：

> 所謂無明實性即佛性，幻化空身即法身，則無一法而非真如，正是世諦語言皆合道，誰家絃管不傳心？故佛依俗諦而言一切法也。〔註425〕

這於盛宋時代，與蘇軾同時的雲門宗禪師契嵩，融通外學以證立內學的認識，也是一致的，因此，契嵩在《鐔津文集》卷第八〈萬言書上仁宗皇帝〉說：

> 今陛下專志聖斷，益舉皇極以臨天下，任賢與才，政事大小，必得其所，號令不失其信，制度文物，不失其宜，可賞者賞之，可罰者罰之，使陛下堯、舜之道德，益明益奮，則佛氏之道果，在陛下之治體矣。經曰：「治世語言，資生業等，皆順正法。」此之謂也。〔註426〕

契嵩的思想根源與蘇軾一樣，全都源自於《妙法蓮華經》卷第六〈法師功德品第十九〉世尊的教說：

> 以是清淨意根，乃至聞一偈、一句，通達無量無邊之義，解是義已，能演說一句、一偈至於一月、四月乃至一歲，諸所說法，隨其義趣，皆與實相不相違背。若說俗間經書、治世語言、資生業等，皆順正法。三千大千世界，六趣眾生，心之所行、心所動作、心所戲論，皆悉知之。雖未得無漏智慧，而其意根清淨如此。是人

〔註424〕 《卍續藏》，第八十七冊，頁 501[a]。
〔註425〕 《卍續藏》，第二十五冊，頁 846[a]。
〔註426〕 《大正藏》，第五十二冊，頁 687[b]。

有所思惟、籌量、言說，皆是佛法，無不眞實，亦是先佛經中所說。〔註427〕

至於蘇軾說「却著衲衣歸玉局」的「衲衣」，又作納衣、糞掃衣、弊衲衣、五衲衣、百衲衣，即出家僧侶所穿的僧衣，然而，僧人何以要著弊衲衣？龍樹在《大智度論》卷第六十八〈釋兩不和合品第四十七〉說：

> 好衣因緣故，四方追逐，墮邪命中。若受人好衣，則生親著；若不親著，檀越則恨；若僧中得衣，如上說眾中之過。又好衣，是未得道者生貪著處。好衣因緣，招致賊難，或至奪命。有如是等患，故受弊納衣法。〔註428〕

具體的說，僧衣就是袈裟（kasāya），又譯爲袈裟野、迦邏沙曳、迦沙、加沙，意譯作壞色、不正色、赤色、染色，宋僧普潤大師法雲在其所編著的佛教梵漢辭典《翻譯名義集》卷七〈沙門服相篇第六十一〉釋義說：

> 袈裟：具云迦邏沙曳，此云不正色，從色得名。《章服儀》云：「袈裟之目，因於衣色，如經中壞色衣也。」《會正》云：「準此，本是草名，可染衣，故將彼草目此衣號。」《十誦》以爲敷具，謂同氈席之形。《四分》以爲臥具，謂同衾被之類。《薩婆多》云：「臥具者，三衣之名。」《大淨法門經》云：「袈裟者，晉名去穢。」《大集經》名「離染服」，《賢愚》名「出世服」，眞諦《雜記》云：「袈裟是外國三衣之名，名含多義；或名離塵服，由斷六塵故；或名消瘦服，由割煩惱故；或名蓮華服，服者離著故；或名間色服，以三如法色所成故。」……《悲華經》云：「佛於寶藏佛前發願，願成佛時袈裟有五功德：一、入我法中，犯重邪見等，於一念中，敬心尊重，必於三乘授記。二、天、龍、人、鬼，若能敬此袈裟少分，即得三乘不退。三、若有鬼、神諸人，得袈裟乃至四寸，飲食充足。四、若眾生共相違背，念袈裟力，尋生慈心。五、若持此少分恭敬尊重，常得勝他。」〔註429〕

從法雲徵證的文據來看，蘇軾著袈裟，便具有了依戒行持教法的深遠意義，而且蘇軾著袈裟一事，還曾引起哲宗皇帝的關切，如釋惠洪在《冷齋夜

〔註427〕《大正藏》，第九冊，頁50[a]。
〔註428〕《大正藏》，第二十五冊，頁537[c]。
〔註429〕《大正藏》，第五十四冊，頁1170[a-c]。

話》卷之七〈蘇軾襯朝道衣〉說：

> 哲宗問右璫陳衍：「蘇軾襯朝章者何衣？」
>
> 衍對曰：「是道衣。」哲宗笑之。及謫英州，雲居佛印遺書追至
> 南昌，東坡不復答書，引紙大書曰：「戒和尚又錯脫也。」〔註430〕

蘇軾著袈裟，如其做為身未出家心實已出家的大丈夫的象徵來看，正是「居士中尊」乃至於「大臣中尊」的如法體現，如《維摩詰所說經》上卷〈方便品第二〉說：

> 雖為白衣，奉持沙門清淨律行；雖處居家，不著三界；示有妻
> 子，常修梵行；現有眷屬，常樂遠離；雖服寶飾，而以相好嚴身；雖
> 復飲食，而以禪悅為味；……受諸異道，不毀正信；雖明世典，常
> 樂佛法；……入治政法，救護一切；入講論處，導以大乘；入諸學
> 堂，誘開童蒙；……若在長者，長者中尊，為說勝法；若在居士，居
> 士中尊，斷其貪著；……若在大臣，大臣中尊，教以正法。〔註431〕

蘇軾在寫〈南華長老題名記〉之後第三天，北度大庾嶺前夕，又賦〈東坡居士過龍光求大竹作肩輿得兩竿南華珪首座方受請為此山長老乃留一偈院中須其至授之以為他時語錄中第一問〉詩云：

> 竹中一滴曹溪水，漲起西江十八灘。〔註432〕

正是蘇軾以兩竿大竹，荷擔如來家業所蘊蓄的「一滴曹溪水」，在往後的宗門中，不斷「漲起西江十八灘」，而這「十八灘」，便從時人圓悟克勤的杖頭，向禪林揮灑而去，如《圓悟佛果禪師語錄》卷第二十〈真讚·若平禪老請讚〉說：

> 於此有人承當，便見千了百當；
>
> 圓悟杖頭一滴禪，西江十八灘俱漲。〔註433〕

接著圓悟克勤之後，宋僧大慧宗杲在《禪宗雜毒海》卷二載絕照輝禪師〈贈別〉詩云：

> 生鐵心肝冷面顏，平欺佛祖眼頭寬；
>
> 試將一滴曹溪水，漲起西江十八灘。〔註434〕

〔註430〕《稀見本宋人詩話四種》，頁62。
〔註431〕《大正藏》，第十四冊，頁539^{a–b}。
〔註432〕《蘇軾詩集合注》，下冊，頁2261。
〔註433〕《大正藏》，第四十七冊，頁808^b。
〔註434〕《卍續藏》，第六十五冊，頁66^a。

又載呆翁悅禪師〈贈別〉詩云：

破浪乘風六月來，清秋還駕天風去；

歸去西江十八灘，為人好指曹溪路。〔註435〕

卷五亦載古梅友禪師〈水碓〉詩云：

閘斷江流十八灘，機輪觸處湧波瀾；

點頭轉轉工夫到，舂出驪珠照膽寒。〔註436〕

另一宋僧無門慧開在《無門慧開禪師語錄》卷上〈再住黃龍禪寺語錄〉亦說：

今日忽有人問黃龍，東湖水滿也未？祇向他道：「聊施一滴湫池水，漲起江西十八灘。」〔註437〕

至於元僧臨濟宗禪師天如惟則在《師子林天如和尚語錄》卷之四〈偈頌‧靈溪歌〉說：

靈源浩渺無東西，九淵之深比不齊；

乘機乘勢忽發動，流出一派為靈溪。

靈溪西來十萬里，決石排山誰敢擬；

奔湍泛濫過曹溪，十八灘頭俱漲起。〔註438〕

　　準上所述，具見蘇軾之於曹源一滴，正如其詩題所云「以為他時語錄中第一問」，而這可以說是蘇軾在世出世法「等無有二」的實踐上，對宗門的具體反饋。

〔註435〕《卍續藏》，第六十五冊，頁66^b。
〔註436〕《卍續藏》，第六十五冊，頁84^a。
〔註437〕《卍續藏》，第六十九冊，頁358^c。
〔註438〕《卍續藏》，第七十冊，頁787^c。

註 139 附表：化法四教次位對照總表

三藏教聲聞之位次					通教三乘共十地			別教五十二位			圓教凡聖八位		
凡 位		聖 位			凡位	聖 位		凡 位		聖 位	凡 位		聖 位
外凡	內凡	見道	修道	無學道	外凡 / 內凡	聖位		外凡	內凡	真因 / 真果	外凡	內凡	聖位
五停心位	別相念處 / 總相念處 / 煖法 / 頂法 / 忍法 / 世第一法	初果	二果 / 三果	四果	乾慧地 / 性地	八人地 / 見地 / 薄地 / 離欲地 / 已辦地 / 支佛地 / 菩薩地	佛地	十信	十住 / 十行 / 十迴向	十地 / 等覺 / 妙覺	五品	十信	十住 / 十行 / 十迴向 / 十地 / 等覺 / 妙覺
									習種性 / 性種性 / 道種性 / 聖種性	等覺性 / 妙覺性			
						菩薩 緣覺 聲聞							
		須陀洹	斯陀含 / 阿那含	阿羅漢									
觀行即	相似即	分證即		究竟即	觀行即 / 相似即	分證即	究竟即	觀行即	相似即	分證即 / 究竟即	理即 / 名字即 / 觀行即	相似即	分證即 / 究竟即

說明：「四教次位對照總表」係根據釋聖嚴著之《天臺心鑰：教觀綱宗貫註》，「附錄二：圖表」爲原始資料，重新整理而成，除形式不同之外，又在通、別二教下，依智旭述意，加上「六即」中的後四即。參見臺北，法鼓文化，2003，修訂一版，頁 378、382、387、388。

第七章　餘論：這祇是一個開始

　　在蘇軾生前，即迭有時人議論其文藝學文本創作所表現出來的藝術特質者，而議論的書寫形式，除了與蘇軾的和詩及文士之間的酬唱之外，尚有尺牘、序、記、跋、筆記小說等文類，至於其後直至清末民初的傳統學界，則以詩話、注家隨文兼敘爲主，另有存在於各類詩、文選本中的簡單點評，但及於蘇軾文藝學文本與佛學互文性之論述者，卻大抵僅止於輕描淡寫，因此，以現代學術研究方法，將蘇軾的文藝學文本，樹爲佛教文學研究的主要對象，來清理蘇軾文藝學創作與佛學思想的互文性關係，在跨論域研究上，無疑是一項充滿冒險與挑戰的學術工程。

　　關於本文的研究方法與論證實踐，具如前及，唯論者認爲此一建構，亦僅止於奠基性的工作，是以在結束本論之前，有必要以傳統的視域，對相關文獻再進行簡要的回顧，纔能對後續更完善的研究，指出可能的思維進路，並期望有更好的方法論被建立起來，而得以將蘇軾佛教文學的價值，如其文藝學文本所表現的書寫實際，從佛學思想與文藝審美會通的創作實踐，予以適切的揭顯出來。

第一節　陳襄詩作對涉佛蘇詩所顯示的初始化意義與價值

　　就傳統學界的議論而言，同時人除乃弟蘇轍之外，在現存文獻中，最早指出蘇軾喜遊佛寺，與以好花供佛莊嚴法界的文士，係蘇軾於熙寧六（1073）年，在杭州通判任上時的直屬長官，即杭州知州陳襄在〈和子瞻通判在告中

聞余出郊以詩見寄〉詩云：

> 尋僧每拂題壁詩。〔註1〕

　　陳襄是第一個以詩人的眼光，注意到蘇軾與僧家交遊，並將其賞會所得，轉移到文藝學創作實踐的事實，且以和詩方式，予以回應的官僚文士，祇是陳襄雖然沒有進一步涉入蘇軾與僧家在往來中所可能觸及到的佛學思想為何，但畢竟正視到了蘇軾雅好此道的趨向，同時慎重的把蘇軾向其提議既要出郊行春，何不往總是建立在山水佳處的寺院參訪僧人，並讀一讀名士寫在院牆上的題壁詩，諒必別有一番足資蕩滌塵垢的清興，教人胸懷不染纖埃的明暢無比。

　　然而，值得注意的是，蘇軾的原作〈正月二十一日病後述古邀往城外尋春〉詩，〔註2〕並無一語及於參訪佛寺者，可見陳襄對此前大量涉佛的蘇詩，已有深到的刻板印象，至少自蘇軾於熙寧四（1071）年夏六月，離京赴杭倅之命以來所創作的參訪禪師的詩學文本，如〈遊金山寺〉、〈甘露寺〉、〈臘日遊孤山訪惠勤惠思二僧〉、〈遊靈隱寺得來詩復用前韻〉、〈吉祥寺僧求閣名〉等等，都已讀過，且有所感悟，如蘇軾在作於熙寧五（1072）年的〈吉祥寺僧求閣名〉詩云：

> 過眼榮枯電與風，長久那得似花紅？
>
> 上人宴坐觀空閣，觀色觀空色即空。〔註3〕

　　這是一首全以實相論命意的詩作，以十八界的對應關係，在一心上，證顯了諸法即實相，而所觀的諸法與能觀的心，在實相之理上，以當體雙泯的現量境，通過藝術不假彫鏤的審美實踐，呈示著畢竟性空的般若思想。而蘇軾在作〈吉祥寺僧求閣名〉之前，曾寫燕集詩〈吉祥寺賞牡丹〉，熙寧六（1073）年，又作寓興詩〈吉祥寺花將落而述古不至〉，第二天又寫〈述古聞之明日即至坐上復用前韻同賦〉，就是蘇軾筆下吉祥寺這一畦終年都盛放在陳襄心上的牡丹，使陳襄復於是年冬，蘇軾以杭州通判銜命往常州、潤州、蘇州、秀州「沿槽檄賑濟」饑民時，〔註4〕創作〈和子瞻沿牒京口憶吉祥寺牡丹見寄〉詩云：

〔註1〕　《全宋詩》，第八冊，頁5097。
〔註2〕　《蘇軾詩集合注》，上冊，頁402～403。
〔註3〕　《蘇軾詩集合注》，上冊，頁306。
〔註4〕　宋‧陳襄，〈和子瞻沿牒京口憶西湖寒食出遊見寄二首〉，「自注」。《全宋詩》，第八冊，頁5097。

佛地偏資好相嚴。〔註5〕

　　蘇軾在讀了陳詩之後，即答以〈和述古冬日牡丹四首〉，如同〈正月二十一日……〉詩一樣，值得令人推究的是，蘇軾所創作而與陳襄有關的花木詩，亦無一字涉佛者，但陳襄卻能以其敏覺的目力，穿透蘇軾言不盡意的文字表象，洞達深深蘊藉在其心靈中的眞意，從而通過同一文類酬和的派生關係，在體裁仿作上的超文性，給出香花供佛的莊嚴意境。

　　當然，陳襄的以詩表意，基本上是屬於創作學表現論的範疇，相去對蘇軾詩學文本的申、述、論、評，或至少就詮釋學以觀，都還有一大段距離。然而，陳襄這兩句詩，對蘇軾文藝學與佛學互文性命題的給出，無疑是扣響鐘磬的揵椎。因此，在研究蘇軾佛教文學與佛學思想互文性的文學批評，是如何初始化的前沿，便顯得分外具有啓示性的意義與價值。

第二節　王安石次《眉山集》雪詩韵的深層關係

　　熙寧七（1074）年九月，蘇軾由杭倅奉命移知密州，並於十二月賦〈雪後書北臺壁二首〉，〔註6〕該詩後來收錄在約出版於熙寧八（1075）或九（1076）年的《眉山集》，〔註7〕並於熙寧九年十月之後，由主持熙寧新政如今判知江寧府的前宰相王安石，爲之賡作〈讀《眉山集》次韵雪詩五首〉，其二，有句云：

　　　　白小紛紛每散花。珠網纏連拘翼座，

　　　　…………………豈即諸天守夜叉？〔註8〕

　　其三，有句云：

　　　　紛然能幻本無花。觀空白足甯知處，

　　　　……

　　　　慧可忍寒眞覺晚，爲誰將手少林叉？〔註9〕

　　如將王安石的次韵詩與蘇軾〈雪後書北臺壁二首〉其二的元文本，併入相關文獻對讀，不難發現累代以來，談論王安石的次韵之作，與蘇軾的元文

〔註5〕　《全宋詩》，第八冊，頁5097。
〔註6〕　《蘇軾詩集合注》，上冊，頁581～582。
〔註7〕　參見《蘇軾年譜》，上冊，頁383～384。
〔註8〕　《王安石全集》，下冊，《王安石詩集》，卷十八，頁108。
〔註9〕　《王安石全集》，下冊，《王安石詩集》，卷十八，頁108。

本之間的深層關係，都沒有被觸及到，特別是王安石對蘇詩純粹題詠的語境，在佛學互文性上的轉移，諸家所及者全無交涉，〔註10〕因爲傳統評詩的方法，大抵祇在一事、一典、一式上下工夫，鮮少將原作與體裁仿作的作者，置入更深廣的思想與審美系絡中，並把體裁仿作者與原作者，在藝術書寫上之所以能夠相互適應，且在創作實踐過程中，原作者對體裁仿作者的發想節點的激發，給有機的聯繫起來，是以一旦有所議論，都難免停逗在對單篇文本的詮釋上，並被對單篇文本的可能詮釋所自我遮蔽而不自知。雖然清高宗乾隆皇帝在《御選唐宋詩醇》卷三十四〈雪後書北臺壁二首〉其二說：

> 「尖」、「叉」韻詩，古今推爲絕唱，數百年來，和之者亦指不
> 勝屈矣。然在當時，王安石六和其韻，用及「諸天」、「夜叉」……
> 等字，支湊勉強，貽人口實。〔註11〕

乍看這一段評語，乾隆似乎來到了體裁仿作者與原作者思想背景互涉的議論前沿，唯其評議思維，並不以此進入原作與次韻之作在思想與審美上的眞正交涉之路，而是以論詩韻用韻的創作規律，將兩者之間的書寫內容，從形構中國傳統詩形式諸要素的單一層面一筆宕開。也就是說，乾隆雖然提到了「諸天」與「夜叉」兩個佛學名相的「叉」字做爲次韻的韻例，但並不把王安石之所以用與佛學互文性的詞的次韻蘇詩的命意，從思想更深廣的內在有機聯繫中，納入型塑新文本的考量，因爲次韻詩除了步武原作的用韻之外，在藝術審美與思想內容上，除非是鉛槧傭式、或村學究式的依樣畫葫蘆，往往並非原作的簡單翻版，否則勢將失去，但凡藝術創造，都必須具備自身具

〔註10〕 參見：

1. 宋・王安石撰，宋・李壁注，李之亮補箋，《王荊公詩注補箋》，成都，巴蜀書社，2002，頁 500～501。

2. 宋・孫覿著，《鴻慶居士文集》，卷三十一，〈押韻序〉，王南編纂，《孫覿詩話》，《宋詩話全編》，第三冊，南京，鳳凰出版社，2006，頁 2817～2818。

3. 宋・趙令畤撰，傳成校點，《侯鯖錄》，卷一，《宋元筆記小說大觀》，第二冊，頁 2038。

4. 宋・王十朋注，《王狀元集百家注分類東坡先生詩》，卷七，引王次公語。《蘇軾詩集合注》，上冊，頁 582。

5. 元・方回選評，李慶甲集評校點，《瀛奎律髓彙評》，卷之二十一，「雪類」，頁 881～883。

6. 清・蔡上翔編撰，《王荊公年譜考畧》，卷二十三，裴汝誠點校，《王安石年譜三種》，北京，中華書局，2006，頁 572～573。

〔註11〕 文淵閣《四庫全書》鈔本，葉 26^b。

足的獨立創造性與美學價值，超文性派生關係的體裁仿作，亦將變成毫無藝
術性的技術複製，且被輕易的打入天下文章一大抄的泥潭。而這種將接受與
影響的範疇，逆推回原創典範的評議方法，也往往因對接受者與被影響者的
片面否證，而把文學藝術的開放性、變異性與再創造性的所有可能途徑都給
扼殺了。

　　因此，從實非向壁虛造的王詩中，可以明顯看出，王安石與蘇軾在思想
系絡上的交織，是何等的融貫！如在華嚴法界思想上的深度交涉，並同為般
若實相論者，且都深嫻於中國禪宗二祖慧可在雪中斷臂，向初祖菩提達磨求
安心法門的事典。然而，更加重要的是，兩人亦都同屬盛宋文學、佛學、佛
教文學大家。易言之，王安石與蘇軾，儘管在熙寧新政上，抱持著不同的政
見，但對佛教義學與宗門行法，卻都是老參與大外護，即使在知見與證境上，
有所不同，但不礙其對出世法的如實受持，如蘇軾在〈跋王氏《華嚴經解》〉
中，對王安石著《華嚴經解》區分佛語與菩薩語不同的方式，就頗不以為然，
因而蘇軾以其面呈東林常總禪師的開悟證境說：

　　　　若一念清淨，牆壁瓦礫皆說無上法，而云佛語深妙，菩薩不及，
　　豈非夢中語乎？〔註12〕

　　但這並不妨礙王安石在深入蘇軾的詩學文本之後，把蘇軾的寫景體物
詩，與蘇軾更深廣的內學思想，給融通到因此而派生的體裁仿作的全新文本
之中，從而明白的揭顯出，蘇軾文藝學書寫可以被證立為佛教文學的前提，
是毋庸置疑的事實。

第三節　歷來文士對蘇軾佛教文學的點描

　　與蘇軾同時代，乃至同時而後生的學者，發現蘇軾文學與佛學正相關性
的言說，雖然有逐漸增加的趨勢，但從思想層面上，站在儒學論域對之發出
讎校之論，自非蘇軾謝世三十年後出生於南宋的理學集大成者朱熹莫屬。而在
朱熹之前，稱說蘇軾文藝學與佛學關係的重要評家，仍然值得留意，如李之
儀在《姑溪居士文集》卷三十八〈跋東坡先生書《圓覺經》十一偈後〉說：

　　　　諸佛、菩薩以慈閔故，發大誓願，度脫一切有情，隨所因地而
　　出現于世，是以願力昭示，不謀而同，種種利益，無一毫髮自吝。

〔註12〕　《蘇軾文集》，第五冊，頁2060。

東坡老人以文學、議論，師表一代，忠厚強果，獨立不懼，蓋
其尊主愛民之心，篤于誠慤，豈非願力昭示，隨其所因而出見者歟？
不然，安得雍容純熟，畧無退轉之如是也。〔註13〕

僧道潛在《參寥集》卷九〈讀東坡居士南遷詩〉云：

居士胸中真曠夷，南行萬里尚能詩；

牢籠天地詞方壯，彈壓山川氣未衰。

忠義凜然剛不負，瘴烟雖苦力何施？

往來慣酌曹溪水，一滴還應契祖師。〔註14〕

孔武仲在《宗伯集》卷三〈謁蘇子瞻因寄〉詩，則稱蘇軾為「華嚴長者」。
〔註15〕黃山谷亦假藉《莊子·齊物論》，以「物无非彼，物无非是……是亦
彼也，彼亦是也。彼亦一是非，此亦一是非」論證「道樞」的模式，〔註16〕
在〈東坡先生真贊三首〉其二說：

是亦一東坡，非亦一東坡。

槁項黃馘，觸時干戈。

其惡之也，投之於鯤鯨之波。

是亦一東坡，非亦一東坡。

計東坡之在天下，如太倉之一稊米。〔註17〕

釋惠洪在《冷齋夜話》卷之七〈廬山老人於般若中了無剩語〉載黃山谷
語說：

魯直曰：「此老人於般若橫說豎說，了無剩語。非其筆端有口，
安能吐此不傳之妙。」〔註18〕

趙令時在《侯鯖錄》卷七說：

及坡作杭倅，遊壽星院，入門便悟曾到，能言其院後堂殿山
石處，作詩記之。乃知性慧者必是大修行中來，非一世薰習所

〔註13〕文淵閣《四庫全書》鈔本，葉 6^{a-b}。

〔註14〕宋·道潛參寥著，《參寥集》，明復法師主編並解題，《禪門逸書》，初編，第
三冊，臺北，明文書局股份有限公司影印清光緒己亥（1899）錢塘丁氏南昌
刻本，民 70，頁 45～46。

〔註15〕宋·孔武仲著，《宗伯集》，《豫章叢書·集部》，第二冊，南昌，江西教育出
版社，2004，頁 117。

〔註16〕《莊子集釋》，頁 66。

〔註17〕《黃庭堅全集》，第二冊，頁 558。

〔註18〕《稀見本宋人詩話四種》，頁 63。

致。〔註19〕

陳師道在〈次韻蘇公勸酒與詩〉云：

> 平生西方社，努力須自度。
>
> 不憂龜九頭，肯畏語一誤？
>
> 頓悟而漸修，從此辭世故。〔註20〕

何薳在《春渚紀聞》卷六〈東坡事實‧寺認法屬黑子如星〉說：

> 錢塘西湖壽星寺老僧則廉言：「先生作郡倅日，始與參寥子同登方丈，即顧謂參寥曰：『某生平未嘗至此，而眼界所視，皆若素所經歷者。自此上至懺堂，當有九十二級。』遣人數之，果如其言。即謂參寥子曰：『某前身山中僧也。今日寺僧皆吾法屬耳。』後每至寺，即解衣盤礴，久而始去。」則廉時為僧雛侍仄，每暑月袒露竹陰間，細視公背有黑子若星斗狀，世人不得見也。即北山君謂顏魯公曰：「誌金骨記名仙籍是也。」〔註21〕

蔡絛在《西清詩話》第十七則說：

> 元豐中，王文公在金陵，東坡自黃北遷，日與公遊，盡論古昔文字，閒即俱味禪悅。公歎息謂人曰：「不知更幾百年，方有如此人物！」〔註22〕

孫宗鑑在《西畬瑣錄》說：

> 李章奉使北庭，虜館伴發一語云：「東坡作文，多用佛書中語。」李答云：曾記〈赤壁〉詞云：『談笑間狂虜灰飛烟滅。』所謂『灰飛烟滅』四字，乃《圓覺經語》：『火出木盡，灰飛烟滅。』北使默無語。」〔註23〕

陳善在《捫蝨新話》上集卷之四〈東坡不獨是行腳僧乃苦行僧〉說：

> 東坡嘗言：「見今正是行腳僧，……」
>
> 予謂：「東坡不獨是行腳僧，乃苦行僧也。蓋坡自謫黃州後，便見學道工夫。晚年筆墨挾海上風濤之氣，益窮益工，此則苦行僧又

〔註19〕 《侯鯖錄》，《宋元筆記小說大觀》，第二冊，頁 2087。

〔註20〕 宋‧陳師道撰，宋‧任淵注，冒廣生補箋，冒懷生整理，《後山詩注補箋》，上冊，北京，中華書局，1999，頁 117。

〔註21〕 《春渚紀聞》，《宋元筆記小說大觀》，第三冊，頁 2422。

〔註22〕 《稀見本宋人詩話四種》，頁 181。

〔註23〕 轉引自《蘇軾資料彙編》，上編一，頁 198。

不及也。」〔註24〕

上述諸說，與南宋以後，大抵以此爲附會根據的議論，都有一個共同的特色，即除了在蘇軾文藝學涉佛文本上，增加一些極其有限的佛典使事的說明，與補注家之所不及者之外，對蘇軾涉佛文本之於佛學思想根源的互文性論證，可以說幾乎全部付諸闕如，且有勉強牽合與望文生解的誤讀現象，甚或以立場迥異的觀解，接著朱熹說而對之做出逆向的批評，所以對蘇軾佛教文藝學與佛學互文性的研究，這些文獻的信度與效度顯然相對薄弱。

若例以使事者，如前論〈寒熱偈〉，係蘇軾以敵體相翻的辯證關係，肯認現象有本質空的諦理，並以〈魚枕冠頌〉、〈十二時偈〉、〈玉石偈〉、〈藥師琉璃光佛贊〉做爲內證，以《最上乘論》、《維摩詰所說經》、《佛說阿含正行經》、《佛說渧沙王五願經》、《續傳燈錄》、《慧文正辯佛日普照元叟端禪師語錄》、《妙法蓮華經玄義》等內學著作做爲互文性論證的根據。但元人袁桷在《清容居士集》卷四十六〈書東坡涼熱偈〉，卻無一詞與所述文本有關者，而僅泛泛的說：

> 今觀〈涼熱偈〉語，……。釋氏之書，皆自梁、隋諸臣翻譯，故語直而文窘；至若《楞嚴》，由房融筆受，始覺暢朗。公文如萬斛泉，風至水涌，鳳翔祈文與訓誥相表裏，則房融文體，一規近之。
> 〔註25〕

若例以補注家之所不及者，如明人楊愼在《升菴詩話》卷六〈東坡梅詩〉說：

> 《禪宗頌古》，唐僧〈古梅〉詩云：「雪虐風饕水浸根，石邊尚有古苔痕；天公未肯隨寒暑，又孼清香與返魂。」東坡〈梅花〉詩：「蕙死蘭枯菊已摧，返魂香入嶺頭梅。」〔註26〕正用此事，而注者亦不知之也。〔註27〕

楊愼所援引的「《禪宗頌古》，唐僧〈古梅〉詩」，即輯錄在南宋僧法應集，元僧普會續集《禪宗頌古聯珠通集》卷第五〈大乘經偈之餘〉，署閑極雲著的

〔註24〕　《捫蝨新話》，上集，《儒學警悟》，頁 718。

〔註25〕　文淵閣《四庫全書》鈔本，葉 22^{a-b}。

〔註26〕　蘇詩作於元豐四（1081）年黃州團練副使任上，具題〈岐亭道上見梅花戲贈季常〉，《蘇軾詩集合注》，中冊，頁 1048。

〔註27〕　明・楊愼著，《升菴詩話》，周維德集校，《全明詩話》，第二冊，濟南，齊魯書社，2005，頁 950。

無題詩，詩云：「火虐風饕水漬根，石邊尚有舊苔痕；化工肯未隨寒暑。又孽清香爲返魂。」﹝註28﹞其中有四處明顯的異文，即「雪虐」與「火虐」、「古苔痕」與「舊苔痕」、「天公未肯」與「化工肯未」、「與返魂」與「爲返魂」，倒是與明僧釋正勉等輯錄的《古今禪藻集》卷七，署「無明釋」作而亦題〈古梅〉的詩，﹝註29﹞祇有一處異文，即「寒暑」庫本作「寒主」。至於所云：「注者亦不知之也。」係指宋人趙次公等注的《集注東坡先生詩前集》與《集注東坡先生詩後集》、宋人王十朋等注的《王狀元集百家注分類東坡先生詩》、宋人施元之等注的《注東坡先生詩》等注家，都未將蘇軾這首〈岐亭道上見梅花戲贈季常〉詩的出典，與《禪宗頌古聯珠通集》所收的「唐僧〈古梅〉詩」聯繫起來。而楊愼以補注的方式，知其前「注者亦不知之也」的典據，雖給定了「禪宗頌古」的標目，但並沒有把蘇軾在超文性派生關係上對〈古梅〉的風格仿作，在思想上做出合理的會通，亦即述明蘇軾出諸於單純戲筆的花木詩，與《禪宗頌古》參公案的宗門觀行，是如何對應上的？

　　然而，問題顯然不在原作與風格仿作上，而在宗門與教下的區辨上，即〈古梅〉詩所頌的是經教，而非公案古則，這在《禪宗頌古聯珠通集》中，將該詩歸在「大乘經偈之餘」類，在清僧迦陵性音編的《宗鑑法林》卷三，將之歸在「諸經・法華」中，﹝註30﹞都足以證明這一點。也就是說，閑極雲所頌的對象，是《妙法蓮華經》卷第五〈如來壽量品第十六〉之所說：

> 如來如實知見三界之相，無有生死、若退若出，亦無在世及滅度者，非實非虛，非如非異，不如三界見於三界，如斯之事，如來明見，無有錯謬。﹝註31﹞

　　這一段經文，在實際上則與蘇詩全無交涉，因此，楊愼片面的補注，不僅有著深刻的勉強牽合的痕跡，也有著過度詮釋的望文生解的誤讀現象。

第四節　朱熹對蘇軾佛教文學的選擇性讎校

　　就學術立場迥異的觀解而論，對蘇軾佛教文學做出逆向的批評者，還得

﹝註28﹞《卍續藏》，第六十五冊，頁 500ᵃ。
﹝註29﹞明・釋正勉等輯，《古今禪藻集》，《禪門逸書》，初編，第一冊，影印文淵閣鈔本《四庫全書・集部八》，頁 109。
﹝註30﹞《卍續藏》，第六十六冊，頁 290ᵃ。
﹝註31﹞《大正藏》，第九冊，頁 42ᶜ。

回到朱熹的論說來看問題，明人楊慎在《升庵集》卷四十六〈文公著書〉說：

> 朱文公談道著書，百世宗之。愚詳觀其評論古今人品，誠有違公是而遠人情者。……蘇文忠公，文章忠義，古今所同仰也，乃力詆之，謂得行其志，其禍甚於安石。……以蘇子之賢，則巧索其未形之斑，此心何哉？〔註32〕

在《丹鉛餘錄‧總錄》卷九〈晦菴僻論〉中又說：

> 東坡與伊川，以戲語相失，門人遂分川、洛之黨，非二公意也。朱子學程之學，而黨意猶不忘，故其毀詆東坡，於無過中求其有過，甚至有云：「寧取荊公，不用蘇氏。」吁！可怪哉！予嘗以此事語人，……若使荊公獰魂九原尚在，必將貽骨醉之禍於朱矣！晦菴得無噬臍於地下乎？〔註33〕

朱熹在學術上詆蘇，繼楊慎之後，在清朝學界纔引起較廣泛的關注，如陳澧在《東塾讀書記》卷二十一、江瀚在《吳門消夏記》卷下、張佩綸在《澗于日記》己丑卷，都有所涉論，唯未及蘇軾文藝學與佛學關係，僅附知見於此，並姑置不論。然而，朱熹對佛學的造詣，就佛教做為一種知識而論，亦是有本有源，如王健說：

> 朱熹的祖父朱森晚年以究心佛典度日。其父朱松繼承家風也躭好佛老，一生廣交衲子緇流、羽客道士。其三叔朱槔，……幽居山林，同能詩善文的禪僧吟唱自適，這直接在精神上和感情上影響著幼年的朱熹。朱熹的母家也是一個信佛大族。……母親是一位茹素念佛的大家閨秀。〔註34〕

可見除了家學淵源深厚之外，朱熹有意識的對佛學真參實究的時間，亦長達十餘年，可以說不為無見，如朱熹曾在《朱子語類》卷第一百四，自報學禪經歷說：「某十五、六時，亦嘗留心於此。……某也理會得箇昭昭靈靈底禪。」〔註35〕並在宋孝宗隆興元（1163）年，三十四歲時，書〈答汪尚書〉第二簡說：「熹于釋氏之說，蓋嘗師其人，尊其道，求之亦至切矣。」〔註36〕

〔註32〕文淵閣《四庫全書》鈔本，葉 20^{a-b}。
〔註33〕文淵閣《四庫全書》鈔本，葉 11^a。
〔註34〕王健著，《在現實真實與價值真實之間——朱熹思想研究》，上海，華東師範大學出版社，2007，頁 74。
〔註35〕《朱子語類》，第七冊，頁 2620。
〔註36〕參見：

隆興二（1164）年三十五歲時，書〈答江元適泳〉第一簡，自敘困學求仁的學思歷程後，筆鋒一轉接著說：「蓋出入佛老者十餘年。」〔註37〕是以在《朱子語類》卷第一百二十六，專立「釋氏」一門與門人相互究詰，祇是立場既已自我限定，便不能不以自我合理化的方式率相牽引，如以老子、莊子、列子、楊朱、墨子之學，做為審度佛學的學術衡準，從而把佛學的根源導入其中，並認為佛教思想非偷即竊則盜自上述諸子，如說：「佛家先偷列子。」〔註38〕又說：「疑得佛家初來中國，多是偷老子意去做經。」〔註39〕再說：「如遠法師、支道林皆義學，然又祇是盜襲莊子之說。」〔註40〕甚至說：「禪家最說得高妙去，蓋自老莊來。」〔註41〕甚至說：「今有儒家字為佛家所竊用，而後人反以為出於佛者。」〔註42〕

　　朱熹以學術判官自任，並以自創學術法曹的衡準，把佛教義學的學者與中國佛教禪宗的禪師，在思想與行法的根源上，統統判予黥烙雞鳴狗盜之徒的罪行標籤，並在理學的大牢中，把這一干學術土匪集中看管起來。因此，由余大雅首先羅織兩道錯誤的命題而發難說：「今釋子亦有兩般：禪學，楊朱也；若行布施，墨翟也。」〔註43〕祇要稍具中國思想史常識的人，一眼便可以分明看出，禪學並不來自於楊朱，佛教根本教法的慈悲思想，亦非派生於墨翟，是以朱熹在回答潘時舉的提問時說：「佛氏之學亦出於楊朱。……後來是達磨過來，……祇從事於因果，……祇說人心至善，……又有所謂『頑空』、『真空』之說。頑空如死灰槁木，真空則能攝眾有而應變，然亦祇是空耳！今不消究他。」〔註44〕乃今，僅例以朱熹對「頑空」與「真空」的知見，論

---

1. 陳俊民校編，《朱子文集》，第四冊，臺北，財團法人德富文教基金會出版，民89，頁1135。
2. 書寫繫年參見陳來著，《朱子書信編年考證》，北京，三聯書店，2007，頁27。
3. 王健將該書信繫年於隆興二（1164）年，參見王健著，《在現實真實與價值真實之間──朱熹思想研究》，頁108。
〔註37〕《朱子文集》，第四冊，頁1585。書寫繫年參見《朱子書信編年考證》，頁30。
〔註38〕《朱子語類》，第八冊，頁3008。
〔註39〕《朱子語類》，第八冊，頁3008。
〔註40〕《朱子語類》，第八冊，頁3009。
〔註41〕《朱子語類》，第八冊，頁3011。
〔註42〕《朱子語類》，第八冊，頁3025～3026。
〔註43〕《朱子語類》，第八冊，頁3007。
〔註44〕《朱子語類》，第八冊，頁3007～3008。

明其何以得出「不消究他」的結論？以便釐清朱熹批判蘇軾佛教文藝學的方法是否客觀、如實、有效？

有道是假的命題與錯誤的論式，祇能導出顛倒的結論，更何況連論例都付諸闕如，便以存而不論的懸擱方式，把斷論當做結論，其對討論對象自身的有意偏離心態，可謂彰彰明甚。而用這種思維進路，論究佛學實相論，實乃通途所知的斷滅論，以「頑空」屬善、不善、無記等三性的無記性之故，如齊西來僧那連提耶舍譯《月燈三昧經》卷第二世尊說：

> 體頑空無記。〔註45〕

隋僧章安灌頂在《大般涅槃經玄義》卷下說：

> 佛智靈知，豈同頑空？〔註46〕

唐曹洞宗僧本寂禪師在《撫州曹山元證禪師語錄》卷一論五位君臣旨訣說：

> 莫將真際雜頑空！〔註47〕

宋僧死心悟新在《死心悟新禪師語錄》說：

> 又有一般漢，影影響響，認得箇頑空，便道祇是這箇事。〔註48〕

又，宋僧白蓮宗創始者慈照子元原編、元僧蓮宗中興之祖虎溪尊者廣編的《廬山蓮宗寶鑑》卷第十〈辯明空見〉，則指出以「有亦不著，無亦不空；空不離有，有不離空。怨親等焉，物我齊焉，因果明焉，善惡分焉，戒律用焉，禮義修焉，近教通焉，遠理至焉」為中道義，並與之相違的頑空，具有「一向說空，撥無因果，步步行有，口口言無，便道：『飲酒、食肉，不礙菩提，行盜、行婬，無妨般若。』縱橫放曠，馳逞顛狂；謗佛謗經，輕毀一切；胡揮亂統，以當宗乘；欺侮聖賢，自稱得道」的特質。〔註49〕

這是朱熹之前經說、教說、禪說對頑空的詮釋，已足以證明，佛學家們雖不以否證頑空做為證立實相的前提，但也不以證立頑空做為安立空觀的終極對象，而是說，學人當具足諸佛之母的般若波羅蜜多，以圓融的智慧，洞達在事上實有頑空，而在理上不應妄執體性本空的頑空，也就是理當徹底認識到，頑空祇是現象有的諸法，其體性則為假有非真，所以頑空不應是「死

〔註45〕 《大正藏》，第十五冊，頁558ᵃ。
〔註46〕 《大正藏》，第三十八冊，頁11ᵇ。
〔註47〕 《大正藏》，第四十七冊，頁527ᵃ。
〔註48〕 《卍續藏》，第六十九冊，頁230ᵃ。
〔註49〕 《大正藏》，第四十七冊，頁346ᵇ。

灰橋木」，而是在緣起的大法流中，剎那剎那和合變現，乃至於在變現當際，必有因緣滅而隨之幻滅的色法，且往往在緣起緣滅的大法流中，呈現出熱鬧非凡的影塵，並爲愚癡眾生所執取，乃至於因貪溺而沈淪，所以《大般若波羅蜜多經》卷第二百九十六〈初分波羅蜜多品第三十八之一〉說：

　　於諸法相，無所得故。〔註50〕

又在卷第三百六〈初分佛母品第四十一之二〉說：

　　然諸法相，有佛、無佛，法界法爾。〔註51〕

這是集諸部般若經之大成者的教說，從根源上給定了諸法以色法的方式存在，以及色法在體性上終必如實消亡的眞相，在法界中與佛說空、說有，或說不空、或說非有的言說無關，而是既有且空，與既空且有，都是一如的法爾。至於眞空的特質，根據《大乘本生心地觀經》所說，則體現爲離妄、平等、圓融與不動，〔註52〕而在《大般若波羅蜜多經》卷第五百六十七〈第六分法界品第四之一〉中，論眞空即是法界的特質，則說爲：

　　諸法眞如，過諸文字，離語言境，一切語業，不能行故；離諸
　　戲論，絕諸分別；無此無彼，離相無相；遠離尋伺，過尋伺境；無
　　想無相，超過二境；遠離愚夫，過愚夫境；超諸魔事，離諸障惑；
　　非識所了，住無所住，寂靜聖智，及無分別，後得智境，無我、我
　　所；求不可得，無取無捨；無染無著，清淨離垢；最勝第一，性常
　　不變，若佛出世、若不出世，性相常住。……是名實相般若波羅蜜
　　多、眞如、實際、無分別相、不思議界。〔註53〕

鳩摩羅什譯《佛說華手經》卷第八〈眾雜品第二十七〉，亦說修行空法的特質，是「不著於空」，是名眞空。〔註54〕古印度大乘佛教瑜伽行派創始人之一天親菩薩在《中邊分別論》卷上〈相品第一〉，則指出：「於虛妄中有眞空故，於眞空中亦有虛妄分別故。」〔註55〕又說：「無所取能取。」〔註56〕是爲中道義與眞空相，所以以偈論說：

〔註50〕　《大正藏》，第六冊，頁507^b。
〔註51〕　《大正藏》，第六冊，頁559^b。
〔註52〕　參見《大正藏》，第三冊。又，參見清僧來舟述，《大乘本生心地觀經淺註懸示》，《卍續藏》，第二十一冊。
〔註53〕　《大正藏》，第七冊，頁929^{b-c}。
〔註54〕　《大正藏》，第十六冊，頁188^c。
〔註55〕　《大正藏》，第三十一冊，頁451^b。
〔註56〕　《大正藏》，第三十一冊，頁452^b。

故說一切法，非空非不空，

有無及有故，是名中道義。〔註57〕

又說：

無二有此無，是二名空相，

故非有非無，不異亦不一。〔註58〕

後秦・釋僧肇在《肇論・不眞空論第二》，進一步申論眞空「理一稱二」的特質說：

《摩訶衍論》云：「一切諸法，一切因緣故應有；一切諸法，一切因緣故不應有；一切無法，一切因緣故應有；一切有法，一切因緣故不應有。」尋此有、無之言，豈直反論而已哉？若應有即是有不應言無，若應無即是無不應言有；言有是爲假有以明非無，借無以辨非有。此是理一稱二。……然則，萬法果有其所以不有不可得而有，有其所以不無不可得而無。何則？欲言其有，有非眞生；欲言其無，事象既形。象形不即無，非眞非實有。〔註59〕

在宗門中，六祖慧能的禪法，也以經教義學爲論據說：

若空心坐，即落無記。空能含日月星辰，大地山河，一切草木，惡人善人，惡法善法，天堂地獄，盡在空中。世人性空，亦復如是。〔註60〕

因此，華嚴宗第五祖兼祧宗門法脈的圭峯禪師宗密，在《禪源諸詮集・都序》中，接著慧能的見地，舉瑜伽唯識派的析論爲例，論述眞空的特質，在於「舉體圓具」，是以宗密說：

眞空者是不違有之空也。無著、天親等菩薩，依唯識教，廣說名相，分析性相不同，染淨各別，破其執空，令歷然解於妙有。妙有者是不違空之有也。雖各述一義，而舉體圓具，故無違也。

問：「若爾！何故已後有清辨、護法等諸論師互相破耶？」

答：「此乃是相成，不是相破。何者？以末代學人根器漸鈍，互執空有故，清辨等破定有之相，令盡徹至畢竟眞空，方乃成彼緣起妙有。護法等破斷滅偏空，意存妙有，妙有存故，方乃是彼無、性

〔註57〕 《大正藏》，第三十一冊，頁451[a]。

〔註58〕 《大正藏》，第三十一冊，頁452[b]。

〔註59〕 《大正藏》，第四十五冊，頁152[c]。

〔註60〕 《精校燉煌本壇經》，上編十～二，《華雨集》，第一冊，頁439。

真空，文即相破，意即相成。」〔註61〕

這是朱熹之前，包含般若思想、華嚴思想、宗門思想、有宗思想、空宗思想在內的佛教經論對真空的詮釋。然而，值得注意的是，不論是來自印度的本緣部經、般若經系、瑜伽行派、中觀學派的看法，或從中國本土根據經論義學開創出來的佛教禪宗祖師禪，或與禪教再合流的看法，乃至於此後的分燈禪，以及禪淨會通的觀點，都是一致的，如唐末五代雲門宗之祖雲門文偃在《雲門匡真禪師廣錄》卷中〈室中語要〉說：

真空不壞有，真空不異色。〔註62〕

再如宋曹洞宗默照禪法的倡行者天童正覺在《宏智禪師廣錄》卷第四〈明州天童山覺和尚上堂語錄〉說：

真空不空，妙有不有。〔註63〕

又如宋代臨濟宗楊岐派看話禪的倡行者大慧宗杲在《大慧普覺禪師語錄》卷第二十五〈答曾侍郎〉說：

此真空妙智亦然，生、死、凡、聖、垢、染，著一點不得，雖著不得，而不礙生、死、凡、聖於中往來，如此信得及、見得徹，方是箇出生入死得大自在底漢。〔註64〕

次如宋代臨濟宗黃龍派晦堂祖心在《寶覺祖心禪師語錄》說：

若人欲識真空理，身內真如還徧外；

情與無情共一體，處處皆同真法界。〔註65〕

至於初宋時淨土宗六祖永明延壽，以宣揚禪旨為主幹，而融合華嚴、天臺、淨土等諸宗思想為撰述宗旨的《宗鏡錄》卷第十四說：

問：「六祖云：『善惡都莫思量。自然得入心體。』洞山和尚云：『學得佛邊事，猶是錯用心。』今何廣論成佛之旨？」

答：「《宗鏡錄》，正論斯義，以心冥性佛，理合真空，豈於心外，妄求隨他勝境？如《華嚴記》云，若達真空，尚不造善，豈況惡乎？〔註66〕若邪說空，謂豁達無物，或言無礙，不妨造惡；若真知空，

〔註61〕《大正藏》，第四十八冊，頁404^b。
〔註62〕《大正藏》，第四十七冊，頁554^a。
〔註63〕《大正藏》，第四十八冊，頁38^c。
〔註64〕《大正藏》，第四十七冊，頁918^a。
〔註65〕《卍續藏》，第六十九冊，頁215^c。
〔註66〕華嚴宗第四祖清涼澄觀在《大方廣佛華嚴經疏》卷第六〈世主妙嚴品第一〉

　　善順於理，恐生動亂，尚不起心慕善，惡背於理，以順妄情，豈當可造？若云：『無礙不礙造惡。』何不無礙不礙修善而斷惡耶？厭修善法，尚恐有著心，恣情造惡，何不懼著？明知邪見惡眾生也，乃至入理觀佛，猶恐起心，更造惡思，特違至理。」〔註67〕

　　從這些遍在佛教學各個法系中的真空思想，都可以讓人一眼就看出，並沒有朱熹所說，理應劃歸淨土思想的「能攝眾有（生）而應（機）變（現諸相救度）」的能攝與所攝義，祇有能觀者與所觀境著不著義，著者則流浪於法塵瀰漫的無記空中，頭出頭沒而迷途不返，不著者則當相解脫，而得清淨與大自在，是以祇要明白了頑空與真空，都是一如的法爾，那麼，佛教或說為學術界所關注的佛學，不但一點神祕性也沒有，而且在體性上還顯得格外分明，所以朱熹說：「今不消究他。」便可以理解為這是朱熹在佛學的論證上「沒有能力究他」的遁辭。誠如通途所知，問題一旦提上對話的平臺，不論是真命題、或假命題，都務必給出或證立、或否證的論證，而不能以規避的態度來消解，否則此一論題便不能成立！

　　誠如李承貴在〈朱熹的佛教觀〉中，專立「『署識佛理』與『深度誤讀』」一目，從朱熹關於佛教常識的認識、佛教義理的理解、佛教功能的批判等三個方面，論述朱熹「在誤讀基礎上的批判無疑會成為問題」的問題所在。〔註68〕

　　也可以說，朱熹在參究佛學與老學及莊學十幾年之後，不得不在做學問一事上，改弦易轍的朝儒學轉向，其關鍵全在於與佛學除了主理之外還主悟的為學方法不相應的必然結果，而其之於佛學的不悟，亦必然要將蘇軾的佛教文藝學與佛學具深度互文性的藝術實踐所得的創作成果，當成入眼成翳的金屑，並一如所有闢佛者那樣，以自心的不自在，致令必欲去之而後快。

　　根據朱熹對實相論論義一例，缺乏對論題題中應有之義的率意批判的批評實踐的分析，以及李承貴較大規模的對朱熹對佛學義理的嚴重誤讀的析

中，具云：「六、令觀等者，悲障解脫也。眾生癡故造業，造業故受苦。闇故不見未來，不見未來即顛墮。故大怖之極，莫越愚癡。令觀本寂，則癡相本空，尚不造善，豈當為惡？」《大正藏》，第三十五冊，頁542^c～543^a。
〔註67〕　《大正藏》，第四十八冊，頁493^c～494^a。
〔註68〕　李承貴著，《儒士視域中的佛教——宋代儒士佛教觀研究》，北京，宗教文化出版社，2007，頁451～457。

論，都可以讓人以學理做爲檢視朱熹批判蘇軾佛教文藝學文本的基本思維方式，是否相應的前提。元豐五（1082）年孟秋中元節次夕七月十六日，[註69] 蘇軾與來客放棹，同泛位在黃州團練副使貶所僅相去數百步之近的黃岡赤壁，而賦千古名篇〈赤壁賦〉，[註70] 蘇軾於賦〈赤壁賦〉的翌年，即元豐六（1083）年，作〈與欽之〉書說：

> 軾去歲作此賦，未嘗輕出以示人，見者蓋一、二人而已。欽之有使至，求近文，遂親書以寄。多難畏事，欽之愛我，必深藏之不出也。[註71]

同年八月五日，又書〈與范子豐〉第七簡說：

> 今日李委秀才來相別，因以小舟載酒飲赤壁下。……適會范子豐兄弟來求書字，遂書與之。[註72]

從這兩通私人的信件，可以看出蘇軾創作〈赤壁賦〉之後的兩種精神面向，其一是爆發於元豐二（1079）年，致遭繫獄四個月有餘的烏臺詩案的陰霾，仍盤桓在熙寧黨爭的餘緒中，迄今未散；其二是蘇軾對這一篇佳構，甚感意興瀰淪，久久洋溢不已，如其〈與范子豐〉第七簡又說：「坐念孟德、公謹，如昨日耳。」[註73] 致在不知不覺之際，逸出務要祕而不宣的警戒線，而書予求字者。這種看似矛盾的性格，一旦對應上〈赤壁賦〉的元文本來細審，便不難發現，其在自然之中，以所觀境蕩洗能觀心的自我銷釋與廓清之道，除了與同遊的道士呼應以「遺世獨立，羽化而登仙」的升仙遐想之外，[註74] 便是一、異不異異、一之水月觀所照境的給出。蘇軾說：

> 客亦知乎水與月乎？逝者如斯，而未嘗往也；盈虛者如彼，而卒莫消長也。蓋將自其變者而觀之，則天地曾不能以一瞬。自其不變者而觀之，則物與我皆無盡也，而又何羨乎？……惟江上之清風，

〔註69〕 佛、道合璧的民俗信仰節日中元節，不僅是當今臺灣人民的重要民俗信仰活動，且諸種祭祀儀程長達一個月，而在宋代中元節亦是重要的民俗信仰節日，其以宗教信仰爲全部活動內涵的精神與方式，詳參《東京夢華錄箋注》，下冊，頁794～804。

〔註70〕 蘇軾在〈記赤壁〉說：「黃州守居之數百步爲赤壁。……斷崖壁立，江水深碧，……遇風浪靜，則乘小舟至其下。」《蘇軾文集》，第五冊，頁2255。又，與蘇軾同遊的來客，可能是道士楊士昌。參見《蘇軾年譜》，中冊，頁545。

〔註71〕 《蘇軾文集》，第六冊，頁2455。

〔註72〕 《蘇軾文集》，第四冊，頁1453。

〔註73〕 《蘇軾文集》，第四冊，頁1453。

〔註74〕 《蘇軾文集》，第一冊，頁6。

與山間之明月；耳得之而爲聲，目遇之而成色。〔註75〕

　　這一段文本，是蘇軾〈赤壁賦〉用來超越以「羽化而登仙」破題的結穴處，也是朱熹批評的主要對象，據《朱子語類》卷第一百三十〈本朝四・自熙寧至靖康用人〉載，沈僩

> 或問：「東坡言：『逝者如斯，而未嘗往也；盈虛者如彼，而卒莫消長也。』祇是《老子》『獨立不改，周行而不殆』之意否？」曰：『然。』」〔註76〕

　　蘇軾係以代客提問法，運用自問自答的書寫方式，來論述「逝者如斯，而未嘗往也；盈虛者如彼，而卒莫消長也」，與「水與月」的對應關係，而「水與月」，則是通途所知的大乘十喻之一，即《摩訶般若波羅蜜經》卷第一〈序品第一〉所說的「諸法如幻、如焰、如水中月、如虛空、如響、如揵闥婆城、如夢、如影、如鏡中像、如化」中的「水中月」，〔註77〕其特質在《大般若波羅蜜多經》卷第四百六〈第二分善現品第六之一〉中，有極爲精要的說明，即佛陀告訴善現說：

> 譬如夢境、谷響、光影、幻事、陽焰、水月、變化，唯有假名，如是名假，不生不滅，唯假施設，謂爲夢境，乃至變化。如是一切，唯有假名，此諸假名，不在內、不在外、不在兩間，不可得故。〔註78〕

　　可見蘇軾所提出的命題，屬於佛學實相論的範疇，所以水的「逝者如斯」與月的「盈虛者如彼」，在現象有上，都祇是諸法的名假，在本質空上，也都祇是無不在無在的實相，所以在緣起有上，雖必然要導出「未嘗往」與「卒莫消長」的還滅論，如《雜阿含經》卷第十〈二六二經〉說：

> 如實正觀世間集者，則不生世間無見；如實正觀世間滅，則不生世間有見。……如來離於二邊，說於中道。所謂此有故彼有，此生故彼生，謂緣無明有行，乃至生、老、病、死、憂、悲、惱、苦集。所謂此無故彼無，此滅故彼滅，謂無明滅則行滅，乃至生、老、病、死、憂、悲、惱、苦滅。〔註79〕

〔註75〕　《蘇軾文集》，第一冊，頁6。
〔註76〕　《朱子語類》，第八冊，頁3115。
〔註77〕　《大正藏》，第八冊，頁217^a。
〔註78〕　《大正藏》，第七冊，頁30^a。
〔註79〕　《大正藏》，第二冊，頁67^a。

但在自性空上，卻也必然要導出一切法離生性的「自其變者而觀之」與「自其不變者而觀之」相即的結論，而其論式可以龍樹在《中論》卷第一〈觀因緣品第一〉所說的「諸法不自生，亦不從他生，不共不無因，是故知無生」為據，〔註80〕從而證立諸法無自性，是以龍樹接著說：「如諸法自性，不在於緣中，以無自性故，他性亦復無。」〔註81〕所以橫說「變者」的「一瞬」，與豎說「不變者」的「無盡」，如同江上的清風與山間的明月，全都祇是「耳得」與「目遇」在根塵相應上的產物，因此，就第一義而論，其理式全都體現在諸法無自性的空觀上，如《大般若波羅蜜多經》卷第四〈學觀品初分學觀品第二之二〉說：

> 色自性空，不由空故。色空非色，色不離空，空不離色，色即是空，空即是色。受、想、行、識自性空，不由空故。受、想、行、識空非受、想、行、識，受、想、行、識不離空，空不離受、想、行、識，受、想、行、識即是空，空即是受、想、行、識。〔註82〕

由此可證，蘇軾所說的「逝者如斯，而未嘗往也；盈虛者如彼，而卒莫消長也」的思想根源，如不來自般若經系與中觀學派，也必然來自以此為根源，而被道原輯入《景德傳燈錄》卷第十四的唐代禪師石頭希遷的禪法，如石頭希遷說：

> 吾之法門，先佛傳授。不論禪定精進，唯達佛之知見，即心即佛，心、佛、眾生，菩提煩惱，名異體一。汝等當知！自己心靈，體離斷常，性非垢淨，湛然圓滿，凡聖齊同，應用無方，離心、意、識，三界六道，唯自心現，水月鏡像，豈有生滅？〔註83〕

這從蘇軾〈次韵答寶覺〉詩云：「從來無腳不解滑，誰信石頭路難行。」〔註84〕又，〈器之好談禪不喜游山山中筍出戲語器之可同參玉版長老作此詩〉云：「不怕石頭路，來參玉版師。」〔註85〕都可看出深深蘊藉在蘇軾心靈中的佛學思想，一但以佛教文學文本的形式，被審美創造具體實踐的觀照運動的一致性。然而，上述這些道理，朱熹並非不知道，如其對周明作說：

〔註80〕《大正藏》，第三十冊，頁2^b。
〔註81〕《大正藏》，第三十冊，頁2^b。
〔註82〕《大正藏》，第五冊，頁17^c。
〔註83〕《大正藏》，第五十一冊，頁309^b。
〔註84〕《蘇軾詩集合注》，中冊，頁1203。
〔註85〕《蘇軾詩集合注》，下冊，頁2292。

佛經所謂「色即是空」處，他把色、受、想、行、識五箇對一箇「空」字說，故曰：「空即是色，受、想、行、識亦復如是。」謂是空也。〔註86〕

又對鄭可學說：

《大般若經》六百卷，《心經》乃是節本。〔註87〕

祇是朱熹在揚棄釋老之學後，被轉趨剛強的識性給自我遮蔽了，並有意的對之進行深度的誤判，如《朱子語類》卷第十八〈大學五·或問下·傳五章〉載，朱熹回答蔡行夫有關理一分殊的問題時，便先偷《南本涅槃經》月喻的部分論述，然後改造水器說為：「如排數器，水相似，這盂也是這樣水，那盂也是這樣水，各各滿足，不待求假於外。然打破放裏，却也祇是箇水。……祇為是一理。」〔註88〕俟後纔公開承認與禪學思想有關。關於月及水及形器的關係，北涼曇無讖譯，劉宋沙門慧嚴、慧觀與謝靈運等刪訂修治《大般涅槃經》（《南本》）卷第九〈月喻品第十五〉佛陀告訴迦葉說：

譬如有人，見月不現，皆言月沒，而作沒想，而此月性，實無沒也。轉現他方，彼處眾生，復謂月出，而此月性，實無出也。……譬如滿月，一切悉現，在在處處，城邑聚落，山澤水中，若井若池，及諸水器，一切皆現。有諸眾生，行百由旬，百千由旬，見月常隨，凡夫愚人，妄生憶想言：「我本於城邑屋宅，見如是月，今復於此空澤見之，為是本月？為異於本？」各作是念：「月形大小，或言如鏡口，或言如車輪，或言如四十九由旬。」一切皆見月之光明，或見團圓猶如金盤，是月性一。種種眾生，各見異相。〔註89〕

至於朱熹所承認與禪學有關的水月喻即：

釋氏云：「一月普現一切水，一切水月一月攝。」這是那釋氏也窺見得這些道理。濂溪《通書》祇是說這一事。〔註90〕

朱熹的意思是說，慣於偷竊中國學術的佛學，居然也看得出這種中國特有的學術祕密，因為在釋氏的著作中，竟然有人先說出了「一月普現一切水，一切水月一月攝」這樣與周濂溪所著的《通書》所表達的道理一樣的

〔註86〕《朱子語類》，第八冊，頁3008。
〔註87〕《朱子語類》，第八冊，頁3025。
〔註88〕《朱子語類》，第二冊，頁399。
〔註89〕《大正藏》，第十二冊，頁657[a~b]。
〔註90〕《朱子語類》，第二冊，頁399。

話，〔註91〕是以不得不姑且予以承認。然而，朱熹並不知道說出這話的人是
神會，盛唐開元二十（732）年，於河南滑臺大雲寺設無遮大會，為慧能南宗
定宗旨的荷澤宗之祖神會禪師，在《證道歌》中說：

> 一性圓通一切性，一法遍含一切法。
> 一月普現一切水，一切水月一月攝。
> 諸佛法身入我性，我性同共如來合。
> 一地具足一切地，非色非心非行業。
> 彈指圓成八萬門，剎那滅却三祇劫。〔註92〕

又，神會在《荷澤大師顯宗記》中亦說：

> 如水分千月，能見、聞、覺、知，見、聞、覺、知，而常空寂。

> 空即無相，寂即無生。〔註93〕

問題是教外別傳的中國禪宗，做為漢傳佛教的一個宗派，不可能在義學
上與經教割斷任何必要的聯繫，就水月做為諸法與實相的映照關係而論，不
論是身在宗門中的禪師，或身在宦海中的宰官蘇軾，除了前述般若經系與中
觀學說之外，還必須沈潛到華嚴諸經的義海根源裏，去受、持、讀、誦來自
印度大乘佛學思想的法乳，纔能有本有源的在行法上與文藝學審美觀照的創
作上，立定與之相應的腳跟，如晉譯《大方廣佛華嚴經》卷第十四〈兜率天
宮菩薩雲集讚佛品第二十〉，智幢菩薩以偈稱頌法身佛，而取水月之譬說：

> 譬如淨滿月，普現一切水；
> 影像雖無量，本月未曾二。〔註94〕

而這就又與前述蘇軾〈次韻答章傳道見贈〉詩所表達的華嚴法界觀：「並
生天地宇，同閱古今宙。」〔註95〕在蘇軾創作精神與佛學互文性，在思想的
高度一致性上，取得了內在的有機聯繫，所以「客亦知乎水與月乎」？乃至
於盈虛消長、變不變、盡無盡的根、塵、識，在現象上的對應係，與乎以超
越三界的超越之思，並以超越超越之思在現量境上所證顯的實相理，自然與

〔註91〕 明人薛瑄在〈讀書錄論太極圖〉的觀點與神會之說何其相似乃爾，薛瑄說：「先
儒月映萬川之喻，最好喻太極。蓋萬川總是一月光，萬物統體一太極也。川
川各具一月光，物物各具一太極也。」《周子全書》，卷六，〈進呈本太極圖說
發明四·諸儒二〉，頁93。
〔註92〕 《月溪法師文集》，第五冊，頁43～44。
〔註93〕 楊曾文編校，《神會和尚禪語錄》，北京，中華書局，2004，頁52～53。
〔註94〕 《大正藏》，第九冊，頁486c。
〔註95〕 《蘇軾詩集合注》，上冊，頁397。

老子所說的「獨立不改，周行而不殆」全無交涉。

際此，尚須檢視朱熹之所以首肯沈儁的問題，是以其出入十餘年，而竟與其於釋氏同樣不通的老子學說爲根據的。朱熹批佛與判老，猶訶責一對難兄難弟，往往是同時進行的，如在回答歐陽謙之問佛學所說的空與老學所說的無是同是異的問題時說：

> 佛氏祇是空豁豁然，和有都無了，……若老氏猶骨是有，祇是清淨無爲，一向恁地深藏固守，自爲玄妙，教人摸索不得，便把有、無做兩截看了。〔註96〕

又在回答歐陽謙之問空與無如何不同時說：「道家說半截有、半截無。……若佛家之說都是無。」〔註97〕並告訴程端蒙說：「佛氏之失，出於自私之厭；老氏之失，出於自私之巧。」〔註98〕因此，朱熹在論〈赤壁賦〉時，就不免要產生一個奇怪的矛盾，也就是說，用自己不能肯認的學說證明不能肯認的思想，且看《老子・第二十五章》說：

> 有物混成，先天地生。寂兮寥兮，獨立而不改，周行而不殆，可以爲天下母。〔註99〕

王弼注「獨立」曰：「無物之匹。」注「不改」曰：「返化終始，不失其常。」注「周行而不殆」曰：「周行無所不至而免殆。」〔註100〕高明注「有物」曰：「謂之『有物』，則視之不見，聽之不聞，循之不得，故不可知亦不可名。」注「混成」曰：「謂之『混成』，既不知其所生，更不知其所由生。」〔註101〕當然，王弼或高明或任何注老家的詮釋，都未必就能完全傳信老子的本意，如瓦格納在《王弼老子注研究》第一章〈注釋的技藝〉說：

> 儘管王弼堅持從《老子》本身的指引中紬繹出他自己的解釋策畧和具體解讀，但他的工作不是對一個死去的思想家道說的歷史學家式的重構。〔註102〕

然而，王弼以注老表述自己的哲學見解，雖然向爲大部分學者所同意，

〔註96〕《朱子語類》，第八冊，頁3012。
〔註97〕《朱子語類》，第八冊，頁3012。
〔註98〕《朱子語類》，第八冊，頁3013。
〔註99〕《帛書老子校注》，頁348。
〔註100〕樓宇烈校釋，《王弼集校釋》，北京，中華書局，1980，頁63。
〔註101〕《帛書老子校注》，頁350。
〔註102〕〔德〕瓦格納（Rudolf G. Wagner）著，楊立華譯，《王弼老子注研究》（*On Wang Bi's Commentary of Lao Zi*），上冊，江蘇人民出版社，2008，頁269。

祇是自其於魏出注《老子》之後，將近一千八百年來的後進在解老時，幾無不以王注爲重要參照典範者，是以朱熹通過王注，而對王弼老學的系統哲學有所不求甚解的認識，是有著極大可能的，祇是如此一來，以「無物之匹」這種與佛學緣起和合義相違的斷見，與「返化終始，不失其常」這種與佛學無常義相違的常見，即老學「先天地生」的形上之道的本體的自生與「諸法不自生」相違，更與佛學實相論連空也要空卻的空義無關，以及「可以爲天下母」的他生與「不從他生」的空性無涉，而「則視之不見，聽之不聞，循之不得」的道體，又與佛學做爲體道而務要以般若波羅密多昭昭靈靈的諦觀根、塵、識的門徑不相屬，又是如何與蘇軾的水月喻以及「耳得之而爲聲，目遇之而成色」合理的牽合到一齊的？恐非片面的斷論所能釐辨分明，如朱熹說：

> 佛氏乘虛入中國。廣大自勝之說，幻妄寂滅之論，自齋戒變爲
> 義學。……今世所傳《肇論》，云出於肇法師，有「四不遷」之說：
> 「日月歷天而不周，江河兢注而不流，野馬飄鼓而不動，山嶽偃仆
> 而常靜。」此四句祇一義，祇是動中有靜之意，如適間所說，東坡
> 「逝者如斯，而未嘗往也」之意爾。〔註103〕

朱熹說：「佛氏乘虛入中國。」這句話完全蹈襲自歐陽修錯誤的歷史知識，包括中國政治史、中國思想史、中國佛教史等等，如歐陽修在史識與思想觀念上錯誤連篇的〈本論‧上〉說：「及周之衰，秦并天下，盡去三代之法，而王道中絕。後之有天下者，不能勉彊，其爲治之具不備，防民之漸不周，佛於此時，乘間而出。」〔註104〕論者已在〈總論〉中，據《史記》辨明，茲不復贅。而說朱熹之所以不求甚解，從其引文可見一斑，「日月歷天而不周，江河兢注而不流，野馬飄鼓而不動，山嶽偃仆而常靜」，語出後秦僧肇所著的〈物不遷論〉，祇是朱熹的引文不但第一句與第四句顛倒，而且對元文本第一句還有意義完全顛倒的筆誤，如僧肇在《肇論‧物不遷論第一》的元文本作：

> 旋嵐偃嶽而常靜，江河兢注而不流，
> 野馬飄鼓而不動，日月歷天而不周。〔註105〕

〔註103〕《朱子語類》，第八冊，頁3009。
〔註104〕《歐陽修全集》，上冊，卷一，《居士集‧一》，頁126。
〔註105〕《大正藏》，第四十五冊，頁151^{b}。

　　既意義完全顛倒之說，便有如何是不顛倒的問題，這衹要正確觀解歷代宗通教通學者的引申與詮釋，即可分明曉了，如集三論宗之大成的隋僧嘉祥吉藏，在論述「於之二諦」與「教之二諦」時，〔註106〕即於《二諦義》中卷，例以僧肇的〈物不遷論〉說：

　　　　就續不續明二諦：若謂燒、壞等法，相續不斷名世諦，〔註107〕若知燒、壞等法，念念生滅，實無相續，爲第一義諦。此異《成論》假實義，假名不滅，實法則滅。今明：若言諸法相續不斷爲世諦，若諸法實不續爲第一義諦，如肇師〈物不遷論〉云：「旋嵐偃嶽而常靜，江河競注而不流，野馬飄鼓而不動，日月歷天而不周。」即其義也。〔註108〕

　　易言之，〈物不遷論〉說的不遷義，是「旋嵐」與「偃嶽」等俱屬第一義的中道實相，如楊永泉在《三論宗源流考》第二章〈三論宗的形成〉說：

　　　　動與靜是自然界事物變化的客觀規律，反應了事物變化的一個問題的兩個方面——運動與靜止。在僧肇看來，事物有變化的一面，亦有不變化的一面，總是「昔物不至今」。所謂「動而非靜，以其不來」，是指事物流逝中運動的一面；「靜而非動，以其不去」，是指事物發展中靜止的一面。如果執著某一面，則是片面的。就是說，觀其一事一物，即看到動，亦看到非動（靜），不然人們就會執著「無常」而說「住」，執著「常」而說「去」。〔註109〕

　　董羣則在《中國三論宗通史》第四章〈關河三論學派〉中，以辯證思維論述僧肇在〈物不遷論〉所揭示的「中道論的動靜關係觀」說：

〔註106〕　《佛光大辭典》說：「歷來諸經論與各家所說之眞俗二諦，有二種、三種、四重、六重等分別，吉藏總攝諸說而歸納爲於、教二諦。『於』爲『所依』，『教』爲『能依』。亦即諸佛所依之二諦爲『於之二諦』。諸佛爲眾生所說之法爲『教之二諦』。六塵之境界爲『於之二諦』，乃如來說法之所依。同樣之六塵境界，凡夫見之，視爲實有，稱爲『於俗諦』；聖者灼鑑，知其爲空，稱爲『於眞諦』。又，如來依此六塵而說眞空妙有，稱爲『教俗諦』；超越言語思慮而宣說無所得之理，稱爲『教眞諦』。」《佛光大辭典》，頁3276。

〔註107〕　「燒法」即嘉祥吉藏在《二諦義》中卷所說：「關中雲鸞法師，舉漁人與餓鬼譬，漁人入則鼓棹揚波，餓鬼入則炎火燋體。然水未曾水、未曾火，於人見水，於鬼見火。」「壞法」即：「二諦義若壞，一切義壞也。」《大正藏》，第四十五冊，頁99^c、103^b。

〔註108〕　《大正藏》，第四十五冊，頁104^a。

〔註109〕　楊永泉著，《三論宗源流考》，南京，江蘇古籍出版社，1998，頁195。

物是一邊，代表俗諦，俗諦認爲物遷，萬物都在運動。不遷是
另一邊，代表眞諦，認爲諸法無來無去，具有不動的本質。中道精
神要求既不能偏於眞，也不能流於俗，「談眞則逆俗，順俗則違眞」。
所以應該從兩者關係的辯證處理著手，「寄心於動靜之際」，並以中
觀的原則得出即靜而動的結論。〔註110〕

　　這種觀念的文藝學書寫方式，正是蘇軾筆下的「逝者如斯，而未嘗往也；
盈虛者如彼，而卒莫消長也」，祇是朱熹的「動中有靜」說，卻連第二義的諸
法「動中有靜」與「靜中有動」的緣起與緣滅的「當體即是」都不是，更不
是《老子》「周行而不殆」的運動中，別有一個「獨立不改」的本體靜處其內。
因此，朱熹以其俗眼，是看不出蘇軾是以「逝者如斯」的第二義說「而未嘗
往也」的第一義，如龍樹在《中論》卷第一〈觀因緣品第一〉，第一偈說：

　　　　不生亦不滅，不常亦不斷，

　　　　不一亦不異，不來亦不出。〔註111〕

　　所以朱熹不僅無視於第一義，也看不到第二義，纔會祇片面的看到斷滅
的「幻妄寂滅」的現象的表象。也就是說，朱熹既然連法塵除了色法之外，
還存在於意、法、意識之中的現實都看不到，頂多祇看到祇有在迷夢中纔會
幻現的影塵，如以唯識學的性境、獨影境、帶質境三境來理解，可以說朱熹
的所見境是獨影境，如法相宗初祖慈恩大師窺基在《成唯識論掌中樞要》卷
上末說：

　　　　獨影之境，唯從見分。性、繫、種子，皆定同故。如第六識緣
　　　龜毛、空花、石女、無爲、他界緣等所有諸境；如是等類，皆是隨
　　　心，無別體用，假境攝故，名爲獨影。〔註112〕

　　在獨影境中，自然不會有諸法與實相等不等觀的觀法被自覺到，因爲以
不等觀而觀，至少還有第二義的問題存在。然而，看不到第二義現象有的運
動狀態及其眞正本質，自然無從以等觀諦觀第一義的實相空。

　　這在唐代淨土宗僧懷感所著，並於當時博得淨土宗百科全書之譽的《釋
淨土羣疑論》中，亦有更精到的發明值得參照，如懷感《釋淨土羣疑論》卷
第二中，有這樣的對話：

〔註110〕董羣著，《中國三論宗通史》，南京，鳳凰出版社，2008，頁133～134。
〔註111〕《大正藏》，第三十冊，頁1^b。
〔註112〕《大正藏》，第四十三冊，頁620^b。

　　問曰：「《金剛般若》言：『如來者無所從來，亦無所去，故名如來。』《維摩經》言：『我觀如來，前際不來，後際不去，今即不住。』文殊師利言：『不住亦不去，不取亦不捨，遠離六入故，敬禮無所觀。』〔註113〕准此大乘諸聖教說，佛本不來，亦無有去，何因《觀經》說有化佛來迎，隨化佛往？〔註114〕有來有去，與前經相違！」

　　釋曰：「甚深實相，平等妙理。……彼諸化佛，從佛鏡智，大悲流現，故言彼佛，遣化來迎。然遣化迎，如摩尼天鼓無思成此事。然所現化有往來而言不往不來者，此或約眞而作是說。……或約生滅念念不住，生已即滅，不可移動，當處生當處滅，異處生異處滅，相似相續，假說往來，如火焰行，非輪輪相，假說來往，實無來往也，故肇法師〈物不遷論〉言：『旋嵐偃嶽而常靜，江海競注而不流，野馬飄鼓而不動，日月歷天而不周。』此皆以生滅迅速，不可移動也。」〔註115〕

　　這說明了即使在以自力或他力二力求生西方的淨土思想中，其終極之論仍不出實相論的範疇，否則一旦偏取朱熹「能攝眾有而應變」的他攝義，便會離究竟解脫之道愈來愈遠。

　　據宋人俞文豹《唾玉集》說：「哲宗問左右：『蘇軾襯朝章者何服？』對曰：『道衣。』南行時帶一軸《彌陀》，曰：『此軾生西方公據也。』」〔註116〕

〔註113〕 參見元魏・曇摩流支譯，《如來莊嚴智慧光明入一切佛境界經》，卷下。《大正藏》，第十二冊，頁247ᶜ。

〔註114〕 曹魏・康僧鎧譯，《佛說無量壽經》卷下說：「佛語阿難：其中輩者，十方世界，諸天人民，其有至心，願生彼國，雖不能行作沙門，大修功德，當發無上菩提之心，一向專念無量壽佛，多少修善，奉持齋戒，起立塔像，飯食沙門，懸繒然燈，散華燒香，以此迴向願生彼國。其人臨終，無量壽佛，化現其身，光明相好，具如眞佛，與諸大眾，現其人前，即隨化佛，往生其國，住不退轉，功德智慧，次如上輩者也。」《大正藏》，第十二冊，頁272ᵇ⁻ᶜ。

〔註115〕 《大正藏》，第四十七冊，頁37ᶜ～38ᵃ。

〔註116〕 轉引自《蘇軾資料彙編》，上編二，頁750。又，在淨土中的典籍中，亦多載有此文記，如：

　　1. 宋・王日休撰，《龍舒增廣淨土文》，卷七，〈戒禪師後身東坡〉。《大正藏》，第四十七冊，頁245ᵇ。

　　2. 宋・宗曉編，《樂邦遺稿》卷下，〈蘇東坡前身五祖戒禪師〉。《大正藏》，第四十七冊，頁247ᶜ。

　　3. 明・雲棲袾宏輯，《往生集》卷之二：〈蘇軾學士〉。《大正藏》，第四十七

蘇軾隨身攜帶並做爲往生西生憑據的阿彌陀佛像，即《阿彌陀三耶三佛薩樓佛檀過度人道經》，與懷感對攝論師、三階教、唯識學等以《釋淨土羣疑論》決淨土往生之疑所論證的經據，如前述智幢菩薩以偈稱頌法身佛而取水月之譬的《佛說無量壽經》，連同《觀無量壽佛經》並稱淨土三經的淨土宗立宗典據所崇奉的主尊，所以蘇軾在〈阿彌陀佛頌〉說：

> 佛以大覺，充滿河沙界。……我造無始業，本從一念生。既從一念生，還從一念滅。生滅滅盡處，則我與佛同。〔註117〕

蘇軾說「既從一念生，還從一念滅」的「平等妙理」，與〈物不遷論〉全出於敵體相翻的「旋嵐」與「偃嶽」、「競注」與「不流」、「飄鼓」與「不動」、「歷天」與「不周」，與〈赤壁賦〉的「逝」與「往」、「盈虛」與「消長」、「變」與「不變」、「物」與「我」，在「常靜」、「不流」、「不動」、「不周」與「未嘗」、「卒莫」、「不能以一瞬」、「無盡」的思想，〔註118〕豈不全與「無所從來，亦無所去」，「前際不來，後際不去，今即不住」，「不住亦不去，不取亦不捨」，乃至於「假說來往，實無來往」的第一義一致？〔註119〕所以當朱熹將「旋嵐

冊，頁 141^a。

4. 明・莊廣還輯，《淨土資糧全集》，卷之二，〈戒禪師〉。《卍續藏》，第六十一冊，頁 550^b。

5. 明・朱時恩編，《佛祖綱目》，卷第三十七之上，〈有嚴法師往生淨土〉。《卍續藏》，第八十五冊，頁 739^a。

6. 明・朱時恩輯，《居士分燈錄》，卷下，〈蘇軾〉。《卍續藏》，第八十六冊，頁 597^c。

〔註117〕《蘇軾文集》，第二冊，頁 585。

〔註118〕「敵體相翻」，即以意義相對的詞對顯所欲論明的眞義，如：

1. 宋初華嚴宗僧長水子璿在《起信論疏筆削記》卷第九說：「惑與覺義，敵體相翻。」《大正藏》，第四十四冊，頁 345^b。

2. 清僧源洪通潤在《起信論續疏》卷下說：「問：『染、淨二法，應敵體相翻，何故淨法唯一，而染法有三？』答：『一炬之火，能燒眾薪故。』」《卍續藏》，第四十五冊，頁 421^b。

3. 佚名《臺宗十類因革論》卷第一〈義涉性類二種例〉說：「而性亦曰對者，乃約迷、悟，縛、脫等法，敵體相翻，而始理一之義也。惟其敵番，而理一故，則異所不能異：異所不能異者，同不得而同也，反顯類種，是同其所同：同其所同者，則異得以異也。」《卍續藏》，第五十七冊，頁 145^a。

〔註119〕關於僧肇的〈物不遷論〉，至明代時已從注疏學的範疇發展成因明學研究的主要對象，而日顯其在佛學義理思辨上的重要性，這是值得涉入朱子學研究者所應同時看到的論域。參見：

1. 明・鎮澄著，《物不遷正量論》，《卍續藏》，第五十四冊。

偃嶽」點竄成「山嶽偃仆」時，便完全悖離了僧肇的語法，因而形成與元文本相違的命題，如此一來，必然要導出與〈赤壁賦〉命意相違的結論，而這也正是朱熹之所以有著並不實事求是的奇怪的矛盾根由，可見其於俗諦之知見，仍未窺見門牆，更遑論登堂而逕造第一義諦的宮室之奧了，所必然要在其思維上，朝反向的逆批評進路，導出事先就給定的離題的斷論。

關於朱熹用以證立〈赤壁賦〉「逝者如斯，而未嘗往也」的真意，「祇是動中有靜之意」的老學根據：「獨立不改，周行而不殆。」從格義佛學到跳過學派佛學，及至於宗派佛學在隋唐紛紛成立之後，又被佛學學者所注意，並從概念上初步生解以格義的中印思想方法的會通，逐漸變衍成義理的反證，東漢末年蒼梧太守牟子博在《牟子理惑論》說：

> 問曰：「孔子以五經為道教，可拱而誦、履而行。今，子說：『道虛無恍惚，不見其意，不指其事。』何與聖人言異乎？」

> 牟子曰：「不可以所習為重，所希為輕，惑於外類，失於中情。立事不失道德，猶調絃不失宮商。天道法四時，人道法五常，老子曰：『有物混成，先天地生。〔王弼注本中有：「寂兮寥兮，獨立而不改，周行而不殆」〕，可以為天下母。吾不知其名，強字之曰道〔王弼注本作：「吾不知其名，字之曰道，強為之名曰大」〕。』道之為物，居家可以事親，宰國可以治民，獨立可以治身，履而行之充乎天地。廢而不用，消而不離，子不解之，何異之有乎？」〔註120〕

這是中印思想會通初始化時期，中國學人意圖融通官方顯學儒學，與在野的學術主流道家老學，及異質學術佛學的三方比附之論，如牟子博接著說：

> 佛經前說億載之事，却道萬世之要，太素未起，太始未生，乾坤肇興，其微不可握，其纖不可入，佛悉彌綸其廣大之外，剖折其窈妙之內，靡不紀之，故其經卷以萬計，言以億數，多多益具，眾眾益富，何不要之有？雖非一人所堪，譬若臨河飲水，飽而自足，焉知其餘哉？〔註121〕

這也是中國學術對印度佛學接受史的發端，並開往後中國學人從儒、釋、道三方共構中國新文化，或以華夷之辨以儒、道排斥佛學的先河，如朱熹的

---

2. 明・真界解，《物不遷論辯解》，《卍續藏》，第五十四冊。

〔註120〕 《大正藏》，第五十二冊，頁 2^a。

〔註121〕 《大正藏》，第五十二冊，頁 2^b。

做法，即繼承韓愈用以儒闢佛的道統論學統，而有過之無不及的顯例。

再如僧肇於後秦時，為闡說法性真如的體用關係而著《寶藏論》，第一品〈廣照空有品〉破題便說：

> 空可空非真空，色可色非真色。真色無形，真空無名。無名名之父，無色色之母。為萬物之根源，作天地之太祖。上施玄象，下列冥庭。元氣含於大象，大象隱於無形。為識物之靈，靈中有神，神中有身，無為變化，各稟乎自然。微有事用，漸有形名。形興未質，名起未名。形各既兆，遊氣亂清。寂兮寥兮，寬兮廓兮，分兮別兮。上則有君，下則有臣。父子親其居，尊卑異其位。起教敘其因，然後國分其界，人部其家，各守其位，禮義興行，有善可稱，有惡可名。〔註122〕

僧肇的論意雖兼賅釋、道、儒，但以其時代在玄學濫熟之後，而匯入佛玄思潮合流的東晉，自不能免於時代學術思潮的限定，因此，在儒學消亡幾乎殆盡的玄學餘緒中，所用以格佛學義理的語言模式，必然會洋溢著玄風特有的氛圍，但並不因此而脫離大乘佛學實相論印度式思維的進路，祇是在操作工具即語境模式的選擇與應用上，朝向中國玄學式的表述方法轉向而已。

也就是說，竺法雅與康法朗的詮釋學方法，即梁僧釋慧皎在《高僧傳》卷第四〈義解一・竺法雅四〉所說的會通中印思想的方法：「以經中事數，擬配外書，為生解之例。」〔註123〕不但不久就遭到了僧肇的前輩釋道安的反對，也遭到僧肇的揚棄，如《高僧傳》卷第五〈義解二・釋道安一〉說：「安曰：『先舊格義，於理多違。』」〔註124〕也就是說，錯誤的詮釋學方法，容或對本具普遍性的共法，在思想會通上有一定程度的效用，但對於在根本思想上，本來就不相屬的思維系統所給定的論式與範疇的不同，不僅無效，反而會因把不同思維方法所論究的範疇，給糊裏糊塗的雜糅在一齊，以致產生不必要的誤解，而其解決之道，祇有把不同的前提與範疇，給嚴格釐辨清楚，並各以其自身的論辨方法與語言系統，分別對之進行有規範與限定的論證，如此纔能認清，不同理論的論析模式所論證的範疇，及其在自身的系統中所欲導

〔註122〕《大正藏》，第四十五冊，頁143^b。
〔註123〕《大正藏》，第五十冊，頁347^a。
〔註124〕《大正藏》，第五十冊，頁355^a。

出並被證明的思想的合理性、有效性與合法性，是以在學派佛教繼格義佛學
逐漸成為南北朝的佛學學術主流之後，老學乃至於莊學，便一時從佛學的論
域，集體退場而去了。

第五節　錯誤詮釋法的集體退場

格義佛學集體退場的機制，如陳代僧慧達在《肇論・序》說：

> 但末代弘經，允屬四依，菩薩爰傳茲土，抑亦其例。至如彌天
> 大德，〔註125〕童壽桑門，〔註126〕竝創始命宗，圖辯格致，播揚宣
> 述，所事玄虛。……至能辯正方言，節文階級，善覈名教，精搜義
> 理。揖此羣賢，語之所統，有美若人，超語兼默。標本則句句深達
> 佛心，明末則言言備通眾教，諒是大乘懿典，方等博書，自古自今，
> 著文著筆，詳汰名賢所作諸論，或六七宗，爰延十二，竝判其臧否，
> 辯其差當。唯此憲章，無弊斯咎。〔註127〕

所云「四依」，具如劉宋西來僧求那跋摩譯《菩薩善戒經》卷第六〈菩薩
地三十七助道品第十八〉所說：

> 云何名為菩薩學四依？菩薩依義不依於字，菩薩聽法不為依字
> 唯為依義，菩薩摩訶薩依法不依人，知法非法，知如是法是佛所說、
> 是長老說、是眾僧說，若是非法，雖聞佛說心不生信。復有是法非
> 佛所說、非長老說、非眾僧說、雖非佛說，長老、僧說，是法相者
> 聞則信受。菩薩摩訶薩依了義經不依不了義經，依了義者，不可動、
> 不可移。了義經者不生疑心，菩薩若於了義經中生疑心者則可移動。
> 菩薩依智不依識，何以故？修智慧者名淨智故，是故菩薩解甚深義，
> 雖於深義未得解了終不生謗，是名菩薩成就四依。〔註128〕

所云「或六七宗」，係指劉宋時代莊嚴寺釋曇濟在已佚的《六家七宗論》
中，首度提出的以不同觀點，依據老莊玄學之義，進行般若經系格義的主要

〔註125〕《高僧傳》卷第五〈義解二・釋道安一〉載：「時，襄陽習鑿齒，鋒辯天逸，
　　　　籠罩當時。……及聞安至止，即往修造。既坐稱言：『四海習鑿齒。』安曰：
　　　　『彌天釋道安。』時人以為名答。」《大正藏》，第五十冊，頁352b-c。
〔註126〕《佛光大辭典》說：「Kumārajīva，又作究摩羅什、鳩摩羅什婆、拘摩羅耆
　　　　婆，……意譯作童壽。」《佛光大辭典》，頁5709。
〔註127〕《大正藏》，第四十五冊，頁150a-b。
〔註128〕《大正藏》，第三十冊，頁994b-c。

代表。所云「爰延十二」，係指釋僧鏡以六家的理論做爲詮釋實相論的方法。而這六家的理論與釋僧鏡的詮釋方法，一俟僧肇的《肇論》問世，便給全部清理出佛門了。是以唐僧釋元康在《肇論疏》卷上，疏注慧達的《肇論‧序》時說：

> 宋莊嚴寺釋曇濟作《六家七宗論》，論有六家，分成七宗：第一、本無宗，第二、本無異宗，第三、即色宗，第四、識含宗，第五、幻化宗，第六、心無宗，第七、緣會宗。本有六家，第一家分爲二宗，故成七宗也。言十二者，《續法》論文云：「下定林寺釋僧鏡作《實相六家論》，先設客問二諦一體，然後引六家義答之。第一家以理實無有爲空：凡夫謂有爲有，空則眞諦，有則俗諦。第二家以色性是空爲空：色體是有爲有。第三家以離緣無心爲空：合緣有心爲有。第四家以心從緣生爲空：離緣別有心體爲有。第五家以邪見所計心空爲空：不空因緣所生之心爲有。第六家以色色所依之物實空爲空：世流布中假名爲有。」前有六家，後有六家，合爲十二家也，故曰「爰延十二」也，並判其臧否，辨其差當。臧否差當，即是非也。前六家論中，判第四家爲臧，餘五家爲否。後六家論中，辨前五家爲差，後一家爲當也。「唯此憲章，無弊斯咎」者，憲法也。前十二家皆有是非之弊，今肇法師所作，無有此弊，但是而無非也。〔註129〕

　　這就說明了朱熹對蘇軾佛教文藝學文本與佛學互文性的批評，有待從根本思想的差異上，從頭商榷的必要。然而，值得注意的是，在中國宗派佛學紛紛根據特定的經論典據與判教方法成立之前，佛教在中國的開展並不順利，除了學派與學派之間，有著方法學上的深刻矛盾，與不斷在義理上的相互抉擇與校角之外，尚有來自王難的滅佛之禍。

　　關於學派佛學的義理釐辨，雖然是一個體系極其森密的論題，祇是一旦與「中國佛學」這個詞聯繫在一齊，就不能不進入中國文化學的視域，而其在中國文化學論域中的存在方式，就不能不進入與其關係最爲緊密的中國古典文學的視域，唯其已逸出本論的邊限，爲易明故，僅以圖表的方式，例以中國天臺宗開宗祖師智顗，在《摩訶止觀》中對之進行抉擇的簡要內容，以見一斑：

〔註129〕　《大正藏》，第四十五冊，頁163ᵃ。

類　別	《摩訶止觀》抉擇	文獻位置
地　人	若爲上〔述〕「地人」說，應作法性佛現法性國，爲法性菩薩說之。何意相輔現此三界？爲欲度此凡俗故，論此妙法使其得修。	《大》46～46ᵇ
	「四句尚不可得，云何具三千法耶？」 答：「『地人』云：『一切解惑，眞妄依持法性，法性持眞妄，眞妄依法性也。』」	《大》46～54ᵃ
	「地人」以十信、住、行、向、地爲五百，此與《法華》乖。	《大》46～86ᵇ
地　師	若從「地師」，則心具一切法。	《大》46～54ᵃ
攝　師	若從「攝師」則緣具一切法。	《大》46～54ᵃ
論　家	「論家」但在善、惡、無記無習續也。……「論家」鴿身及多婬，俱是報果。	《大》46～112ᵃ
論　人	約有門明義：故王數相扶，同時而起，「論人」說識先了別，次受領納，想取相貌，行起違從，色由行感。	《大》46、51ᶜ～52ᵃ
阿毘曇人	當知三藏復說空門，「阿毘曇人」云何盡言是大乘空義？	《大》46～73ᶜ
	「云何名習因習果？」 「阿毘曇人」云：「習因是自分因，習果是依果。」	《大》46～112ᵃ
	「毘曇人」云：「唯是見有得道空屬大乘。」	《大》46～74ᶜ
薩婆多	「薩婆多」明此二人位在見道，因聞入者是爲信行。	《大》46、56ᶜ～57ᵃ
數　家	「數家」明報得鴿雀身是報果。多婬是習果。	《大》46～112ᵃ
數　人	心爲一意入及法入少分，若俱迷者開爲十八界也。「數人」說五陰同時，識是心王，四陰是數。	《大》46～51ᶜ
	「數人」云：「欲界爲貪，上界名愛。」	《大》46～70ᵃ
	「數人」說：「『生死皆是不相應行，祇應法念處攝。』云何通三念處？	《大》46～127ᶜ
數	「若見道中無相，心利一發即眞，那得判信法之別？」 「然『數』據行，《成論》據根性，各有所以，不得相非。」	《大》46～57ᵃ
成論師	經言：「一念六百生滅。」 「成論師」云：「一念六十剎那。」 祇是一念從假入空得慧眼，照眞諦而得成佛。	《大》46～27ᶜ
成論人	「成論人」難此語：「上界有味禪，貪下界有欲愛，愛貪俱通，何意偏判？若言下界貪重，上界貪輕，貪輕可非貪耶？」	《大》46～70ᵃ
	《大集》云：「常見之人，說異念斷，即是溝港斷結之義。」豈非有門破假意耶？「成論人」云何斥言是調心方便而不得道耶？	《大》46～73ᶜ

佛不示人諍法，眾生不解，執而成諍。三藏淺近，四門相妨，執諍易生，如「成論人」撥毘曇云：「是調心方便，全不得道。」	《大》46～74ᶜ
「成論人」云：「散兼無知，癡能障定。」若爾，散兼瞋欲，何不障定耶？	《大》46～102ᵇ

第六節　文化視野自我遮蔽下的華夷之辨與等觀導正 之道

　　關於來自王難的滅佛之禍，在中國宗派佛學以宗設教之前，就有兩次發自世間政權終極權力的國主的滅佛法難，〔註130〕致令佛教學術的發展，從學

〔註130〕隋朝之前的兩次法難為：

1. 北魏太武帝拓拔燾於太平真君七（446）年的大規模消滅佛教，據司馬光編撰《資治通鑑》卷一百二十四〈宋紀六，文帝元嘉二十三年〉的記載說：「魏主與崔浩皆信重寇謙之，奉其道。浩素不喜佛法，每言於魏主，以為佛法虛誕，為世費害，宜悉除之。及魏主討蓋吳，至長安，入佛寺，沙門飲從官酒；從官入其室，見大有兵器，出以白帝，帝怒曰：『此非沙門所用，必與蓋吳通謀，欲為亂耳。』命有司按誅合寺沙門，閱其財產，大有釀具，及州郡牧守、富人所寄藏物以萬計，又為窟室以匿婦人。浩因說帝，悉誅天下沙門，毀諸經像，帝從之。寇謙之與浩故爭，浩不從。先盡誅長安沙門，焚燒經像，并敕留臺下四方，命一一用長安法。詔曰：『昔後漢荒君，信惑邪偽以亂天常，自古九州之中，未嘗有此。誇誕大言，不本人情，叔季之世，莫不眩焉。由是政教不行，禮義大壞，九服之內，鞠為丘墟。朕承天緒，欲除偽定真，復羲、農之治，其一切盪除，滅其蹤跡。自今已後，敢有事胡神及造形像泥人、銅人者門誅。有非常之人，然後能行非常之事，非朕孰能去此歷代之偽物！有司宣告征鎮諸軍、刺史，諸有浮圖形像及胡經，皆擊破焚燒，沙門無少長悉阬之！』太子晃素好佛法，屢諫不聽；乃緩宣詔書，使遠近預聞之，得各為計，沙門多亡匿獲免，或收藏經像，唯塔廟在魏境者，無復孑遺。」《資治通鑑》，第五冊，頁3923～3924。又，佛教史傳南宋釋祖琇撰《隆興佛教編年通論》卷第五、元釋常著《佛祖歷代通載》卷第八、元釋熙仲集《歷朝釋氏資鑑》卷第三所載皆本此，唯多有異文。至於劉淑芬在《中古的佛教與社會》甲〈從民族史的角度看太武滅佛〉有的詳細研究，參見劉淑芬著，《中古的佛教與社會》，上海古籍出版社，2008，頁3～45。

2. 北周武帝宇文邕於建德二（573）年下令廢佛，據宋僧志磐在《佛祖統紀》卷第三十八〈法運通塞志第十七之五・北周・武帝〉的記載說：「二年二月，集百僚僧、道，論三教先後，以儒為先，道次之，釋居後。……帝集僧、道，宣旨曰：『六經儒教，於世為宜；真佛無像，空崇塔廟，愚人信順，徒竭珍財，凡是經像，宜從除毀。父母恩重，沙門不敬，斯為悖逆之甚，國法豈容！並令反俗，用崇孝養。』時，慧遠法師出眾抗答曰：『若

派對格義的揚棄之後，自入唐迎來中國佛學的黃金時代以降，便不得不把中
國固有的學術，從以外學做簡單概念的比附，提升到義理銷釋的高度，進而
納入佛學文化學的理論視域，並小心翼翼的把與政權對應的暢塞關係，慎重
的置入一應弘教與護教之法務推展方式的考量，以便在世法上，避過因異
質文化對中國文化從根本上的激蕩，與社會經濟及權利等利益衝突，所可能
再次引發的出世法災難，祇是不論是佛學界自覺的援中國學術入佛，或中國
學界不能再無視於佛學在中國學術界中既成的事實，與逐漸合法化，並取得
學術發言權的地位，而情願或不情願的援佛學入中國學術，對彼此互為他
者的思想核心的深度碰觸乃至於開掘，都已然無法再以存而不論的懸擱方式
去片面規避，且在這種融合的思潮中，誰也無法對誰的眞實存在，再度視若
無睹。

　　問題是彼此觀待的方式與態度，總不免因潛在的預設立場，仍具有各自
鮮明的特殊性，而在可相容性的表象之下，依舊有著難於逾越的鴻溝，始終
以各種顛撲不破的壁壘，彼此相互對峙著，是以當韓愈於元和十四（819）年，
上唐憲宗〈論佛骨表〉，以孔聖人的「敬鬼神而遠之」之論，〔註131〕把中印兩
大思想家的宗教觀，再從華夷之辨的思維進路，提上闢佛議程的前前後後，
即以當時代學術意見領袖的重要地位，把孟子樹立爲捍衛聖人之道的新榜
樣，〔註132〕並「爲了恢復魏晉南北朝以來儒學失去的獨尊地位」，〔註133〕而
以孔孟道統的嫡挑者自任自居，是以在〈原道〉一文中倡言：

　　　　夫所謂先王之教者何也？博愛之謂仁，行而宜之之謂義，由是
　　　而之焉之謂道，……斯道也，何道也？曰：斯吾所謂道也，非向所
　　　謂老與佛之道也。堯以是傳之舜，舜以是傳之禹，禹以是傳之湯，

以形像無情，事之無福，國家七廟，豈是有情？』帝曰：『佛經，外國之
法，故當廢之。』……三年五月，帝欲偏廢釋教，令道士張賓飾詭辭以挫
釋子，法師知玄抗酬精壯，帝意賓不能制，即震天威，以垂難辭，左右叱
玄聽制，玄安庠〔詳〕應對，陳義甚高，陪位大臣，莫不欽難，獨帝不說，
明日下詔，并罷釋、道二教，悉毀經像，沙門、道士，並令還俗。時，國
境僧、道反服者二百餘萬。」《大正藏》，第四十九冊，頁358^{b-c}。又，《古
今圖書集成・神異典二氏部彙考・北周》：「建德三年」本此。

〔註131〕《韓昌黎文集校注》，頁356。

〔註132〕參見〔美〕包弼德（Peter K. Bol）著，劉寧譯，《斯文——唐宋思想的轉型》
（*This Culture of Ours: Intellectual Transitions in T'ang and Sung China*），江蘇
人民出版社，2001，頁133。

〔註133〕盧連章著，《程顥程頤評傳》，南京大學出版社，2001，頁27。

　　　　湯以是傳之文、武、周公，文、武、周公以是傳之孔子，孔子傳之

　　　孟軻，軻之死，不得其傳焉。〔註134〕

　　韓愈的真正意思是其繼軻者，非我韓愈莫屬，因而對佛學及老學、莊學、

楊朱、墨子等與儒學相左的學術，以有違孔子在《論語・子路第十三》中所

倡議的「和而不同」的學術理念，〔註135〕反其道而行的採取「同而不和」的

一言堂手段，對之展開正統與非正統，亦即中國學術合法化與否的攻擊，如

〈重答張籍書〉說：

　　　　己之道乃夫子、孟軻、揚雄所傳之道也。〔註136〕

　　〈上宰相書〉說：

　　　　其業則讀書著文歌頌堯舜之道，……其所讀書皆聖人之書，

　　　楊、墨、釋、老之學，無所入於其心。〔註137〕

　　〈答侯繼書〉說：

　　　　僕少好學問，自五經之外，百氏之書，未有聞而不求得而不觀

　　　者，然其所志惟在意義所歸。〔註138〕

　　〈與李翺書〉說：

　　　　孔子稱顏回：「一簞食、一瓢飲，人不堪其憂，回也不改其樂。」

　　　彼人者，有聖者爲之歸依，而又有簞食、瓢飲足以不死，其不憂而

　　　樂也，豈不易哉？〔註139〕

　　韓愈這種種以孔孟爲學問意義歸依處的議論，以及以顏子居陋巷而不以

爲憂的樂道的生活態度，便成爲以孔孟道統的單一主體性思維，做爲驗明中

國學術正身，並簡汰其他學術多元客觀存在的唯一衡準，而其於楊、墨、釋、

老諸書無所不讀，祇是「無所入於其心」，以致不悟與不解的思維定性，可以

說完全被朱熹所繼承，所以朱熹便挾著唐武宗於會昌五（845）年下詔滅佛、

〔註140〕後周世宗於顯德二（955）年下詔滅佛、〔註141〕宋徽宗於宣和元（119）

〔註134〕《韓昌黎文集校注》，頁10。

〔註135〕《十三經》，下冊，頁2061。

〔註136〕《韓昌黎文集校注》，頁79。

〔註137〕《韓昌黎文集校注》，頁90。

〔註138〕《韓昌黎文集校注》，頁96。

〔註139〕《韓昌黎文集校注》，頁105。

〔註140〕參見：

　　1.關於唐武宗滅佛，在排佛者歐陽修等撰的《新唐書》卷十八上，〈本紀第
　　　十八上・武宗〉中，祇有「大毀佛寺，復僧尼爲民」等九個字的記載。《新

年下詔排佛的政治餘威，〔註142〕以及在盛宋逐漸發展成熟的理學，在態度上除了前述始終以他者的既定立場，冷眼旁觀「佛老者十餘年」而不入不悟之外，也跟著大肆張揚周敦頤傳授給奠定理學基礎的洛學領袖程顥、程頤昆仲的「孔顏樂處」，〔註143〕而在《朱子語類》卷第三十一〈論語十三·雍也篇二·賢哉回也章〉中，不斷肯認顏淵之樂，樂在貧賤仍樂於徹底「窮究萬理」之樂，〔註144〕是以當朱熹看到蘇軾深深蘊藉著佛學互文性的佛教文藝學文本時，便以其思維已成定勢的慣性作用，將之牽合到同樣為其所必欲否證的老學論域中去，如就朱熹自身具足的理學視域來審度，本是其學術方法所必然

唐書》，第一冊，頁245。

2. 唐武宗的滅佛詔，具載於後晉劉昫等撰的《舊唐書》卷十八上，〈本紀第十八上·武宗〉中，詔曰：「朕聞三代已前，未嘗言佛，漢、魏之後，像教寖興。由是季時，傳此異俗，因緣染習，蔓衍滋多。以至蠹耗國風，而漸不覺；誘惑人意，而眾益迷。……況我高祖、太宗，以武定禍亂，以文理華夏，執此二柄，足以經邦，豈可以區區西方之教，與我抗衡哉！……其天下所拆寺四千六百餘所，還俗僧尼二十六萬五百人，……拆招提、蘭若四萬餘所，收膏腴上田數千萬頃，收奴婢兩稅戶十五萬人。」《舊唐書》，第一冊，頁605～606。

〔註141〕後周世宗滅佛的方式，不同於以往，而是採取先鬆後緊的上發條策署，依時程序參見：
1. 宋·志磐，《佛祖統紀》卷第三十八。
2. 宋·王溥撰，《五代會要》，卷十二。
3. 宋·薛居正等撰，《舊五代史》，卷一百十五。
4. 宋·歐陽修撰，《新五代史》，卷十二。

〔註142〕宋徽宗於宣和元（119）年正月八日正式頒詔排佛，〈佛號大覺金仙餘為仙人大士之號等事御筆手詔〉（題下署「重和二年」）曰：「先王之教，用夏變彝。衣服有常，以臨其民。而奇言異行，莫不有禁，故道德一，風俗同。自先王之澤竭，佛教始行於中國。雖其言不同，要其歸與道為一。世賴以趨于善者，亦非一日。然異俗方言，祝髮毀膚，偏袒橫服，棄君親之分，忘族姓之辨，循西方之禮，蓋千有餘歲。朕方敦禮義，適追三代，其教雖不可廢，而害中國禮義者，豈可不革？應寺院、屋宇、田產、常住，一切如舊，永不改革。敢有議者，以違御筆論。其服飾、其名稱、其禮、其言，並改從中國，佛號大覺金仙，餘為仙人、大士之號，僧稱德士，寺為宮，院為觀，即住持之人為知宮觀事。不廢其教，不害其禮而已。念念四方，萬里之遠，其徒之眾，不悉茲意，可令每路委監司一員總其事，郡守寮佐召集播告，咸使知之。」《宋大詔令集》，卷第二百二十四，〈政事其十七·道釋下〉，頁868。

〔註143〕參見：
1.《宋明理學史》，上冊，，頁127。
2.《宋代文學思想史》，頁220。

〔註144〕參見《朱子語類》，第三冊，頁794～802。

要導出的應有之義，而無有可怪之處。

　　問題是在比較研究中，採行這種同而不和的學術策署，往往會以既定的思維模式，對被牽合到一齊做比論材料的論述對象，做出與他者本義無涉的主觀臆斷，並因重新賦予既定思維模式所派生的限定義，以致離開他者的思想核心愈來愈遠，甚至會因不顧他者在客觀上，本亦具備自身具足的原理原則，而給予強制改頭換面，以便符合自身片面的主觀訴求，因而這樣的批評方法，便有必要在研究中國佛教文學時，提出來重新檢視。然而，蘇軾在為學的態度上，又是如何看待「和而不同」與同而不和的呢？在〈答張文潛縣丞書〉中，蘇軾臧否王安石以行政命令推行新經的方式，有違孔子聖教說：

> 王氏之文，未必不善，而患在於好使人同己。自孔子不能使人
> 同，顏淵之仁，子路之勇，不能以相移。而王氏欲以其學同天下！
> 地之美者，同於生物，不同於所生。惟荒瘠斥鹵之地，彌望皆黃茅、
> 白葦，此則王氏之同也。〔註145〕

　　蘇軾的治學方法，特重各家學說既有可會通性，又有不可比附性。在可會通上，可以以其互根互用的方式，在彼此銷釋的最大公約數上，開創出全新的書寫場域，鋪陳出全新的文化風華，如其在中國固有的文藝學文本的書寫形式上所實踐的那樣，以佛學思想及典籍元文本的特殊辭彙，乃至於形構引導新文本生成的異質思維等等，做為中國佛教文學載體體現與佛學互文性的取資根據。而在不可比附性上，因彼此缺乏互為內證的基礎，勢必造成在思想對顯上的枘鑿現象，而產生相互否斥的困境，所以蘇軾臧否王安石的新經，既然是為了在政治實踐上，達致以儒術治國的既定效標，那麼，在根本思想上就理當以世學的可實踐性為擬構前提，是以一旦與出世法相混濫，便會造成施行上的障礙，以出世法屬柔性規範，義歸道德訴求的修養論域邊事，世法屬剛性規範，義歸律令訴求的法學論域邊事之故。

　　如從治世之道上來看問題，可以出世法變理世法，而不可以在義界上凌躐世法，如嚴耀中在《佛教戒律與中國社會》第十七章〈戒律在法律與司法中的反映〉—「佛教行為觀念對法治的滲透」中，綜論哈特〈法律的概念〉與釋昭慧《佛教規範倫理學》的見解說：「以戒律為代表的佛教約束思想在世俗法律與司法行政中的反映，是佛教影響中國社會在深度上的主要標識。『所

〔註145〕《蘇軾文集》，第四冊，頁1427。

有國內法律制度都體現著特定的和基本的道德要求的宗旨』，所以當佛教的道德觀念也成爲中國傳統道德觀念的一部分時，加上佛教的『成文法（波羅提木叉）都付帶罰則，與刑法的功能相若』，且都『是有層級性與邏輯性的，從基本原理、中層原則、基本規範、各種法規到各式判例，他的內在理路是一以貫之的』，當然也會對華土法律的制訂與執行產生影響。」〔註146〕而世法亦可以在身心安頓上保全出世法，祇是不必像走到另一個極端的唯物主義者那樣，把宗教的心理功能、精神功能、教化功能、社會功能、政治功能等等，一律視爲封建時代既得利益階級用以麻醉人民精神與心靈的鴉片，以致非予以徹底消滅不可。因此，蘇軾在〈六一居士集敘〉中，明白指出：

> 自漢以來，道術不出於孔子，而亂天下者多矣。晉以老、莊亡，梁以佛亡。……

> 歐陽子沒十餘年，士始爲新學，以佛、老之似，亂周、孔之眞，識者憂之。〔註147〕

這是蘇軾的治世論與信仰論之間，在法的規範上，有一條功能性、操作性、目的性鮮明的義界，清清楚楚的展現在形器世間中，並說明了錯用目的性不同的方法，即使是好的方法也會變成壞事的拙劣手段。因此，一旦從不離世法的出世法來觀待僅僅限定在世法邊事，就不能像韓愈那樣，在根本不同的目的上，妄意混淆是非，是以蘇軾在〈韓愈論〉中，評議韓愈的治學態度與方法說：

> 韓愈之於聖人之道，蓋亦知好其名矣，而未能樂其實。何者？其爲論甚高，其待孔子、孟軻甚尊，而拒楊、墨、佛、老甚嚴。此其用力，亦不可謂不至也。然其論至於理而不精，支離蕩佚，往往自叛其說而不知。……

> 嗟夫！君子之爲學，知其人之所長而不知其蔽，豈可謂善學耶？〔註148〕

至於標幟著中國化佛學，陸續在隋唐時期，以宗派佛學的形式，成爲當時中國學術主流的同時，又被佛學學者所注意的中印思想如何有效會通，並降低可能再度發生的潛在衝突的問題，仍然爲學界所注意，且在理論上分兩

〔註146〕嚴耀中著，《佛教戒律與中國社會》，上海古籍出版社，2007，頁259～260。
〔註147〕《蘇軾文集》，第一冊，頁316。
〔註148〕《蘇軾文集》，第一冊，頁114～115。

路，積極進行義學上的銷釋。其一是被學派佛學自覺的從佛學界清理出去的格義詮釋學方法，依舊以舊瓶裝新酒的方便義，被選擇性的繼承了下來，如盛唐時代的論師釋元康，在《肇論疏》卷中〈答劉隱士書〉說：

> 然道德兩字，……《釋名》云：「道，導也，所以通導萬物。」《說文》：「德，得也，外得於人，內得於己。」今謂理之自然爲道，人能行即爲德。何以明之？《老子》云：「有物混成，先天地生。寂兮寥兮，獨立而不改，周行而不殆，可以爲天下母。吾不知其名，字之曰道。」又云：「道可道，非常道；名可名，非常名。」是謂道也。又云：「生而不有，爲而不恃，長而不宰。」是謂玄德。又云：「上德不德，是以有德。下德不失德，是以無德。」是謂德也。
> 〔註149〕

釋元康的詮釋策署，從短短的一段文字中，可以看出既是對格義的繼承，卻又走得比格義的比論、附會乃至於瞎比附更深、更遠、更廣、更精，而從義理上既能入乎佛玄合流之域，又能出乎其外的時時把論意繳還到佛學的本義中去，因此，除了引文中證諸於的《釋名》、《說文》、《老子》等俗書之外，在中國固有的儒家典籍中，五經中用了《易經》、《易傳》、《毛詩》、《書經》等三經一傳，字書加入了《字林》、《爾雅》兩部，道家連《莊子》也到位了，至於佛典則有《華嚴經》、《維摩經》、《禪經》（《坐禪三昧經》），律典亦有《十誦律》、《四分律》，論典則有《舍利弗阿毗曇論》，史傳有《高僧傳》，值得注意的是，中國佛教文藝學在詩學創作與美學會通上的早期實踐成果《念佛三昧詠》，也沒有被從藝術的視野中遺漏。〔註150〕

至於在人物方面，儒家的孔子、子夏，精通儒典的外護周續之、雷次宗、宗炳，注《莊子》的玄學家郭象，名士嵇〔嵇〕康、阮籍、阮咸、山濤、王戎、向秀、劉靈〔伶〕等竹林七賢，莊子筆下的人物郢人、惠子、匠石，以及更多的中印佛教人物如釋迦牟尼佛、鳩摩羅什、支法領、佛馱跋陀羅、弗若多羅、曇摩流支、佛陀耶舍、曇摩掘多、曇摩掘多、曇摩耶舍、慧遠、僧

〔註149〕 《大正藏》，第四十五冊，頁185ᵃ。

〔註150〕 關於以中國詩學的形式涉入佛學的文藝創作，可以說是中國佛教文學發生學的基礎，現存最早的文獻，參見：
　　 1.唐・道宣編撰，《廣弘明集》，卷三十，《大正藏》，第五十二冊。
　　 2.逯欽立輯校，《先秦漢魏晉南北朝詩・晉詩》，卷二十，北京，中華書局，1998。

肇、道安、慧觀、慧嚴、道標、竺道生、威道人等等，也都一時出現在同一文本之中。〔註151〕

　　這說明了兩種在學理上本不相屬的思想的交流，並非僅僅讀幾本他者的典籍，乃至於二手文獻，亦且如韓愈那樣「無所入於其心」，或如朱熹那樣「不消究他」，就能窺見眞章的所在，從而把中國佛教文學從中國文學史、中國文學思想史中給排除出去。若然，如果沒有了白居易、王維、李商隱、王安石、蘇軾乃至於蘇門四學士、公安三袁、錢謙益、黃遵憲、梁啓超等等，那麼，中國文學史上熠燿千古的繁麗星空，必會相對黯然失色。因此，對中國佛教文學的互文性研究，論者認爲韓愈、朱熹及其後繼者的同一批評手法，已非簡單的以還有商榷的空間做爲遁辭，就可以把片面自我遮蔽的思維定勢，以自認爲合法的學術話語給繼續繁殖下去。

　　其二是在宗派佛學時期對學派佛學時期治學方法的承挑，以及對世學無比的尊重，並在尊重他者的大前提之下，對中印思想在交流上，乃至於會通上，根本就不能等同的義理，做最嚴格的釐辨，茲例以博綜中國傳統學術經、傳、子、史的華嚴宗第四祖清涼澄觀的論證方法，即足以說明何謂既能入其環中而又得以出乎其外之道，據宋僧贊寧等撰《宋高僧傳》卷第五〈唐代州五臺山清涼寺澄觀傳〉載：

　　　　觀自謂己曰：「五地聖人，身證眞如，棲心佛境，於後得智中，起世俗念，學世間技藝。況吾學地，能忘是心，遂翻習經、傳、子、史、小學、《蒼》、《雅》，……至于篇、頌、筆、語、書蹤，一皆博綜。」〔註152〕

　　就中國學術而論，此中的「經」要非儒家思想根元的五經莫屬，「傳」則是以儒解儒證儒的注疏學範疇的著作，「子」則包羅了儒家以外的九流十家，其中最重要的當然是道家。而在表述形式上，亦及於最重要的「篇」，典刑大雅的「頌」，以及筆記，乃至於向爲儒學學者所鄙棄，亦且認爲不登大雅之堂的叢殘小語等等，可以說對世間書寫技藝的多元形式已然囊括無遺，但更重要的是在對待他者文本的態度上，清涼澄觀與韓愈、朱熹最明顯的反差，就如同「博綜該練」的蘇軾那樣「一皆博綜」，也就是在研究佛學的態度與修養上，以平等觀等觀世學，這是抱著謙遜的學習心理，對他者的思想進行正確

〔註151〕參見《大正藏》，第四十五冊，頁 184^b～186^b。
〔註152〕《大正藏》，第五十冊，頁 737^a。

觀解與尊敬的心所使然，而這種敬人者態度的養成根源，係來自於是造就佛學家的經教所說，如晉譯《大方廣佛華嚴經》卷第二十五〈十地品第二十二之三〉說：

> 五地隨順行世間法故，具足助菩提法；……又，世間經書，如五地說，自然而得。〔註153〕

又，卷第二十七〈十地品第二十二之五〉說：

> 菩薩亦如是住歡喜地，一切世間經書、技藝、文頌、呪術，集在其中，無有窮盡。〔註154〕

以及前論「散為百東坡」時徵證《妙法蓮華經》卷第六〈法師功德品第十九〉世尊說：

> 若說俗間經書、治世語言、資生業等，皆順正法。〔註155〕

至若北齊・萬天懿譯，《尊勝菩薩所問一切諸法入無量門陀羅尼經》亦說：

> 如是，尊勝！此是一切諸法入無量門陀羅尼，若得此陀羅尼菩薩，能持一切諸佛所說，能遊一切諸佛世界，能持一切聲聞、緣覺所說，一切世間經書、醫方、呪術、圍陀經典，悉能持之，一切眾生言語，能出能入，能知一切眾生之心，善知一切語言辭音，如其言音能即至如是一切道中。〔註156〕

唐・西來僧伽梵達摩譯，《千手千眼觀世音菩薩廣大圓滿無礙大悲心陀羅尼經》，觀世音也說：

> 我時當以千眼照見，千手護持，從是以往，所有世間經書，悉能受持，一切外道法術、韋陀典籍，亦能通達。〔註157〕

宋・西來僧施護譯，《佛說佛母出生三法藏般若波羅蜜多經》卷第十六〈不退轉菩薩相品第十七〉，又說：

> 須菩提！當知不退轉菩薩摩訶薩，多從欲界、色界諸天命終，而來生此閻浮提中。當知是菩薩，少生邊地，設復生者，亦在大國，明解世間經書、伎術、工巧等事，無不通達。〔註158〕

〔註153〕《大正藏》，第九冊，頁561^c～562^a。
〔註154〕《大正藏》，第九冊，頁575^a。
〔註155〕《大正藏》，第九冊，頁50^a。
〔註156〕《大正藏》，第二十一冊，頁847^a。
〔註157〕《大正藏》，第二十冊，頁108^a。
〔註158〕《大正藏》，第八冊，頁643^b。

即使在宗門也是如此，如宗寶本《六祖大師法寶壇經·般若第二》亦說：

> 佛法在世間，不離世間覺；
>
> 離世覓菩提，恰如求兔角。〔註159〕

清涼澄觀對根本就不能等同的義理所做的最嚴格的釐辨，就中國固有的學術而論，可分儒、道兩路來觀察。清涼澄觀首先在《大方廣佛華嚴經疏》卷第一至卷第四，分十個面向，依循華嚴宗第三祖賢首法藏，根據唐譯《大方廣佛華嚴經》，判釋如來一代所說的教典為三時、五教，而把逐漸出現諸譌的教說，朝華嚴法界緣起、事事無礙為別教一乘的宗義復歸，所分十個面向即：一、教起因緣，二、藏教所攝，三、義理分齊，四、教所被機，五、教體淺深，六、宗趣通別，七、部類品會，八、傳譯感通，九、總釋經題，十、別解文義。

華嚴即以這十門做為總綱，而以《大方廣佛華嚴經》做為立宗綱骨，意在以正確的教說，建構華嚴思想系統嚴明的終極體系，而清涼澄觀於第六門宗趣通別中，在隋朝大衍法師所總立的因緣宗——薩婆多、假名宗——經部、不真宗——諸般若、真實宗——法性真理佛性等教等四宗的基礎上，將如來教法判釋為我法俱有宗——犢子部等、法有我無宗——薩婆多等、法無去來宗——大眾部等、現通假實宗——說假部、俗妄真實宗——說出世部等、諸法但名宗——一說部等、真空絕相宗——心境兩亡直顯體故、空有無礙宗——互融雙絕而不礙兩存，真如隨緣具恒沙德故、圓融具德宗——謂事事無礙主伴具足無盡自在故等十宗。清涼澄觀就是在論述這十宗宗義中的第二宗法有我無宗裏，初步對中國儒、道思想與印度大乘佛教華嚴思想具可會通性者，進行定位式的簡別。清涼澄觀說：

> 二、法有我無宗，謂薩婆多等。彼立諸法不離色、心，或立三世無為，或分五類皆無有我。以無我故，異外道計。又，於有為之中立正因緣，以破外道邪因、無因。然西域邪見雖九十五種，或計二十五諦從冥生等，或計六句和合生等，或謂自在梵天等生，或謂時方、微塵、虛空、宿作等，而為世間及涅槃本，統收所計不出四見：謂數論計一、勝論計異、勒沙婆計亦一亦異、若提子計非一非異。若計一者，則謂因中有果；若計異者，則謂因中無果；三則亦有亦無；四則非有非無。餘諸異計皆不出此，雖多不同，就其結過

〔註159〕《大正藏》，第四十八冊，頁351ᶜ。

不出二種：從虛空自然生，即是無因，餘皆邪因。此方儒、道二教，
亦不出此，如莊、老皆計自然，謂：「人法地，地法天，天法道，道
法自然。」若以自然爲因能生萬物，即是邪因；若謂萬物自然而生，
如鶴之白、如烏之黑，即是無因。《周易》云，「易有太極，是生兩
儀，兩儀生四象，四象生八卦，八卦定吉凶，吉凶生大業」者，太
極爲因，即是邪因；若謂「一陰一陽之謂道」，即計陰陽變易能生萬
物，亦是邪因；若計一爲虛無自然，則亦無因；然無因、邪因乃成
大過。謂自然、虛空等生應常生故，以不知三界由乎我心，從癡、
有、愛流轉無極，迷正因緣故，異計紛然。安知因緣性空，眞如妙
有，言有濫同釋教者，皆是佛法之餘，同於《涅槃》盜牛之喻，乳
色雖同，不能善取醍醐，況挏驢乳，安成酥酪？廣明異計，如《瑜
伽》第六，《顯揚》第九、第十，《婆沙》十一、十二，及《金七十
論》說。《中》、《百》等論，亦廣破之，今但說正因緣，已總破諸計，
是如佛法之淺淺，已勝外道之深深。〔註160〕

　　清涼澄觀係根據東晉佚名譯的《舍利弗問經》，〔註161〕把印度部派佛教
時期上座部的薩婆多部，及其派生的彌沙塞部、起曇無屈多迦部、婆利師部，
併同法俱有宗的犢子部等四部，以及同屬上座部的另三部，連同法無去來宗
的大眾部等五部，與現通假實宗的說假部等三部，凡十八部，都定位在通途
所知的小乘佛教上，並在這個位置，以印度六派哲學中最早成立的數論學派
所主張的因中有果學說，〔註162〕以及同屬印度六派哲學之一的勝論學派所主
張的因中無果學說，〔註163〕並印度三種外道仙人之一勒沙婆外道所主張的因
中亦有果亦無果學說，與勒沙婆外道的祖師尼乾陀若提子所提倡的另一主張
的因中非有果非無果學說，〔註164〕把道家宗師老子在《老子・第二十五章》
所提出的「道法自然」的根本思想，與儒家要典《周易・繫辭上》的陰陽相

〔註160〕《大正藏》，第三十五冊，頁 521$^{a\sim b}$。

〔註161〕參見《大正藏》，第二十四冊，頁 899^{c}～903^{a}。

〔註162〕參見《存在・自我・神性——印度哲學與宗教思想研究》，中篇，第三章〈自
　　　　我與意識：數論——瑜伽派的思想〉，頁 466～468。

〔註163〕參見《存在・自我・神性——印度哲學與宗教思想研究》，中篇，第二章〈自
　　　　我與實體：實在論的自我概念〉，第二節「一　勝論派自我概念」，頁 406～
　　　　412。

〔註164〕參見《存在・自我・神性——印度哲學與宗教思想研究》，中篇，第二章〈自
　　　　我與實體：實在論的自我概念〉，第一節「一　耆那教論我」，頁 396～399。

生相成之道，〔註165〕在生因的前提之下，並置起來論證道是他生的呢？還是自生的呢？如果是他生的就如同數論學派所主張的因中有果說，如果是自生的就如同勝論學派所主張的因中無果說，所以自然而生的自生與計陰陽變易的共生與他生，乃至陰陽變易的先決條件一陰一陽的一的無因生，不論在道或在儒都是邪因，而邪因所生的道必有過失，以其不知三界都是十二支的流轉之故，所以被流轉無極的諸法所迷惑，以致不自覺知因緣妙有在實相上本是性空真如。

設使清涼澄觀僅止於以此孤證，進行互為他者的會通論證，就不免犯下了在學術上比論異質學理的片面之失。也就是說，以體系嚴明著稱，且多達六十卷的《大方廣佛華嚴經疏》，縱使有效的處理了存在於宗派佛學內部的諸誵問題，但在宗趣通別中，卻不免走漏了重大的理論破綻，如同韓愈與朱熹在建構新儒學體系時，對佛學的比論那樣，缺乏嚴謹性與說服力。〔註166〕

然而，在思想體系建構方法上，受過判教嚴格訓練的清涼澄觀，自有其不同於理學家破碎佛典，乃至於「繁衍叢脞」佛學的理性做法，是以繼《大方廣佛華嚴經疏》之後，清涼澄觀又撰著了以此為基礎的九十卷本的《大方廣佛華嚴經隨疏演義鈔》，以及將此二部鉅著的綱要部分獨立出來，而糅為九卷本的《華嚴經疏鈔玄談》，這三部鉅著都對談玄的《莊子》、虛玄的《老子》與真玄的《周易》等二玄，在一、異、亦一亦異、非一非異的一異四句，以及自生、他生、共生、無因生四句的諸法無自性的實相論之釐辨上，於第十四卷中進行多達四千餘言的「斷義」分論，從而深入道家所有重要的元典，

〔註165〕關於《周易·繫辭傳》的作者，自歐陽修在〈易童子問〉中指出：「何獨《繫辭》焉！『文言』、〈說卦〉而下，皆非聖人之作。而眾說淆亂，亦非一人之言也。昔之學《易》者，雜取以資其講說，而說非一家。……謂其說出於一人，則是繁衍叢脞之言也。其遂以為聖人之作，則又大繆（謬）矣。」便把《繫辭》從孔子的著作之林給清理出去了。《歐陽修全集》，上冊，卷三，《居士集·二》，頁168～169。

〔註166〕關於佛學學者與儒家學者在治學方法與態度上的差異問題，朱熹並不是沒有看到癥結的所在，如其在《朱子語類》卷第一百二十六〈釋氏〉答葉賀孫「釋氏之徒為學專精」之問時說：「便是某常說，吾儒這邊難得如此。看他下工夫，直是自日至夜，無一念走作別處去。學者（吾儒）一時一日之間是多少閒雜念慮，如何得似他！……若吾儒邊人下得這工夫，是甚次第！如今學者有二病：好高、欲速。這都是志向好底如此。一則是所以學者失其旨，二則是所學多端，所以紛紛擾擾，終於無所歸止。」《朱子語類》，第八冊，頁3018。

如《老子》、《莊子》、《列子》及其前諸家注論，如王弼注《老子》、郭象注《莊子》，及其同時人成玄英疏《老子》與《莊子》等等。至於儒家元典，亦從《周易‧繫辭》擴大到韓康伯注《周易‧繫辭》、孔穎達疏《周易》，乃至於《易鈎命訣》、《禮記》等等。最後以「舉正折邪」的論證方式，從「迷倒因緣」、「況出深旨」、「揀濫顯邪」等三個面面俱到的進路，開展析辨之後合會《淨名經》、《涅槃經》、《十地經論》、《中論》、《成唯識論》等諸經經旨與論義，以證立「三界由乎我心」，「通於空有，二文交徹，具德即是圓教」，最後檢挍後世儒家學者對儒家與道家甚至佛家學說近似之處，「皆以言詞小同，不觀前後，本所建立，致欲混和三教」，在或斷章取義、或選擇性論述、或非理性規避上所造成的嚴重弊害，〔註167〕以致早年「欲混和三教」而一無所成的朱熹，終於走上了離析三教之路，而在《朱子語類》卷第一百二十五〈老氏‧莊、列附〉中告訴鄭南升說：

> 楊朱之學出於《老子》，蓋楊朱曾就《老子》學來，故《莊》、《列》之書皆說楊朱。孟子闢楊朱，便是闢《莊》、《老》了。釋氏有一種低底，如梁武帝是得其低底。彼初入中國，也未在。後來到中國，卻竊取老、莊之徒許多說話。〔註168〕

以清涼澄觀為例，可見佛學家及悟入佛學的在俗學者蘇軾這種開放性的學術系統與學術人格，其特質在「兼修儒學，博通內、外、黃、老之學」，〔註169〕史稱明末四大高僧之一的憨山德清，在《憨山老人夢遊集》卷第四十五〈論教源〉中，有精詳的申述，論者認為這是研究佛教文藝學的學者目力之所應及之處，憨山德清說：

> 嘗觀世之百工，技藝之精，而造乎妙者，不可以言傳，效之者，亦不可以言得，況大道之妙，可以口耳授受、語言文字而致哉？蓋在心悟之妙耳！是則不獨參禪貴在妙悟，即「世智辯聰」、「治世語言」、「資生之業」，無有一法不悟而得其妙者。妙則非言可及也，故吾佛聖人說《法華》，則純譚實相，乃至妙法，則未措一詞，但云

〔註167〕 參見：
　　1. 《大方廣佛華嚴經隨疏演義鈔》部分，參見《大正藏》，第三十六冊，頁103^b～106^a。
　　2. 《華嚴經疏鈔玄談》部分，參見《卍續藏》，第五冊，頁818^c～821^b。
〔註168〕 《朱子語類》，第八冊，頁2987～2988。
〔註169〕 《佛光大辭典》，頁6013。

「如是」而已。至若悟妙法者，但云善說法者，「治世語言，資生業等，皆順正法」。而《華嚴》五地聖人，善能通達世間之學，至於陰陽術數，圖、書、印、璽，醫、方、辭、賦，靡不該練。然後可以涉俗利生。……由是觀之。佛法豈絕無世諦？而世諦豈盡非佛法哉？……

竊觀古今衛道藩籬者，在此則曰：「彼外道耳！」在彼則曰：「此異端也。」大而觀之，其猶貴賤偶人，經界太虛，是非日月之光也。是皆不悟自心之妙，而增益其戲論耳。蓋古之聖人無他，特悟心之妙者。一切言教，皆從妙悟心中流出，應機而示淺深者也。故曰：「無不從此法界流，無不還歸此法界。」是故吾人不悟自心，不知聖人之心。不知聖人之心，而擬聖人之言者，譬夫場人之欣戚，雖樂不樂，雖哀不哀，哀樂原不出於己有也，哀樂不出於己，而以己爲有者，吾於釋聖人之言者見之。〔註170〕

憨山德清一方面說的，恰恰是戴著面具治世學而兼涉內學者流，自古而然而且不自見的通弊，如朱熹以其出入釋老十餘年，但卻找不到在學理上具有有效性的融通方法，如前述所申詳者，以致以其不解不悟的思想困境，走到了對佛學片面否證的對立面，而這連帶的使在文藝學文本書寫的命意及手法上，深受華嚴學啓發的蘇軾，也跟著受到疾言厲色式的無端訶責。關於蘇軾與華嚴學的深密聯繫，最早指出的是與蘇軾同時代的「元祐黨人」孔武仲，其在〈謁蘇子瞻因寄〉詩云：

華嚴長者貌古奇。〔註171〕

宋僧釋惠洪在〈荊公東坡警句〉說：

東坡曰：「桑疇雨過羅紈膩，麥隴風來餅餌香。」如《華嚴經》舉因知果，譬如蓮花，方其吐華，而果具蕊中。〔註172〕

清人錢謙益在〈讀蘇長公文〉說：

晚讀《華嚴經》，稱心而談，浩如烟海，無所不有，無所不盡，乃喟然而歎曰：「子瞻之文，其有得於此乎？」文而有得於《華嚴》，則理事法界，開遮湧現，無門庭、無牆壁、無差擇、無擬議，世諦

〔註170〕 《卍續藏》，第七十三冊，頁766^b。

〔註171〕 《宗伯集》，《豫章叢書·集部》，第二冊，頁117。

〔註172〕 《稀見本宋人詩話四種》，頁49。

文字，固已蕩無纖塵，又何自而窺其淺深、議其工拙乎？……少章
知〈魚𩾃冠頌〉之為《華嚴》，而不知他文之皆《華嚴》也。……黃
州已後，得之於釋。吾謂有得於《華嚴》者，信也。〔註173〕

清人王士禎在《帶經堂詩話》卷一〈品藻類〉第二十二則說：

余昔有題《坡集》後絕句云：「淋漓大筆千秋在，字字華嚴法界
來。」〔註174〕

王士禎所云「昔有題」即《漁洋精華錄》卷六所錄之〈冬日讀唐宋金
元諸家詩偶有所感各題一絕於卷後・子瞻〉。清人宋犖在《漫堂說詩》第六
則說：

而余與子瞻彌覺神契，豈所謂來自華嚴境中者，於亦有少夙緣
耶？〔註175〕

清人方東樹在《昭昧詹言》卷十二第二二三則說：

〈百步洪〉……惜抱先生曰：「此詩之妙，詩人無及之者也，惟
有《莊子》耳。」余謂此全從《華嚴》來。〔註176〕

清人劉熙載在《詩概》說：

東坡詩善於空諸所有，又善於無中生有，機括實自禪悟中
來。……滔滔汩汩說去，一轉便見主意，《南華》、《華嚴》最長於
此。〔註177〕

關於朱熹對蘇軾的詆責，以文繁不勝枚舉之故，僅例以三數以概其餘。《朱
子語類》，卷第一百三十，〈本朝四・自熙寧至靖康用人〉載，當童蜚卿問朱
熹王安石與蘇軾的學術問題時，朱熹卻答以非所問的道德論，並以假設法虛
構可能的結果，同時進行學術大忌的人身攻擊說：「二公之學皆不正。但東坡
之德行那裏得似荊公？東坡初年若得用，未必其患不甚於荊公。」〔註178〕又
載以義涵不知著落的「本分」問題，對黃義剛全盤否定蘇軾的學思人格說：「世
上有『依本分』三字，祇是無人肯行。且如蘇氏之學，却成箇物事？」〔註179〕

〔註173〕清・錢謙益著，清・錢曾箋注，錢仲聯校編，《牧齋初學集》，卷八十三，《錢
　　　　牧齋全集》，第三冊，上海古籍出版社，2003，頁1756。
〔註174〕《帶經堂詩話》，上冊，頁46。
〔註175〕清・宋犖著，《漫堂說詩》，《清詩話》，頁418。
〔註176〕《昭昧詹言》，頁299。
〔註177〕清・劉熙載著，《詩概》，《清詩話續編》，下冊，頁2432。
〔註178〕《朱子語類》，第八冊，頁3100。
〔註179〕《朱子語類》，第八冊，頁3101。

意思是指蘇軾的學術文章根本就不成事體，口脗甚爲誣謾。卷第一百三十七，〈戰國漢唐諸子〉亦載，以韓愈〈原道〉、歐陽修〈本論〉的闢佛之論，檢校蘇軾說：「東坡則雜以佛老，到急處便添入佛老，相和傾瞞人。如裝鬼戲，放烟火相似，且遮人眼。」〔註180〕把蘇軾說成假藉佛老裝神弄鬼以欺世盜名之文棍。是以朱熹之見，對後世論及蘇軾文學與佛學互文性論題者，產生同樣「不觀前後」的負面影響，問題是乃弟蘇轍，早就給定了一條研究蘇軾佛教文藝學的坦途，即其在〈亡兄子瞻端明墓誌銘〉所說的：

既而謫居於黃，杜門深居，馳騁翰墨，其文一變，如川之方至，而轍瞠然不能及矣！後讀釋氏書，深悟實相，參之孔、老，博辯無礙，浩然不見其涯也。〔註181〕

所云「深悟實相」，不也正是清涼澄觀，乃至於憨山德清等諸多佛教學者，根據佛經及其論典，所一再開決的諸法即實相的實相論，所「善能通達世間之學」的治學根要？是以論者有理由認爲，以蘇軾做爲研究中國佛教文學的主要對象，在其「靡不該練」，「陰陽術數，圖、書、印、璽，醫、方、辭、賦」，〔註182〕乃至於「涉俗利生」的宰官身身上，具有自身具足的典範性。因此，就現存的文獻而論，從身處中國近古時期的盛宋時代的蘇軾，做爲中國佛教文學時空象限交會的基點出發，在文的方面，望前看到上古晚期漢靈帝（167～189在位）時出家的嚴阿祇梨浮調所造的《沙彌十慧章句·序》開始，〔註183〕望後看到當代僧俗二眾所撰寫的特具文藝美學氛圍的抒情散文如林清玄的菩提系列作品；在詩的方面，望前看到近古早期晉僧康僧淵的〈代

〔註180〕《朱子語類》，第八冊，頁3276。

〔註181〕《蘇轍集》，《欒城後集》，卷第二十二，頁225。

〔註182〕醫指診斷學，方指方劑學，用當代醫藥分流的醫學科學觀來說，分屬醫學與藥劑學兩個不同的專業領域，所以有醫師、藥劑師分行執業之別，而蘇軾對兩者皆精通，一如前述蘇軾服食餌藥注所舉者。

〔註183〕被南朝梁僧釋僧祐輯錄在《出三藏記集》卷第十中，並在傳統總集及文選類禁選佛文字的限制下，直到清嘉慶朝纔被嚴可均錄入《全上古三代秦漢三國六朝文》中，如該書的〈校點前言〉說：「釋氏之書，一般搞輯佚的學者不大重視，但嚴氏獨具慧眼，大量運用這一寶藏進行輯佚和校勘。……在《全文》中引用了釋氏之書九十五種，一千二百九十二次（篇）。」分別參見：

1. 《大正藏》，第五十五冊，頁69^c～70^a。

2. 清·嚴可均輯，陳延嘉等點校主編，《全上古三代秦漢三國六朝文·後漢》，第二冊，石家莊，河北教育出版社，1997，頁993。

3. 《全上古三代秦漢三國六朝文·上古至前漢》，第一冊，頁5。

答張君祖〉，或支道林的〈四月八日讚佛詩〉等系列作品，〔註184〕望後看到當
代僧俗二眾所撰寫的特具文藝美學氛圍的現代詩如周夢蝶、敻虹的作品，都
足以顯明以現代學術方法，在互文性研究上，全方位論述與中國文藝學及文
化學結構甚深的中國佛教文學，是論者之所以選擇蘇軾的創作實踐爲探索的
主要對象，恰恰說明了這祇是一個開始。

〔註184〕 在唐僧釋道宣編撰的《廣弘明集》卷三十〈統歸篇第十〉把支道林的詩編在
　　　　　首位，而逯欽立始編於民國二十九年完成於一九六四年的《先秦漢魏晉南北
　　　　　朝詩》，在〈晉詩〉卷二十〈釋氏〉中，則把康僧淵的詩置於首位。參見：
　　　　　1.《大正藏》，第五十二冊，頁 349^b。
　　　　　2.《先秦漢魏晉南北朝詩》，中冊，頁 1075。

主要參考文獻

說明：本書目僅限於本論文實際徵證與在行文中實際參照部分，以筆數甚夥
之故，執筆前所閱讀與知見文獻，不予臚列。佛典依經藏冊數及朝代
先後排序，世典等文獻清代之前依朝代排序，近人著作依所用現行版
本出版年代排序。

一、蘇軾元典、相關研究與文獻

1. 宋·蘇軾撰，《東坡易傳》，文淵閣《四庫》鈔本。
2. 宋·蘇軾撰，《蘇東坡全集》，臺北，河洛圖書出版社，民64。
3. 宋·蘇軾撰，孔凡禮點校，《蘇軾文集》，北京，中華書局，2004。
4. 宋·蘇軾撰，清·王文誥編註，《蘇文忠公詩編註集成》，浙江，武林韵山堂藏板，嘉慶24（1819）。
5. 宋·蘇軾撰，清·馮應榴輯注，黃任軻、朱懷春點校，《蘇軾詩集合注》，上海古籍出版社，2001。
6. 宋·蘇軾撰，鄒同慶、王宗堂校注，《蘇軾詞編年校注》，北京，中華書局，2007。
7. 宋·蘇軾撰，宋·郎曄注，《經進東坡文集事畧》，續修四庫全書編纂委員會編，《續修四庫全書》，第一三一五冊，上海古籍出版社，1995。
8. 宋·蘇軾撰，孔凡禮整理，《東坡志林》，《全宋筆記》，第一編，第九冊，鄭州，大象出版社，2003。
9. 唐玲玲、周偉民著，《蘇軾思想研究》，臺北，文史哲出版社，民85。
10. 木齋著，《蘇東坡研究》，桂林，廣西師範大學出版社，1998。
11. 衣若芬著，《蘇軾題畫文學研究》，臺北，文津出版有限公司，1999。
12. 曾棗莊主編，《蘇詩彙評》，成都，四川文藝出版社，2000。

13. 曾棗莊等著，《蘇軾研究史》，南京，江蘇教育出版社，2001。

14. 劉石著，《論蘇軾與佛教》，《中國佛教學術論典》，第三十八冊，高雄，佛光山文教基金會，2001。

15. 黃啓方著，《東坡的心靈世界》，臺北，臺灣學生書局，2002。

16. 宋‧王宗稷編，《東坡先生年譜》，吳洪澤、尹波主編，《宋人年譜叢刊》，第四冊，成都，四川大學出版社，2003。

17. 宋‧施宿編，《東坡先生年譜》，《宋人年譜叢刊》，第五冊，成都，四川大學出版社，2003。

18. 冷成金著，《蘇軾的哲學觀與文藝觀》，北京，學苑出版社，2004。

19. 陳中浙著，《蘇軾書畫藝術與佛教》，北京，商務印書館，2004。

20. 四川大學中文系唐宋文學研究室編，《蘇軾資料彙編》，北京，中華書局，2004。

21. 孔凡禮著，《蘇軾年譜》，北京，中華書局，2005。

二、佛教元典

1. 東晉‧瞿曇僧伽提婆譯，《中阿含經》，《大正藏》，第一冊，臺北，傳正，2001。以下縮署爲：《大正藏》，第一冊。

2. 東晉‧法顯譯，《大般涅槃經》，《大正藏》，第一冊。

3. 後秦‧佛陀耶舍共竺佛念譯，《長阿含經》，《大正藏》，第一冊。

4. 隋‧瞿曇法智譯，《佛爲首迦長者說業報差別經》，《大正藏》，第一冊。

5. 隋‧闍那崛多等譯，《起世經》，《大正藏》，第一冊。

6. 隋‧達摩笈多譯，《起世因本經》，《大正藏》，第一冊。

7. 後漢‧安世高譯，《佛說七處三觀經》，《大正藏》，第二冊。

8. 後漢‧安世高譯，《佛說阿含正行經》，《大正藏》，第二冊。

9. 劉宋‧求那跋陀羅譯，《雜阿含經》，《大正藏》，第二冊。

10. 失譯，《別譯雜阿含經》，《大正藏》，第二冊。

11. 東晉‧瞿曇僧伽提婆譯，《增壹阿含經》，《大正藏》，第二冊。

12. 吳‧支謙譯，《太子瑞應本起經》，《大正藏》，第三冊。

13. 西晉‧竺法護譯，《生經》，《大正藏》，第三冊。

14. 後漢‧失譯，《大方便佛報恩經》，《大正藏》，第三冊。

15. 北涼‧曇無讖譯，《悲華經》，《大正藏》，第三冊。

16. 劉宋‧求那跋陀羅譯，《過去現在因果經》，《大正藏》，第三冊。

17. 隋‧闍那崛多譯，《佛本行集經》，《大正藏》，第三冊。

18. 唐‧地婆訶羅譯，《方廣大莊嚴經》，《大正藏》，第三冊。

19. 唐・般若譯，《大乘本生心地觀經》，《大正藏》，第三冊。

20. 宋・法賢譯，《眾許摩訶帝經》，《大正藏》，第三冊。

21. 失譯人名附後漢錄，《雜譬喻經》，《大正藏》，第四冊。

22. 尊者法救撰，吳・維祇難等譯，《法句經》，《大正藏》，第四冊。

23. 尊者僧伽斯那撰，蕭齊・求那毗地譯，《百喻經》，《大正藏》，第四冊。

24. 馬鳴菩薩造，北涼・曇無讖譯，《佛所行讚》，《大正藏》，第四冊。

25. 馬鳴菩薩造，後秦・鳩摩羅什譯，《大莊嚴論經》，《大正藏》，第四冊。

26. 宋・釋寶雲譯，《佛本行經》，《大正藏》，第四冊。

27. 唐・澄觀撰，《大方廣佛華嚴經疏》，《大正藏》，第五冊。

28. 唐・玄奘譯，《大般若波羅蜜多經》，《大正藏》，第五～七冊。

29. 東晉・法顯譯，《大般涅槃經》，《大正藏》，第七冊。

30. 後漢・支婁迦讖譯，《道行般若經》，《大正藏》，第八冊。

31. 西晉・無羅叉譯，《放光般若經》，《大正藏》，第八冊。

32. 西晉・竺法護譯，《光讚經》，《大正藏》，第八冊。

33. 後秦・鳩摩羅什譯，《摩訶般若波羅蜜經》，《大正藏》，第八冊。

34. 姚秦，鳩摩羅什譯，《金剛般若波羅蜜經》，《大正藏》，第八冊。

35. 元魏・菩提流支譯，《金剛般若波羅蜜經》，《大正藏》，第八冊。

36. 梁・曼陀羅仙譯，《文殊師利所說摩訶般若波羅蜜經》，《大正藏》，第八冊。

37. 唐・般若譯，《大乘理趣六波羅蜜多經》，《大正藏》，第八冊。

38. 唐・玄奘譯，《般若波羅蜜多心經》，《大正藏》，第八冊。

39. 宋・法賢譯，《佛說最上根本大樂金剛不空三昧大教王經》，《大正藏》，第八冊。

40. 宋・施護譯，《佛說佛母出生三法藏般若波羅蜜多經》，《大正藏》，第八冊。

41. 晉・佛馱跋陀羅譯，《大方廣佛華嚴經》，《大正藏》，第九冊。

42. 西晉・竺法護譯，《正法華經》，《大正藏》，第九冊。

43. 後秦・鳩摩羅什譯，《妙法蓮華經》，《大正藏》，第九冊。

44. 元魏・菩提留支譯，《大薩遮尼乾子所說經》，《大正藏》，第九冊。

45. 北涼・失譯人名譯，《金剛三昧經》，《大正藏》，第九冊。

46. 晉・竺法護譯，《度世品經》，《大正藏》，第十冊。

47. 晉・般若譯，《大方廣佛華嚴經》，《大正藏》，第十冊。

48. 唐・實叉難陀譯，《大方廣佛華嚴經》，《大正藏》，第十冊。

49. 唐‧般若三藏譯，《大方廣佛華嚴經入不思議解脫境界普賢行願品》，《大正藏》，第十冊。

50. 唐‧尸羅達摩譯，《佛說十地經》，《大正藏》，第十冊。

51. 唐‧義淨譯，《大寶積經》，《大正藏》，第十一冊。

52. 宋‧施護譯，《尼拘陀梵志經》，《大正藏》，第十一冊。

53. 曹魏‧康僧鎧譯，《佛說無量壽經》，《大正藏》，第十二冊。

54. 吳‧支謙譯，《佛說阿彌陀三耶三佛薩樓佛檀過度人道經》，《大正藏》，第十二冊。

55. 東晉‧法顯譯，《佛說大般泥洹經》，《大正藏》，第十二冊。

56. 元魏‧曇摩流支譯，《如來莊嚴智慧光明入一切佛境界經》，《大正藏》，第十二冊。

57. 北涼‧曇無讖譯，《大般涅槃經》，《大正藏》，第十二冊。

58. 劉宋‧慧嚴等合譯，《大般涅槃經》（南本），《大正藏》，第十二冊。

59. 劉宋‧畺良耶舍譯，《佛說觀無量壽佛經》，《大正藏》，第十二冊。

60. 劉宋‧王日休校輯，《佛說大阿彌陀經》，《大正藏》，第十二冊。

61. 北涼‧曇無讖譯，《大方等大集經》，《大正藏》，第十三冊。

62. 唐‧玄奘譯，《大乘大集地藏十輪經》，《大正藏》，第十三冊。

63. 吳‧支謙譯，《佛說萍沙王五願經》，《大正藏》，第十四冊。

64. 吳‧支謙譯，《佛說維摩詰經》，《大正藏》，第十四冊。

65. 北涼‧譯者不詳，《優婆夷淨行法門經》，《大正藏》，第十四冊。

66. 姚秦‧鳩摩羅什譯，《維摩詰所說經》，《大正藏》，第十四冊。

67. 姚秦‧鳩摩羅什譯，《佛說千佛因緣經》，《大正藏》，第十四冊。

68. 元魏‧菩提流支譯，《佛說佛名經》，《大正藏》，第十四冊。

69. 隋‧達磨笈多譯，《佛說藥師如來本願經》，《大正藏》，第十四冊。

70. 唐‧玄奘譯，《藥師琉璃光如來本願功德經》，《大正藏》，第十四冊。

71. 唐‧義淨譯，《藥師琉璃光七佛本願功德經》，《大正藏》，第十四冊。

72. 東晉‧佛陀跋陀羅譯，《佛說觀佛三昧海經》，《大正藏》，第十五冊。

73. 高齊‧那連提耶舍譯，《月燈三昧經》，《大正藏》，第十五冊。

74. 姚秦‧鳩摩羅什譯，《佛說華手經》，《大正藏》，第十六冊。

75. 元魏‧菩提留支譯，《入楞伽經》，《大正藏》，第十六冊。

76. 北涼‧曇無讖譯，《金光明經》，《大正藏》，第十六冊。

77. 梁‧曼陀羅仙共僧伽婆羅譯‧《大乘寶雲經》，《大正藏》，第十六冊。

78. 劉宋‧求那跋陀羅譯，《楞伽阿跋多羅寶經》，《大正藏》，第十六冊。

79. 唐·地婆訶羅譯，《大乘密嚴經》，《大正藏》，第十六冊。

80. 唐·不空三藏譯，《大乘密嚴經》，《大正藏》，第十六冊。

81. 唐·義淨譯，《金光明最勝王經》，《大正藏》，第十六冊。

82. 後漢·迦葉摩騰共法蘭譯，《四十二章經》，《大正藏》，第十七冊。

83. 〔題〕唐·佛陀多羅譯，《大方廣圓覺修多羅了義經》，《大正藏》，第十七冊。

84. 〔題〕唐·般剌蜜諦譯，《大佛頂如來密因修證了義諸菩薩萬行首楞嚴經》，《大正藏》，第十九冊。

85. 唐·伽梵達摩譯，《千手千眼觀世音菩薩廣大圓滿無礙大悲心陀羅尼經》，《大正藏》，第二十冊。

86. 吳·竺律炎共支謙譯，《摩登伽經》，《大正藏》，第二十一冊。

87. 東晉·帛尸梨蜜多羅譯，《佛說灌頂經·佛說灌頂伏魔封印大神咒經》，《大正藏》，第二十一冊。

88. 東晉·帛尸梨蜜多羅譯，《佛說灌頂經·佛說灌頂拔除過罪生死得度經》，《大正藏》，第二十一冊。

89. 北齊·萬天懿譯，《尊勝菩薩所問一切諸法入無量門陀羅尼經》，《大正藏》，第二十一冊。

90. 無著造，唐·玄奘譯，《顯揚聖教論》，《大正藏》，第二十一冊。

91. 姚秦·佛陀耶舍共竺佛念等譯，《四分律》，《大正藏》，第二十二冊。

92. 唐·義淨譯，《根本說一切有部毘奈耶》，《大正藏》，第二十三冊。

93. 東晉·佚名譯，《舍利弗問經》，《大正藏》，第二十四冊。

94. 姚秦·鳩摩羅什譯，《梵網經盧舍那佛說菩薩心地戒品第十》，《大正藏》，第二十四冊。

95. 姚秦·竺佛念譯，《菩薩瓔珞本業經》，《大正藏》，第二十四冊。

96. 龍樹造，後秦·鳩摩羅什譯，《大智度論》，《大正藏》，第二十五冊。

97. 無著菩薩造頌，世親菩薩釋，唐·義淨譯，《能斷金剛般若波羅蜜多經論釋》，《大正藏》，第二十五冊。

98. 天親菩薩造，後魏·菩提流支等譯《十地經論》，《大正藏》，第二十六冊。

99. 天親菩薩造，陳·真諦譯，《遺教經論》，《大正藏》，第二十六冊。

100. 親光菩薩等造，唐·玄奘譯，《佛地經論》，《大正藏》，第二十六冊。

101. 尊者迦多衍尼子造，唐·玄奘譯，《阿毘達磨發智論》，《大正藏》，第二十六冊。

102. 尊者大目乾連造，唐·玄奘譯，《阿毘達磨法蘊足論》，《大正藏》，第二

十六冊。

103. 尊者舍利子説，唐・玄奘譯，《阿毘達磨集異門足論》，《大正藏》，第二十六冊。

104. 五百大阿羅漢等造，唐・玄奘譯，《阿毘達磨大毘婆沙論》，《大正藏》，第二十七冊。

105. 姚秦・曇摩耶舍共曇摩崛多等譯，《舍利弗阿毘曇論》，《大正藏》，第二十八冊。

106. 迦游延子造，五百羅漢釋，北涼・浮陀跋摩共道泰等譯，《阿毘曇毘婆沙論》，《大正藏》，第二十八冊。

107. 尊者法救造，劉宋・僧伽跋摩等譯，《雜阿毘曇心論》，《大正藏》，第二十八冊。

108. 尊者世親造，唐・玄奘譯，《阿毘達磨俱舍論》，《大正藏》，第二十九冊。

109. 眾賢造，唐・玄奘譯，《阿毘達磨順正理論》，《大正藏》，第二十九冊。

110. 劉宋・求那跋摩譯《菩薩善戒經》，《大正藏》，第三十冊。

111. 龍勝菩薩造，無著菩薩釋，元魏・般若流支譯，《順中論義入大般若波羅蜜經初品法門》，《大正藏》，第三十冊。

112. 龍樹菩薩造，梵志青目釋，姚秦・鳩摩羅什譯，《中論》，《大正藏》，第三十冊。

113. 龍樹菩薩偈，分別明菩薩釋論，唐・波羅頗蜜多羅譯，《般若燈論釋》，《大正藏》，第三十冊。

114. 彌勒菩薩説，唐・玄奘譯，《瑜伽師地論》，《大正藏》，第三十冊。

115. 聖天菩薩本，護法菩薩釋，唐・玄奘譯，《大乘廣百論釋論》，《大正藏》，第三十冊。

116. 天親菩薩造，陳・眞諦譯，《中邊分別論》，《大正藏》，第三十一冊。

117. 龍樹菩薩造，陳・眞諦譯，《十八空論》，《大正藏》，第三十一冊。

118. 堅慧造，後魏・勒那摩提譯，《究竟一乘寶性論》，《大正藏》，第三十一冊。

119. 安慧菩薩糅寫，唐・玄奘譯，《大乘阿毘達磨雜集論》，《大正藏》，第三十一冊。

120. 訶梨跋摩造，姚秦・鳩摩羅什譯，《成實論》，《大正藏》，第三十二冊。

121. 提波菩薩造，後魏・菩提流支譯，《提婆菩薩釋楞伽經中外道小乘涅槃論》，《大正藏》，第三十二冊。

122. 〔題〕馬鳴菩薩造，梁・代眞諦譯，《大乘起信論》，《大正藏》，第三十二冊。

123. 龍樹菩薩造，姚秦·筏提摩多譯，《釋摩訶衍論》，《大正藏》，第三十二冊。

124. 〔題〕龍樹造，唐·不空譯，《金剛頂瑜伽中發阿耨多羅三藐三菩提心論》，《大正藏》，第三十二冊。

125. 陳·真諦譯，《佛說立世阿毘曇論》，《大正藏》，第三十二冊。

126. 隋·智者大師說，隋·灌頂筆記，《妙法蓮華經玄義》，《大正藏》，第三十三冊。

127. 唐·湛然述，《法華玄義釋籤》，《大正藏》，第三十三冊。

128. 唐·窺基撰，《大般若波羅蜜多經般若理趣分述讚》，《大正藏》，第三十三冊。

129. 唐·智儼述，《佛說金剛般若波羅蜜經略疏》，《大正藏》，第三十三冊。

130. 唐·宗密述，宋·子璿治定，《金剛般若經疏論纂要》，《大正藏》，第三十三冊。

131. 隋·智者大師說，隋·灌頂記，《仁王護國般若經疏》，《大正藏》，第三十三冊。

132. 隋·智顗說，《妙法蓮華經文句》，《大正藏》，第三十四冊。

133. 隋·智者大師說，隋·灌頂記，觀音義疏》，《大正藏》，第三十四冊。

134. 唐·澄觀撰，《大方廣佛華嚴經疏》，《大正藏》，第三十五冊。

135. 唐·法藏述，《華嚴經探玄記》，《大正藏》，第三十五冊。

136. 唐·澄觀述，《大方廣佛華嚴經隨疏演義鈔》，《大正藏》，第三十六冊。

137. 唐·李通玄所撰，《新華嚴經論》，《大正藏》，第三十六冊。

138. 隋·嘉祥吉藏撰，《勝鬘寶窟》，《大正藏》，第三十七冊。

139. 宋·釋元照述，《觀無量壽佛經義疏》，《大正藏》，第三十七冊。

140. 東晉·慧遠法師撰，《維摩義記》，《大正藏》，第三十八冊。

141. 隋·章安灌頂撰，唐·荊溪湛然再治，《大般涅槃經疏》，《大正藏》，第三十八冊。

142. 隋·灌頂撰，《大般涅槃經玄義》，《大正藏》，第三十八冊。

143. 唐·新羅僧元曉撰，《涅槃宗要》，《大正藏》，第三十八冊。

144. 唐·窺基撰，《觀彌勒上生兜率天經贊》，《大正藏》，第三十八冊。

145. 新羅·憬興撰，《三彌勒經疏·彌勒上生經料簡記》，《大正藏》，第三十八冊。

146. 唐·宗密撰，《圓覺經略疏》，《大正藏》，第三十九冊。

147. 宋·長水子璿集，《首楞嚴義疏注經》，《大正藏》，第三十九冊。

148. 宋·寶臣述，《注大乘入楞伽經》，《大正藏》，第三十九冊。

149. 唐・釋道宣撰述，《四分律刪繁補闕行事鈔》《大正藏》，第四十冊。

150. 唐・新羅沙門義寂撰，《菩薩戒本疏》，《大正藏》，第四十冊。

151. 宋・釋元照撰，《四分律行事鈔資持記》《大正藏》，第四十冊。

152. 唐・法寶撰，《俱舍論疏》，《大正藏》，第四十一冊。

153. 唐・圓暉撰，《阿毘達磨俱舍論頌疏論本》，《大正藏》，第四十一冊。

154. 隋・釋吉藏撰，《中觀論疏》，《大正藏》，第四十二冊。

155. 唐・窺基撰，《瑜伽師地論略纂》，《大正藏》，第四十三冊。

156. 唐・窺基撰，《成唯識論掌中樞要》，《大正藏》，第四十三冊。

157. 東晉・慧遠法師撰，《大乘義章》，《大正藏》，第四十四冊。

158. 唐・窺基撰，《因明入正理論疏》，《大正藏》，第四十四冊。

159. 宋・長水子璿在《起信論疏筆削記》，《大正藏》，第四十四冊。

160. 後秦・釋僧肇撰，《肇論》，《大正藏》，第四十五冊。

161. 後秦・釋僧肇撰，《寶藏論》，《大正藏》，第四十五冊。

162. 唐・釋元康撰，《肇論疏》，《大正藏》，第四十五冊。

163. 隋・胡吉藏撰《二諦義》，《大正藏》，第四十五冊。

164. 唐・杜順撰的《華嚴五教止觀》，《大正藏》，第四十五冊。

165. 唐・法藏述，《華嚴一乘教義分齊章》，《大正藏》，第四十五冊。

166. 唐・法藏述，宋・承遷註《大方廣佛華嚴經金師子章註》，《大正藏》，第四十五冊。

167. 唐・法藏述，《華嚴經義海百門》，《大正藏》，第四十五冊。

168. 唐・宗密註，《註華嚴法界觀門》，《大正藏》，第四十五冊。

169. 唐・宗密述，《華嚴原人論》，《大正藏》，第四十五冊。

170. 唐・澄觀述，《華嚴法界玄鏡》，《大正藏》，第四十五冊。

171. 唐・窺基撰，《大乘法苑義林章》，《大正藏》，第四十五冊。

172. 宋・廣智本嵩述，《華嚴七字經題法界觀三十門頌》，《大正藏》，第四十五冊。

173. 隋・智者大師說，隋・章安灌頂記，《摩訶止觀》，《大正藏》，第四十六冊。

174. 隋・智者大師說，隋・章安灌頂記，《四念處》，《大正藏》，第四十六冊。

175. 唐・湛然述，《止觀輔行傳弘決》，《大正藏》，第四十六冊。

176. 唐・湛然述，《金剛錍》，《大正藏》，第四十六冊。

177. 唐・湛然述，《止觀大意》，《大正藏》，第四十六冊。

178. 宋・四明知禮述，《十不二門指要鈔》，《大正藏》，第四十六冊。

179. 後秦・釋僧肇選注，《注維摩詰經》，《大正藏》，第四十七冊。

180. 唐・曹山本寂撰，《撫州曹山元證禪師語錄》，《大正藏》，第四十七冊。

181. 唐・臨濟義玄法語，唐・三聖慧然編集，《鎮州臨濟慧照禪師語錄》，《大正藏》，第四十七冊。

182. 唐・靈祐撰，明・語風圓信、郭凝之編，《潭州潙山靈祐禪師語錄》，《大正藏》，第四十七冊。

183. 唐・法眼文益撰，明・語風圓信、郭凝之編，《金陵清涼院文益禪師語錄》，《大正藏》，第四十七冊。

184. 唐・洞山良价撰，慧印校訂，《筠州洞山悟本禪師語錄》，《大正藏》，第四十七冊。

185. 唐・懷感撰，《釋淨土羣疑論》，《大正藏》，第四十七冊。

186. 五代・雲門文偃述，明識守堅集，《雲門匡眞禪師廣錄》，《大正藏》，第四十七冊。

187. 宋・黃龍慧南撰，宋・惠泉編，《黃龍慧南禪師語錄》，《大正藏》，第四十七冊。

188. 宋・黃龍慧南撰，〔日〕東晙輯，《黃龍慧南禪師語錄續補》，《大正藏》，第四十七冊。

189. 宋・汾陽善昭撰，石霜楚圓集，《汾陽無德禪師語錄》，《大正藏》，第四十七冊。

190. 宋・慧日蘊聞撰，《大慧普覺禪師語錄》，《大正藏》，第四十七冊。

191. 宋・慧日蘊聞撰，宋・道謙編，《大慧普覺禪師宗門武庫》，《大正藏》，第四十七冊。

192. 宋・圓悟克勤撰，宋・紹隆等編，《圓悟佛果禪師語錄》，《大正藏》，第四十七冊。

193. 宋・僧密菴咸傑撰，宋・崇岳了悟等編，《密菴和尚住衢州西烏巨山乾明禪院語錄》，《大正藏》，第四十七冊。

194. 宋・楊岐方會撰，宋・保寧仁勇、白雲守端編，《楊岐方會和尚語錄》，《大正藏》，第四十七冊。

195. 宋・法演撰，宋・才良等編集，《法演禪師語錄》，《大正藏》，第四十七冊。

196. 宋・慈照子元編，元・虎溪尊者廣編，《廬山蓮宗寶鑑》，《大正藏》，第四十七冊。

197. 宋・王日休撰，《龍舒增廣淨土文》，《大正藏》，第四十七冊。

198. 宋・宗曉編，《樂邦遺稿》，《大正藏》，第四十七冊。

199. 元‧天如惟則著，明‧雲棲袾宏編，《淨土或問》，《大正藏》，第四十七冊。

200. 明‧雲棲袾宏輯，《往生集》，《大正藏》，第四十七冊。

201. 梁‧菩提達磨撰，《少室六門》，《大正藏》，第四十八冊。

202. 唐‧弘忍述，《最上乘論》，《大正藏》，第四十八冊。

203. 唐‧法海集記，《南宗頓教最上大乘摩訶般若波羅蜜經六祖惠能大師於韶州大梵寺施法壇經》，《大正藏》，第四十八冊。

204. 唐‧僧璨撰，《信心銘》，《大正藏》，第四十八冊。

205. 宋‧延壽述，《萬善同歸集》，《大正藏》，第四十八冊。

206. 宋‧擇賢撰，元‧永中補，明‧如𡊨續補，《緇門警訓》，《大正藏》，第四十八冊。

207. 宋‧高麗僧普照知訥撰，《高麗國普照禪師修心訣》，《大正藏》，第四十八冊。

208. 元‧宗寶編，《六祖大師法寶壇經》，《大正藏》，第四十八冊。

209. 唐‧百丈懷海原著，明‧德輝奉勅重編，《勅修百丈清規》，《大正藏》，第四十八冊。

210. 唐‧宗密述，《禪源諸詮集都序》，《大正藏》，第四十八冊。

211. 唐‧黃檗希運述，唐‧裴休集錄，《黃檗山斷際禪師傳心法要》，《大正藏》，第四十八冊。

212. 〔題〕唐‧玄覺禪師撰，《永嘉證道歌》，《大正藏》，第四十八冊。

213. 宋‧佛果圜悟禪師編撰，《碧巖錄》，《大正藏》，第四十八冊。

214. 宋‧正覺正覺撰，宋‧宗法、集成等編，《宏智禪師廣錄》，《大正藏》，第四十八冊。

215. 宋‧晦巖智昭編著，《人天眼目》，《大正藏》，第四十八冊。

216. 宋‧擇賢撰，元‧永中補，明‧僧如𡊨續補，《緇門警訓》，《大正藏》，第四十八冊。

217. 宋‧無門慧開撰，彌衍宗紹編，《禪宗無門關》，《大正藏》，第四十八冊。

218. 後漢‧安世高譯，《迦葉結經》，《大正藏》，第四十九冊。

219. 宋‧志磐撰，《佛祖統紀》，《大正藏》，第四十九冊。

220. 元‧念常著，《佛祖歷代通載》，《大正藏》，第四十九冊。

221. 元‧覺岸寶州編集再治，《釋氏稽古略》，《大正藏》，第四十九冊。

222. 東魏‧楊衒之撰，《洛陽伽藍記》，《大正藏》，第五十冊。

223. 梁‧釋慧皎撰，《高僧傳》，《大正藏》，第五十冊。

224. 唐‧釋道宣撰，《續高僧傳》，《大正藏》，第五十冊。

225. 宋・贊寧撰・《宋高僧傳》,《大正藏》,第五十冊。

226. 唐・玄奘述,唐・辯機撰,《大唐西域記》,《大正藏》,第五十一冊。

227. 唐・不著撰人撰,《曆代法寶記》,《大正藏》,第五十一冊。

228. 唐・慧祥撰,《古清涼傳》,《大正藏》,第五十一冊。

229. 宋・道原撰,《景德傳燈錄》,《大正藏》,第五十一冊。

230. 宋・釋契嵩編修,《傳法正宗記》,《大正藏》,第五十一冊。

231. 明・圓極居頂編,《續傳燈錄》,《大正藏》,第五十一冊。

232. 東漢・牟融撰,《理惑論》,梁・釋僧祐編撰,《弘明集》,《大正藏》,第五十二冊。

233. 唐・釋道宣編撰,《廣弘明集》,《大正藏》,第五十二冊。

234. 宋・契嵩撰,《鐔津文集》,《大正藏》,第五十二冊。

235. 元・祥邁錄撰,《辯偽錄》,《大正藏》,第五十二冊。

236. 唐・道世撰,《法苑珠林》,《大正藏》,第五十三冊。

237. 唐・慧琳撰,《一切經音義》,《大正藏》,第五十四冊。

238. 宋・普潤大師法雲編,《翻譯名義集》,《大正藏》,第五十四冊。

239. 梁・釋僧祐撰,《出三藏記集》,《大正藏》,第五十五冊。

240. 唐・智昇撰,《開元釋教錄》,《大正藏》,第五十五冊。

241. 唐・圓照撰,《貞元新定釋教目錄》,《大正藏》,第五十五冊。

242. 宋・高麗沙門義天錄,《新編諸宗教藏總錄》,《大正藏》,第五十五冊。

243. 唐・淨覺集,《楞伽師資記》,《大正藏》,第八十五冊。

244. 〔疑唐佚名〕撰,《攝大乘論章卷第一》,《大正藏》,第八十五冊。

245. 不著撰人撰,《本業瓔珞經疏》,《大正藏》,第八十五冊。

246. 〔疑宋〕・失譯人譯,《大梵天王問佛決疑經》,《卍新纂續藏經》,第一冊,日本,東京,株式會社國書刊行會,平成 1(1989)。以下縮署爲:《卍續藏》,第一冊。

247. 唐・澄觀別行疏,唐・圭峯宗密隨疏鈔,《大方廣佛華嚴經普賢行願品別行疏鈔》,《卍續藏》,第五冊。

248. 唐・澄觀撰,《華嚴經疏鈔玄談》,《卍續藏》,第五冊。

249. 宋・周琪編纂,《大方廣圓覺脩多羅了義經夾頌集解講義》,《卍續藏》,第十冊。

250. 宋・釋行霆撰,《圓覺經類解》,《卍續藏》,第十冊。

251. 宋・釋智聰述,《圓覺經心鏡》,《卍續藏》,第十冊。

252. 宋・長水子璿疏注,宋・懷遠製鈔,《首楞嚴經義疏釋要鈔》,《卍續藏》,

第十一冊。

253. 元・天如惟則會解，明・傳燈圓通疏，《楞嚴經圓通疏》，《卍續藏》，第十二冊。

254. 明・交光眞鑑述，《楞嚴經正脉疏》，《卍續藏》，第十二冊。

255. 明・雲棲袾宏述，《楞嚴經摸象記》，《卍續藏》，第十二冊。

256. 清・錢謙益鈔，《楞嚴經疏解蒙鈔》，《卍續藏》，第十三冊。

257. 靈耀述，《大佛頂如來密因修證了義諸菩薩萬行首楞嚴經觀心定解》，《卍續藏》，第十五冊。

258. 明・曾鳳儀撰，《楞嚴經宗通》，《卍續藏》，第十六冊。

259. 隋・胡吉藏撰，《維摩經略疏》，《卍續藏》，第十九冊。

260. 清・舟述，《大乘本生心地觀經淺註懸示》，《卍續藏》，第二十一冊。

261. 明・永樂皇帝選編，《金剛經註解》，《卍續藏》，第二十四冊。

262. 明・宗鏡禪師述，明・覺連重集，《銷釋金剛經科儀會要註解》，《卍續藏》，第二十四冊。

263. 明・廣伸述，《金剛般若波羅蜜經鎞》，《卍續藏》，第二十五冊。

264. 清・溥畹述，《金剛般若波羅蜜經心印疏》，《卍續藏》，第二十五冊。

265. 宋・守千集，《般若心經幽贊崆峒記》，《卍續藏》，第二十六冊。

266. 明・無依道人徐昌治解，明・徐升貞等校，《般若心經解》，《卍續藏》，第二十六冊。

267. 明・一笠道人嘿壺謝子觀光釋，《般若心經釋疑》，《卍續藏》，第二十六冊。

268. 唐・道宣述，明・通潤箋，《法華經大窾》，《卍續藏》，第三十一冊。

269. 明・憨山德清述，《法華經通義》，《卍續藏》，第三十一冊。

270. 明・蕅益智旭述，《妙法蓮華經臺宗會義》，《卍續藏》，第三十二冊。

271. 吳越・清凉撰，《四分律行事鈔簡正記》，《卍續藏》，第四十三冊。

272. 明・釋弘贊輯，《四分律名義標釋》，《卍新纂續藏經》，第四十四冊。

273. 明・鎮澄著，《物不遷正量論》，《卍續藏》，第五十四冊。

274. 明・眞界解，《物不遷論辯解》，《卍續藏》，第五十四冊。

275. 清・源洪通潤述，《起信論續疏》，《卍續藏》，第四十五冊。

276. 唐・玄奘造頌，明・普泰補註，明・明昱證義，《八識規矩補註證義》，《卍續藏》，第五十五冊。

277. 宋・了然述，《大乘止觀法門宗圓記》，《卍續藏》，第五十五冊。

278. 明・憨山德清述，《八識規矩通說》，《卍續藏》，第五十五冊。

279. 宋・宗曉編，《施食通覽》，《卍續藏》，第五十七冊。

280. 佚名撰，《臺宗十類因革論》，《卍續藏》，第五十七冊，

281. 明・莊廣還輯，《淨土資糧全集》，《卍續藏》，第六十一冊。

282. 明・覺明妙行說，常攝集，《西方確指》，《卍續藏》，第六十二冊。

283. 清・彭際清撰，《觀河集節鈔》，《卍續藏》，第六十二冊。

284. 梁・菩提達摩撰，《達磨大師破相論》，《卍續藏》，第六十三冊。

285. 唐・宗密答，唐・裴相國問，《中華傳心地禪門師資承襲圖》，《卍續藏》，第六十三冊。

286. 唐・慧海撰，《頓悟入道要門論》，《卍續藏》，第六十三冊。

287. 宋・慧洪覺範撰，覺慈編，《智證傳》，《卍續藏》，第六十三冊。

288. 朝鮮・曹谿退隱述，《禪家龜鑑》，《卍續藏》，第六十三冊。

289. 明・盧一方覺著，《宗門玄鑑圖》，《卍續藏》，第六十三冊。

290. 宋・睦庵善卿編，《祖庭事苑》，《卍續藏》，第六十四冊。

291. 清・呆翁行悅編，《列祖提綱錄》，《卍續藏》，第六十四冊。

292. 清・淨慧居士較定，《禪林寶訓合註》，《卍續藏》，第六十四冊。

293. 宋・法宏、道謙編，《禪宗雜毒海》，《卍續藏》，第六十五冊。

294. 宋・法應集，元・普會續集，《禪宗頌古聯珠通集》，《卍續藏》，第六十五冊。

295. 元・永盛註，《竺原禪師註證道歌》，《卍續藏》，第六十五冊。

296. 清・超溟著，《萬法歸心錄》，《卍續藏》，第六十五冊。

297. 清・三山燈來撰，清・性統編，《三山來禪師五家宗旨纂要》，《卍續藏》，第六十五冊。

298. 宋・宗杲集并著語，《正法眼藏》，《卍續藏》，第六十七冊。

299. 宋・天童正覺撰，《萬松老人評唱天童覺和尚拈古請益錄》，《卍續藏》，第六十七冊。

300. 宋・賾藏主集，《古尊宿語錄》，《卍續藏》，第六十八冊。

301. 宋・馬防撰，《續古尊宿語要》，《卍續藏》，第六十八冊。

302. 清・世宗雍正皇帝御製，《御選語錄》，《卍續藏》，第六十八冊。

303. 唐・龐蘊撰，唐・于頔編，《龐居士語錄》，《卍續藏》，第六十九冊。

304. 唐・雪峯義存撰，明・林弘衍編，《雪峯眞覺禪師語錄》，《卍續藏》，第六十九冊。

305. 宋・圜悟克勤撰，宋・子文編，《佛果圜悟眞覺禪師心要》，《卍續藏》，第六十九冊。

306. 宋・晦堂祖心述，宋・子和錄，《寶覺祖心禪師語錄》，《卍續藏》，第六十九冊。

307. 宋・佛智廣聞撰，宋・道隆編，《偃溪廣聞禪師語錄》，《卍續藏》，第六十九冊。

308. 宋・無門慧開撰，《無門慧開禪師語錄》，《卍續藏》，第六十九冊。

309. 宋・死心悟新撰，《死心悟新禪師語錄》，《卍續藏》，第六十九冊。

310. 明・普菴撰，《普菴印肅禪師語錄》，《卍續藏》，第六十九冊。

311. 元・天如惟則撰，《師子林天如和尚語錄》，《卍續藏》，第七十冊。

312. 元・古林禪師撰，元・元浩編，《古林清茂禪師語錄》，《卍續藏》，第七十一冊。

313. 元・元叟行端述，《慧文正辯佛日普照元叟端禪師語錄》，《卍續藏》，第七十一冊。

314. 元・梵琦撰，元・簪谿了廣編，《楚石梵琦禪師語錄》，《卍續藏》，第七十一冊。

315. 宋・慧暉撰，《淨慈慧暉禪師語錄》，《卍續藏》，第七十二冊。

316. 元・宗寶道獨述，《長慶宗寶獨禪師語錄》，《卍續藏》，第七十二冊。

317. 明・明凡錄，明・祁駿佳編，《會稽雲門湛然澄禪師語錄》，《卍續藏》，第七十二冊。

318. 明・元賢撰，明・爲霖道霈重編，《永覺元賢禪師廣錄》，《卍續藏》，第七十二冊。

319. 唐・玄沙師備撰，明・林弘衍編，《玄沙師備禪師語錄》，《卍續藏》，第七十三冊。

320. 明・達觀眞可撰，明・憨山德清校閱，《紫栢老人集》，《卍續藏》，第七十三冊。

321. 明・憨山德清撰述，明・福善錄，明・通炯編，《憨山老人夢遊集》，《卍續藏》，第七十三冊。

322. 宋・祖琇撰，《隆興佛教編年通論》，《卍續藏》，第七十五冊。

323. 元・熙仲撰，《歷朝釋氏資鑑》，《卍續藏》，第七十六冊。

324. 元・曇噩述，《新修科分六學僧傳》，《卍續藏》，第七十七冊。

325. 清・陳夢雷纂輯、蔣廷錫等編校，《古今圖書集成・釋教部彙考》，《卍續藏》，第七十七冊。

326. 宋・惟白集，《建中靖國續燈錄》，《卍續藏》，第七十八冊。

327. 宋・李遵勗編，《天聖廣燈錄》，《卍續藏》，第七十八冊。

328. 宋・希叟紹曇撰，《五家正宗贊》，《卍續藏》，第七十八冊。

329. 不著撰人撰，《東林十八高賢傳》，《卍續藏》，第七十八冊。

330. 宋・雷庵正受編，《嘉泰普燈錄》，《卍續藏》，第七十九冊。

331. 宋・晦翁悟明撰，《聯燈會要》，《卍續藏》，第七十九冊。

332. 宋・普濟撰，《五燈會元》，《卍續藏》，第八十冊。

333. 宋・曉瑩集，《羅湖野錄》，《卍續藏》，第八十三冊。

334. 明・瞿汝稷槃談集，《指月錄》，《卍續藏》，第八十三冊。

335. 〔疑唐〕・不著撰人撰，〔日〕漢興祖芳校訂，《曹溪大師別傳》，《卍續藏》，第八十三冊。

336. 明・朱時恩編，《佛祖綱目》，《卍續藏》，第八十五冊。

337. 宋・釋惠洪撰，《石門洪覺範林間錄》，《卍續藏》，第八十六冊。

338. 宋・仲溫曉瑩著，《雲臥紀譚》，《卍續藏》，第八十六冊。

339. 明・朱時恩等輯，《居士分燈錄》，《卍續藏》，第八十六冊。

340. 清・紀蔭編纂，《宗統編年》，《卍續藏》，第八十六冊。

341. 明・釋心泰編，《佛法金湯編》，《卍續藏》，第八十七冊。

342. 明・郭凝之彙編，《先覺宗乘》，《卍續藏》，第八十七冊。

343. 明・王起隆輯注，《皇明金剛經新異錄》，《卍續藏》，第八十七冊。

344. 不著撰人撰，《金剛般若波羅蜜經感應傳》，《卍續藏》，第八十七冊。

345. 隋・智者大師說，隋・章安灌頂記，王雷泉釋譯，《摩訶止觀》，臺北，佛光文化事業股份有限公司，1997。

346. 唐・慧能述，唐・法海集，郭朋校釋，《壇經校釋》，臺北，文津出版社影印北京中華書局 1983 年版，民 79。

347. 唐・慧能述，唐・法海集，印順導師考訂，《精校燉煌本壇經》，印順著，《華雨集》，第一冊，臺北，正聞出版社，民 82。

348. 唐・宗密述，閻韜釋譯，《禪源諸詮集・都序》，臺北，佛光出版社，1996。

349. 唐・神會撰，月溪法師著，《神會大師證道歌顯宗記溯源》，《月溪法師文集》，第五冊，臺北，圓明出版社，民 85。

350. 唐・神會撰，楊曾文編校，《神會和尚禪語錄》，北京，中華書局，2004。

351. 南唐・靜、筠二禪僧編，張華點校，《祖堂集》，鄭州，中州古籍出版社，2001。

352. 宋・太宗撰，《御製蓮華心輪迴文偈頌》，《高麗大藏經》，第三十五冊，韓國，東國大學校東國譯經院，2002。

353. 宋・太宗撰，《御製祕藏詮懷感迴文五七言詩》，《高麗大藏經》，第三十五冊。

354. 宋・仲溫曉瑩著，《雲臥紀譚》，中華佛教文化館編，《禪學大成》，第二冊，臺北，中華佛教文化館，民 70。

355. 宋・曉瑩撰，《羅湖野錄》，《禪學大成》，第五冊。

356. 明・智旭述，釋聖嚴著，《天臺心鑰：教觀綱宗貫註》，臺北，法鼓文化，2003。

三、佛教相關著述

1. ﹝日﹞忽滑谷快天著，《禪學思想史》，東京，玄黃社，大正 14（1925）。

2. ﹝日﹞戶崎宏正著，《後期大乘佛教の認識論》，《講座佛教思想》，第二卷，東京，理想社，1974。

3. ﹝日﹞木村泰賢著，〈佛教心理論之發達觀〉，張曼濤主編，《唯識思想論集・二》，《現代佛教學術叢刊》，第二十六冊，臺北，大乘文化出版社，民 67。

4. 梁啟超著，《大乘起信論考證》，張曼濤主編，《大乘起信論與楞嚴經考辨》，《現代佛教學術叢刊》，第三十五冊。

5. 梁啟超著，《說無我》，張曼濤主編，《佛教根本問題研究・一》，《現代佛教學術叢刊》，第五十三冊。

6. ﹝日﹞高峰了州著，釋慧嶽譯，《華嚴思想史》，臺北縣，中華佛教文獻編撰社，民 68。

7. ﹝日﹞孤峰智璨著，釋印海譯，《中印禪宗史》，臺北，正聞出版社，民 70。

8. ﹝日﹞孤峰智璨著，釋印海譯，《中印禪宗史》，臺北，正聞出版社，民 70

9. ﹝日﹞中村元著，余萬居譯，《中國佛教發展史》，臺北，天華出版社，民 73。

10. ﹝日﹞柳田聖山著，吳汝鈞譯，《中國禪思想史》，臺北，臺灣商務印書館股份有限公司，民 74。

11. ﹝日﹞牧田諦亮著，余萬居譯，《中國佛教史》，下冊，《世界佛學名著譯叢》，第四十五冊，臺北，華宇出版社，佛 2530。

12. ﹝日﹞高雄義堅著，陳季菁譯，《宋代佛教史研究》，《世界佛學名著譯叢》，第四十七冊。

13. 徐梵澄譯，《奧義書選譯》，中冊，《世界佛學名著譯叢》，第九十九冊。

14. 郭朋著，《宋元佛教》，福州，福建人民出版社，1985。

15. 關世謙譯著，《佛教研究指南》，臺北，東大圖書股份有限公司，民 75。

16. ﹝日﹞望月良晃著，林久稚譯，《法華思想》，臺北，文殊出版社，1987。

17. 牟宗三著，《佛性與般若》，臺北，臺灣學生書局，民 78。

18. 黃敏枝著，《宋代佛教社會經濟史論集》，臺北，臺灣學生書局，民 78。

19. 吳汝鈞著，《佛學研究方法論》，臺北，臺灣學生書局，民 78。

20. 傅偉勳著，《從創造的詮釋學到大乘佛學：「哲學與宗教」四集》，臺北，東大圖書股份有限公司，民 79。

21. 〔日〕柳田聖山主編，《胡適禪學案》，臺北，正中書局，民 79。

22. 〔日〕阿部肇一著，關世謙譯，《中國禪宗史——南宗禪成立以後的政治社會史的考證》，臺北，東大圖書股份有限公司，民 80。

23. 呂澂著，《中國佛學源流略講》，《呂澂佛學論著選集》，第五卷，濟南，齊魯書社，1991。

24. 吳汝鈞著，《佛教的概念與方法》，臺北，臺灣學生書局，民 81。

25. 洪修平、吳永和著，《禪學與玄學》，杭州，浙江人民出版社，1992。

26. 〔日〕阿部正雄著，王雷泉、張儒倫譯，《禪與西方思想》，臺北，桂冠圖書股份有限公司，1992。

27. 藍吉富編，《當代中國人的佛教研究》，臺北，商鼎文化出版社，1993。

28. 季羨林著，《佛教與中印文化交流》，江西，江西人民出版社，1993。

29. 洪修平著，《中國禪學思想史》，臺北，文津出版有限公司，民 83。

30. 顧偉康著，《禪宗六變》，臺北，東大圖書股份有限公司，民 83。

31. 〔泰〕佛使比丘（Buddhadasa Bhikkhu）著，香光書鄉編譯組譯，《解脫自在園十年》（*The First ten years of Suna Mokkh*），嘉義，香光寺出版社，民 83。

32. 〔泰〕楊達（Phra Ajahn Yantra Moro）著，聖諦編譯組譯，《清淨的法流》，臺北，法味書院出版社，民 83。

33. 方立天著，《中國佛教與傳統文化》，臺北，桂冠圖書股份有限公司，1994。

34. 〔日〕大野栄人著，《天臺止観成立史の研究》，京都，法藏館，平成 6（1994）。

35. 萬金川著，《龍樹的語言概念》，南投，正觀出版社，民 84。

36. 〔泰〕阿姜查（Ajahn Chah）著，法園編譯羣譯，《我們真正的歸宿》（*Our Real Home*），中壢，圓光出版社，民 84。

37. 〔美〕丹尼爾・寇曼、羅伯・索曼（Daniel Goleman & Robert A. F. Thurman）編，靳文穎譯，《心智科學——東西方的對話》（*Mind Science: An East-West Dia-logue*），臺北，眾生文化出版有限公司，民 84。

38. 〔緬〕阿迦曼著，曾銀湖譯，《解脫心》（*Muttodaya*），南投，大林靜舍出版社，1995。

39. 釋慧嶽著，《天臺教學史》，臺北，中華佛教文獻，1995。

40. 〔日〕湯次了榮著，豐子愷譯，《大乘起信論新釋》，臺北，天華出版社，民 85。

41. 創巴仁波切（Chögyam Trungpa）著，繆樹廉譯，《突破修道上的唯物》（*Cutting Through Spiritual Materialism*），臺北，眾生文化出版有限公司，民85。

42. 黃啓江著，《北宋佛教史論稿》，臺北，臺灣商務印書館股份有限公司，1997。

43. 王文顏著，《佛典疑偽經研究與考錄》，臺北，文津出版有限公司，1997。

44. 吳汝鈞著，《中國佛學的現代詮釋》，臺北，文津出版有限公司，民87。

45. 張清泉著，《北宋契嵩的儒釋融會思想》，臺北，文津出版有限公司，1998。

46. 楊永泉著，《三論宗源流考》，南京，江蘇古籍出版社，1998。

47. 王志躍著，《分燈禪》，臺北，圓明出版社，民88。

48. 〔德〕戈文達喇嘛（Lama Anagarika Govinda）著，周勳男譯，《白雲行》（*The Way of White Clouds*），臺北，白法螺出版社，1999。

49. 陳雁姿著，《陳那觀所緣緣論研究》，九龍，志蓮淨苑文化部，1999。

50. 水月齋主人著，《禪宗師承記》，臺北，圓明出版社，民89。

51. 湯用彤著，《漢魏兩晉南北朝佛教史》，《湯用彤全集》，第一卷，石家莊，河北人民出版社，2000。

52. 湯用彤著，《魏晉玄學論稿》，《湯用彤全集》，第四卷，石家莊，河北人民出版社，2000。

53. 魏道儒著，《宋代禪宗史論》，《中國佛教學術論典》，第三冊，高雄，佛光山文教基金會，2001。

54. 潘桂明、吳忠偉著，《中國天臺宗通史》，南京，江蘇古籍出版社，2001。

55. 釋聖嚴著，《智慧一○○》，《法鼓全集·光碟版》，第七輯，第七冊，臺北，法鼓山基金會，2001～2002。

56. 呂澂著，《中國佛學源流畧講》，臺北，大千出版社，民92。

57. 呂澂著，《歷朝藏經畧考》，臺北，大千出版社，民92。

58. 賴賢宗著，《佛教詮釋學》，臺北，新文豐出版公司，民92。

59. 〔捷克〕性空（Dhammadipa）著，釋見擎等整理、註釋，《四聖諦與修行的關係：轉法輪經講記》，嘉義，香光書鄉出版社，民92。

60. 方立天著，《中國佛教哲學要義》，北京，中國人民大學出版社，2003。

61. 〔荷〕許理和（Erich Zürcher）著，李四龍、裴勇等譯，《佛教征服中國——佛教在中國中古早期的傳播與適應》（*The Buddhist Conquest of China: The Spread and Adaptation of Buddhism in Early Medieval China*），江蘇人民出版社，2003。

62. 〔日〕安藤俊雄著，蘇榮焜譯，《天臺學：根本思想及其開展》，臺北，

財團法人慧炬出版社，民 93。

63. 〔緬〕馬哈希（Mahasi）著，嘉義新雨編譯群譯，《內觀基礎：從身體中了悟解脫的眞相》（*Fundamentals of Vipassana Meditation*），臺北，方廣出版社，2004。

64. 何建興，《法上正理滴論廣釋·現量品譯註》，稿本，嘉義，南華大學宗教學研究所，2004。

65. 梁啓超著，《佛學研究十八篇》，天津市，天津古籍出版社，2005。

66. 劉長東著，《宋代佛教政策論稿》，成都，巴蜀書社，2005。

67. 〔美〕杰米·霍巴德、保羅·史萬森（Jamie Hubbard and Paul Swanson）主編，龔雋等譯，《修剪菩提樹：「批判佛教」的風暴》（*This Edition of Pruning the Bodhi Tree: The Strom Over Critical Buddhism*），上海古籍出版社，2005。

68. 楊曾文著，《宋元禪宗史》，北京，中國社會科學出版社，2006。

69. 江燦騰著，《晚明佛教改革史》，桂林，廣西師範大學出版社，2006。

70. 龔雋著，《禪史鉤沈──以問題爲中心的思想史論述》，北京，三聯書店，2006。

71. 〔日〕松本史朗著，肖平等譯，《緣起與空──如來藏思想批判》，北京，中國人民大學出版社，2006。

72. 周昌樂著，《禪悟的實證──禪宗思想的科學發凡》，北京，東方出版社，2006。

73. 惟海著，《五蘊心理學──佛家自我覺醒自我超越的學說》，北京，宗教文化出版社，2006。

74. 麻天祥著，《中國禪宗思想發展史·修訂版》，武昌，武漢大學出版社，2007。

75. 杜繼文、魏道儒著，《中國禪宗通史》，鳳凰出版傳媒集團江蘇人民出版社，2007。

76. 張培鋒著，《宋代士大夫佛學與文學》，北京，宗教文化出版社，2007。

77. 賴賢宗著，《海德格爾與禪道的跨文化溝通》，北京，宗教文化出版社，2007。

78. 李承貴著，《儒士視域中的佛教──宋代儒士佛教觀研究》，北京，宗教文化出版社，2007。

79. 嚴耀中著，《佛教戒律與中國社會》，上海古籍出版社，2007。

80. 李國玲編著，《宋僧著述考》，成都，四川大學出版社，2007。

81. 董羣著，《中國三論宗通史》，南京，鳳凰出版社，2008。

82. 劉淑芬著，《中古的佛教與社會》，上海古籍出版社，2008。

四、文學元典與文學相關著述

1. 晉·陶淵明撰，清·陶澍集注，《靖節先生集》，臺北，河洛圖書出版社，民 64。

2. 晉·陶淵明撰，袁行霈箋注，《陶淵明集箋注》，北京，中華書局，2005。

3. 梁·蕭統編，唐·李善註，《孫批胡刻昭明文選》，臺北，弘道文化事業有限公司影印上海錦章圖書局宋淳熙本重雕鄱陽胡氏藏版，民 63。

4. 唐·寒山子等著，項楚注，《寒山詩注·附拾得詩注》，北京，中華書局，2006。

5. 唐·李白撰，《李太白全集》，臺北，河洛圖書出版社，民 64。

6. 唐·杜甫著，清·仇兆鰲輯註，《杜詩詳註》，臺北，正大印書館股份有限公司影印木刻板，民 63。

7. 唐·杜甫著，清·楊倫鏡詮，《杜詩鏡詮》，臺北，天工書局，民 83。

8. 唐·韓愈著，《韓昌黎集》（馬其昶校注，《韓昌黎文集校注》；錢聯學集釋，《韓昌黎詩繫年集釋》，合編本），臺北，河洛圖書出版社，民 64。

9. 唐·柳宗元撰，《柳河東集》，臺北，河洛圖書出版社，民 63。

10. 唐·王維著，趙殿成箋注，《王右丞集箋注》，臺北，河洛圖書出版社，民 64。

11. 唐·白居易著，朱金城箋注，《白居易集校箋》，上海古籍出版社，2008。

12. 唐·李商隱著，劉學鍇、余恕誠集解，《李商隱詩歌集解》，臺北，洪葉文化事業有限公司，1992。

13. 唐·釋貫休著，陸永峰校注，《禪月集校注》，成都，四川出版集團巴蜀書社，2006。

14. 後蜀·趙崇祚編，《花間集》，《宋紹興本花間集附校注》，臺北，鼎文書局出版，民 63。

15. 宋·楊億等著，王仲犖註，《西崑酬唱集註》，上海，世紀出版集團、上海書店出版社聯合出版，2001。

16. 宋·孫復著，《孫明復小集》，文淵閣《四庫全書》鈔本。

17. 宋·石介著，《徂徠集》，文淵閣《四庫全書》鈔本。

18. 宋·王禹偁撰，《小畜集》，文淵閣《四庫全書》鈔本。

19. 宋·周敦頤撰，清·董榕輯，《周子全書》，臺北，臺北市財團法人廣學社印書館，民 64。

20. 宋·李覯撰，《李覯集》，臺北，漢京文化事業有限公司，民 72。

21. 宋·歐陽修撰，《歐陽修全集》，臺北，河洛圖書出版社，民 64。

22. 宋·梅堯臣著，朱東潤編年校注，《梅堯臣集編年校注》，上冊，上海古

籍出版社,2006。

23. 宋・李昉編,《文苑英華》,文淵閣《四庫全書》鈔本。

24. 宋・王安石撰,《王安石全集》,臺北,河洛圖書出版社,民 63。

25. 宋・王安石撰,宋・李壁注,李之亮補箋,《王荊公詩注補箋》,成都,巴蜀書社,2002。

26. 宋・蘇洵撰,《蘇洵集》,臺北,河洛圖書出版社,民 64。

27. 宋・蘇轍撰,《蘇轍集》,臺北,河洛圖書出版社,民 64。

28. 宋・蘇轍撰,陳宏天、高秀芳點校,《蘇轍集》,北京,中華書局,2004。

29. 宋・張載撰,《張載集》,臺北,漢京文化事業有限公司,民 72,

30. 宋・張載撰,清・王夫之注,《張子正蒙注》,臺北,河洛圖書出版社,民 64。

31. 宋・程顥、程頤著,劉元承手編,王校魚點校,《二程集》,北京,中華書局,2004。

32. 宋・曾鞏撰,《曾鞏全集》,臺北,河洛圖書出版社,民 64。

33. 宋・黃庭堅撰,劉琳、李勇先、王蓉貴校點,《黃庭堅全集》,成都,四川大學出版社,2001。

34. 宋・黃庭堅撰,宋・任淵、史容、史季溫注,黃寶華點校,《山谷詩集注》,上海古籍出版社,2003。

35. 宋・秦觀撰,徐培均箋注,《淮海集箋注》,上海古籍出版社,2000。

36. 宋・道潛參寥著,《參寥集》,明復法師主編並解題,《禪門逸書》,初編,第三冊,臺北,明文書局股份有限公司影印清光緒己亥(1899)錢塘丁氏南昌刻本,民 70。

37. 宋・陳與義撰,《陳與義集》,臺北,漢京文化事業有限公司翻印北京中華書局本,民 72。

38. 宋・范祖禹撰,《范太史集》,文淵閣《四庫全書》鈔本。

39. 宋・陸游撰,《陸放翁全集》,臺北,河洛圖書出版社,民 64。

40. 宋・陳師道撰,《後山集》,文淵閣《四庫全書》鈔本。

41. 宋・陳師道撰,宋・任淵注,冒廣生補箋,冒懷生整理,《後山詩注補箋》,北京,中華書局,1999。

42. 宋・晁補之著,《雞肋集》,文淵閣《四庫全書》鈔本。

43. 宋・釋覺範撰,《石門文字禪》,文淵閣《四庫全書》鈔本。

44. 宋・李之儀撰,《姑溪居士前集》,文淵閣《四庫全書》鈔本。

45. 宋・汪應辰撰,《文定集》,文淵閣《四庫全書》鈔本。

46. 宋・孔武仲著,《宗伯集》,《豫章叢書・集部》,第二冊,南昌,江西教

育出版社，2004。

47. 宋‧朱熹撰，《御纂朱子全書》，文淵閣《四庫全書》鈔本。

48. 宋‧朱熹撰，《晦庵集》，文淵閣《四庫全書》鈔本。

49. 宋‧朱熹撰，陳俊民校編，《朱子文集》，臺北，財團法人德富文教基金會出版，民89。

50. 宋‧希晝等撰，陳起編，《聖宋高僧詩選後集》，明復法師主編並解題，《禪門逸書》，續編，第一冊，臺北，漢聲出版社影印宋嘉定至景定（1208～1264）年間臨安府陳解元宅書籍鋪刻本，民76。

51. 金‧元好問撰，清‧施國祁箋注‧《元遺山詩注》，臺北，臺灣中華書局股份有限公司，民55。

52. 元‧劉將孫撰，《養吾齋集》，文淵閣《四庫全書》鈔本。

53. 元‧袁桷撰，《清容居士集》，文淵閣《四庫全書》鈔本。

54. 元‧陳櫟撰，《定宇集》，文淵閣《四庫全書》鈔本。

55. 元‧楊仲宏著，《楊仲宏集》，文淵閣《四庫全書》鈔本。

56. 明‧楊慎撰，《升庵集》，文淵閣《四庫全書》鈔本。

57. 明‧釋正勉等輯，《古今禪藻集》，《禪門逸書》，初編，第一冊，臺北，明文書局股份有限公司影印文淵閣《四庫全書》鈔本，民70。

58. 清‧吳之振、呂留良、吳自牧選，清‧管庭芬、蔣光煦補，《宋詩鈔》，北京，中華書局，1996。

59. 清‧宋犖撰，《西陂類稿》，文淵閣《四庫全書》鈔本。

60. 清‧聖祖編，《全唐詩》，臺南，明倫出版社，民63。

61. 清‧高宗撰，《御選唐宋詩醇》，文淵閣《四庫全書》鈔本。

62. 清‧嚴可均輯，陳延嘉等點校主編，《全上古三代秦漢三國六朝文》，石家莊，河北教育出版社，1997。

63. 清‧蔣心餘著，邵海清校、李孟生箋，《忠雅堂集校箋》，上海古籍出版社，1993。

64. 清‧章學誠著，國史研究室彙編，《文史通義‧彙印本》，臺北，史學出版社，民63。

65. 唐圭璋編，《全宋詞》，臺南，平平出版社，民64。

66. 逯欽立輯校，《先秦漢魏晉南北朝詩》，北京，中華書局，1998。

67. 傅璇琮等主編，《全宋詩》，北京大學出版社，1998。

五、中國文學相關著述

1. 梁啓超著，《飲冰室文集類編》，臺北，華正書局，民63。

2. 本社編輯，《陶淵明研究》，臺北，成偉出版社，民（65？）。

3. 郭紹虞著，《中國文學批評史》，臺南，平平出版社，民 64。

4. 杜松柏著，《禪學與唐宋詩學》，臺北，黎明文化事業股份有限公司，民 65。

5. 〔美〕劉若愚著，杜國清譯，《中國文學理論》（*Chinese Theories of Literature*），臺北，聯經出版事業公司，民 74。

6. 王國瓔著，《中國山水詩研究》，臺北，聯經出版事業公司，民 75。

7. 孫昌武著，《佛教與中國文學》，上海人民出版社，1988。

8. 繆鉞等撰，《名家鑑賞宋詩大觀》，上海，上海辭書出版社，1988。

9. 錢鍾書著，《管錐篇》，《錢鍾書作品集》，臺北，書林出版有限公司，民 79。

10. 〔美〕蓋瑞‧史耐德（Gary Snyder）著，林耀福、梁秉鈞編選，陳次雲等譯，《山即是心：史耐德詩文選》，臺北，聯合文學出版社，民 79。

11. 嚴修等著，《古代漢語》，臺北，洪葉文化事業有限公司，1992。

12. 高步瀛選注，《唐宋詩舉要》，臺北，漢京文化事業有限公司，1992。

13. 張錫坤等著，《禪與中國文學》，長春，吉林文史出版社，1992。

14. 〔日〕加地哲定著，劉衛星譯，《中國佛教文學》，臺北縣，佛光文化事業股份有限公司，民 82。

15. 龔鵬程著，《詩史本色與妙悟》，臺北，臺灣學生書局，民 82。

16. 杜松柏著，《知止齋禪學論文集》，臺北，文史哲出版社，民 83。

17. 周裕鍇著，《中國禪宗與詩歌》，高雄，麗文文化事業股份有限公司，1994。

18. 陳伯海主編，《唐詩彙評》，杭州，浙江教育出版社，1995。

19. 朱自清著，朱喬森編，《朱自清全集》，第三卷，南京，江蘇教育出版社，1996。

20. 蔣義斌著，《宋儒與佛教》，臺北，東大圖書股份有限公司，民 86。

21. 丁永忠著，《陶詩佛音辨》，成都，四川大學出版社，1997。

22. 阮忠著，《唐宋詩風流別史》，武漢，武漢出版社，1997。

23. 胡遂著，《中國佛學與文學》，長沙，岳麓書社，1998。

24. 王一川著，《中國形象詩學》，上海三聯書店，1998。

25. 木齋著，《宋詩流變》，北京，京華出版社，1999。

26. 陳衍著，錢仲聯編校，《宋詩精華錄》，《陳衍詩論合集》，福州，福建人民出版社，1999。

27. 蕭師麗華著，《唐代詩歌與禪學》，臺北，東大圖書股份有限公司，民 89。

28. 王樹海著,《禪魄詩魂:佛禪與唐宋詩風的變遷》,上海,知識出版社,2000。

29. 張高評著,《會通化成與宋代詩學》,臺南,國立成功大學出版組,2000。

30. 黃寶生著,《印度古典詩學》,北京大學出版社,2000。

31. 孫望、常國武主編,《宋代文學史》,北京,人民文學出版社,2001。

32. 周裕鍇著,《文字禪與宋代詩學》,《中國佛教學術論典》,第五十六冊,高雄,佛光山文教基金會,2002。

33. 史雙元著,《宋詞與佛道思想》,《中國佛教學術論典》,第五十七冊,高雄,佛光山文教基金會,2002。

34. 林湘華著,《禪宗與宋代詩學理論》,臺北,文津出版有限公司,2002。

35. 呂肖奐著,《宋詩體派論》,成都,巴蜀書社,2002。

36. 周裕鍇著,《中國古代闡釋學研究》,上海人民出版社,2003。

37. 張晶著,《禪與唐宋詩學》,北京,人民文學出版社,2003。

38. 洪本健編,《歐陽脩資料彙編》,北京,中華書局,2004。

39. 張文利著,《理禪融會與宋詩研究》,北京,中國社會科學出版社,2004。

40. 敏澤主編,《中國文學思想史》,長沙,湖南教育出版社,2004。

41. 劉楚華主編,《唐代文學與宗教》,九龍,中華書局(香港)有限公司,2004。

42. 沈松勤著,《北宋文人與黨爭》,北京,人民出版社,2004。

43. 陶文鵬、韋鳳娟主編,《靈境詩心——中國古代山水詩史》,南京,鳳凰出版社,2004。

44. 王水照主編,《宋代文學通論》,河南大學出版社,2005。

45. 劉揚忠主編,《中國古代文學通論·宋代卷》,遼寧人民出版社,2005。

46. 李生龍著,《道家及其對文學的影響》,長沙,岳麓書社,2005。

47. 項楚、張子開、譚偉、何劍平著,《唐代白話詩派研究》,成都,巴蜀書社,2005。

48. 孫昌武著,《禪思與詩情》,北京,中華書局,2006。

49. 何新所著,《昭德晁氏家族研究》,上海古籍出版社,2006。

50. 張毅著,《宋代文學思想史》,北京,中華書局,2006。

51. 韓經太著,《宋代詩歌史論》,長春,吉林教育出版社,2006。

52. 曾祥波著,《從唐音到宋調——以北宋前期詩歌為中心》,北京,崑崙出版社,2006。

53. 張厚德、張福貴、章亞昕著,《中國現代詩歌史論》,長春,吉林教育出版社,2006。

54. 張培鋒著，《宋代士大夫佛學與文學》，北京，宗教文化出版社，2007。

六、詩話、文話、詞話

1. 梁・鍾嶸著，《詩品》，何文煥輯，《歷代詩話》，第一冊，臺北，漢京文化事業有限公司，民72。

2. 宋・陳師道撰，《後山詩話》，《歷代詩話》，第一冊。

3. 宋・許顗撰，《彥周詩話》，《歷代詩話》，第一冊。

4. 宋・葛立方著，《韻語陽秋》，《歷代詩話》，第二冊。

5. 唐・皎然著，《詩式》，張伯偉著，《全唐五代詩格彙考》，南京，鳳凰出版社，2005。

6. 宋・孫復著，徐文茂編纂，《孫復詩話》，吳文治主編，《宋詩話全編》，第一冊，南京，鳳凰出版社，2006。

7. 宋・陳與義著，張興彥編纂，《陳與義詩話》，《宋詩話全編》，第三冊。

8. 宋・惠洪著，梁道禮編纂，《惠洪詩話》，《宋詩話全編》，第三冊。

9. 宋・孫覿著，王南編纂，《孫覿詩話》，《宋詩話全編》，第三冊。

10. 宋・嚴羽著，陳伯海、徐文茂編纂，《嚴羽詩話》（含《滄浪詩話》），《宋詩話全編》，第九冊。

11. 宋・曾季貍撰，《艇齋詩話》，丁福保輯，《歷代詩話續編》，臺北，木鐸出版社，民72。

12. 宋・何汶著，《竹莊詩話》，文淵閣《四庫全書》鈔本。

13. 宋・蔡正孫編，《詩林廣記・後集》，文淵閣《四庫全書》鈔本。

14. 宋・王直方等著，郭紹虞輯，《宋詩話輯佚》，臺北，華正書局，民70。

15. 宋・蔡絛著，《西清詩話》，張伯偉編校，《稀見本宋人詩話四種》，南京，江蘇古籍出版社，2002。

16. 金・王若虛著，霍松林、胡主佑、祝杏清編纂，《王若虛詩話》，吳文治主編，《遼金元詩話全編》，第一冊，南京，鳳凰出版社，2006。

17. 元・方回選評，李慶甲集評校點，《瀛奎律髓彙評》，上海古籍出版社，2005。

18. 明・高棅著，周明編纂，《高棅詩話》，吳文治主編，《明詩話全編》，第一冊，南京，鳳凰出版社，2006。

19. 明・楊慎著，《升菴詩話》，周維德集校，《全明詩話》，第二冊，濟南，齊魯書社，2005。

20. 清・黃子雲著，《野鴻詩的》，丁仲祜編，《清詩話》，上海古籍出版社，1999。

21. 清・宋犖著，《漫堂說詩》，《清詩話》。

22. 清‧趙翼著,《甌北詩話》,郭紹虞編選,富壽蓀校點,《清詩話續編》,上冊,上海古籍出版社,1999。

23. 清‧翁方綱著,《石洲詩話》,《清詩話續編》,下冊。

24. 清‧劉熙載著,《詩概》,《清詩話續編》,下冊。

25. 清‧方東樹撰,《昭昧詹言》,臺北,漢京文化事業有限公司,民74。

26. 清‧王船山著,《夕堂永日緒論‧內編》,《船山全書》,第十五冊,長沙,岳麓書社,1998。

27. 清‧厲鶚著,錢鍾書補正,《宋詩記事補正》,遼寧人民出版社、遼海出版社聯合出版,2003。

28. 清‧王士禎著,張宗柟纂集,戴鴻森校點,《帶經堂詩話》,北京,人民文學出版社,2006。

29. 梁‧劉勰撰,臺灣開明書店注,《文心雕龍注》,臺北,臺灣開明書店,民62。

30. 宋‧陳騤撰,《文則》,王水照編,《歷代文話》,第一冊,上海,復旦大學出版社,2007。以下縮畧爲:《歷代文話》,第一冊。

31. 宋‧王應麟撰,《玉海‧辭學指南》,《歷代文話》,第一冊。

32. 元‧李淦撰,《文章精義》,《歷代文話》,第二冊。

33. 明‧茅坤,《唐宋八大家文鈔評文》,《歷代文話》,第二冊。

34. 明‧曾鼎,《文式》,《歷代文話》,第二冊。

35. 明‧杜浚（濬）撰,《杜氏文譜》,《歷代文話》,第三冊。

36. 清‧方苞撰,《古文約選評文》,《歷代文話》,第四冊。

37. 劉咸炘撰,《文學述林》,《歷代文話》,第十冊。

38. 明‧茅坤編撰,《唐宋八大家文鈔》,文淵閣《四庫全書》鈔本。

39. 清‧林雲銘評注,《古文析義合編》,臺北,廣文書局有限公司影印宣統己酉（1909）年版,民90。

40. 錢鍾書著,《談藝錄》,《錢鍾書作品集》,增訂本第一冊,臺北,書林出版有限公司,民77。

41. 張少康、盧永璘編選,《先秦兩漢文論選》,北京,人民文學出版社,1999。

42. 郭紹虞主編,《中國歷代文論》,上海古籍出版社,2003。

43. 明‧俞彥撰,《爰園詞話》,唐圭璋主編,《詞話叢編》,第一冊,北京,中華書局,2005。

七、史學典籍及相關著述

1. 漢‧司馬遷撰,南朝宋‧裴駰集解,唐‧司馬貞索隱,唐‧張守節正義,

楊家駱主編,《新校本史記三家注并附編二種》,臺北,鼎文書局,民82。

2. 漢・班固撰,唐・顏師古注,楊家駱主編,《新校本漢書并附編二種》,臺北,鼎文書局,民75。

3. 晉・袁宏撰,《後漢記》,臺北,華正書局,民63。

4. 北齊・魏收撰,楊家駱主編,《新校本魏書并附西魏書》,臺北,鼎文書局,民82。

5. 梁・沈約撰,楊家駱主編,《新校本宋書附索引》,臺北,鼎文書局,民82。

6. 唐・房玄齡撰,楊家駱主編,《新校本晉書并附編六種》,臺北,鼎文書局,民81

7. 唐・李延壽撰,楊家駱主編,《新校本北史并附編三種》,臺北,鼎文書局,民80。

8. 唐・魏徵等撰,楊家駱主編,《新校本隋書》,臺北,鼎文書局,民82。

9. 唐・劉知幾撰,清・方懋福等參釋,《史通通釋》,臺北,文海出版社,民53。

10. 後晉・劉昫等撰,楊家駱主編,《新校本舊唐書》,臺北,鼎文書局,民81。

11. 宋・司馬光編撰,《資治通鑑》,臺北,洪氏出版社,民63。

12. 宋・歐陽修、宋祁撰,楊家駱主編,《新校本新唐書》,臺北,鼎文書局,民81。

13. 宋・薛居正等撰,楊家駱主編,《新校本舊五代史附編三種》,臺北,鼎文書局,民81。

14. 宋・歐陽修撰,楊家駱主編,《新校本新五代史并附編二種》,臺北,鼎文書局,民79。

15. 宋・李燾撰,上海師範大學古籍整理研究所、華東師範大學古籍整理研究所點校,《續資治通鑑長編》,北京,中華書局,2004。

16. 宋・楊仲良撰,李之亮點校,《皇宋通鑑長篇紀事本末》,哈爾濱,黑龍江人民出版社,2006。

17. 宋・王溥撰,《五代會要》,臺北,世界書局股份有限公司,民52。

18. 宋・李攸撰,《宋朝事實》,文淵閣《四庫全書》鈔本。

19. 宋・不著編纂人,《宋大詔令集》,北京,中華書局鉛排斷句本,1962。

20. 宋・趙汝愚編,北京大學中國中古史研究中心校點整理,《宋朝諸臣奏議》(舊署《皇朝諸臣奏議》,或《國朝諸臣奏議》),上海古籍出版社,1999。

21. 宋・彭百川撰，《太平治迹統類》，文淵閣《四庫全書》鈔本。

22. 元・脫脫等撰，楊家駱主編，《宋史并附編三種新校本》，臺北，鼎文書局，民80。

23. 明・陳邦瞻著，《宋史紀事本末》，臺北，三民書局有限公司，民62。

24. 清・王夫之著，《讀通鑑論・宋論合刊》，臺北，里仁書局，民74。

25. 清・顧炎武著，《原抄本日知錄》，臺南，平平出版社，民64。

26. 清・畢沅撰，《續資治通鑑》，臺北，文光出版社，民64。

27. 清・黃以周等輯注，顧吉辰點校，《續資治通鑑長編拾補》，第二冊，北京，中華書局，2004。

28. 楊家駱主編，《宋會要輯稿》，臺北，世界書局，民66。

29. 陳寅恪著，《金明館叢稿初編・二編》，《陳寅恪先生文集》，第二冊，臺北，里仁書局，民70。

30. 姚瀛艇等著，《宋代文化史》，臺北，昭明出版社，1999。

31. 鄧小南著，《祖宗之法——北宋前期政治述略》，北京，三聯書店，2006。

32. 賈海濤著，《北宋「儒術治國」政治研究》，濟南，齊魯書社，2006。

八、筆記小說

1. 宋・吳曾著，《能改齋漫錄》，文淵閣《四庫全書》鈔本。

2. 宋・洪邁撰，《容齋隨筆・續筆》，文淵閣《四庫全書》鈔本。

3. 宋・吳子良撰，《荊溪林下偶談》，文淵閣《四庫全書》鈔本。

4. 宋・沈括著，李文澤、吳洪澤譯，《夢溪筆談全譯》，成都，巴蜀書社，1986。

5. 宋・陳善著，《捫蝨新話》，宋・俞鼎孫、俞經輯刊，清・陶湘校刻，《儒學警悟》，北京，中華書局影印民國十一年木刻板，2000。

6. 宋・楊億撰，宋・黃鑑筆錄，宋・宋庠整理，李裕民輯校，《楊文公談苑》，《宋元筆記小說大觀》，第一冊，上海古籍出版社，2001。

7. 宋・司馬光撰，王根林校點，《涑水紀聞》，《宋元筆記小說大觀》，第一冊。

8. 宋・江休復撰，孔一校點，《江鄰幾雜志》，《宋元筆記小說大觀》，第一冊。

9. 宋・惠洪撰，李保民校點，《冷齋夜話》，《宋元筆記小說大觀》，第二冊。

10. 宋・趙令畤撰，傅成校點，《侯鯖錄》，《宋元筆記小說大觀》，第二冊。

11. 宋・王闢之撰，韓谷校點，《澠水燕談錄》，《宋元筆記小說大觀》，第二冊。

12. 宋‧邵伯溫撰，王根林校點，《邵氏聞見錄》，《宋元筆記小說大觀》，第二冊。

13. 宋‧朱彧撰，李偉國校點，《萍洲可談》，《宋元筆記小說大觀》，第二冊。

14. 宋‧陶穀撰，孔一校點，《清異錄》，《宋元筆記小說大觀》，第二冊。

15. 宋‧何薳撰，鍾振振校點，《春渚紀聞》，《宋元筆記小說大觀》，第三冊。

16. 宋‧蔡絛撰，李夢生校點，《鐵圍山叢談》，《宋元筆記小說大觀》，第三冊。

17. 宋‧周煇撰，秦克校點，《清波雜志》，《宋元筆記小說大觀》，第五冊。

18. 宋‧周密撰，黃益元校點，《齊東野語》，《宋元筆記小說大觀》，第五冊。

19. 宋‧羅大經撰，穆公校點，《鶴林玉露丙編》，《宋元筆記小說大觀》，第五冊。

20. 宋‧釋惠洪著，《冷齋夜話》，張伯偉編校，《稀見本宋人詩話四種》，南京，江蘇古籍出版社，2002。

21. 宋‧趙彥衛撰，《雲麓漫鈔》，傅根清點校，《唐宋史料筆記》，北京，中華書局，1998。

22. 宋‧朱弁撰，孔凡禮點校，《曲洧舊聞》，《唐宋史料筆記‧師友談記‧曲洧舊聞‧西塘集耆舊續聞‧合訂》，北京，中華書局，2002。

23. 宋‧孫光憲撰，俞鋼整理，《北夢瑣言》，《全宋筆記》，第一編，第一冊，鄭州，大象出版社，2003。

24. 宋‧黎靖德編，王星賢點校，《朱子語類》，北京，中華書局，2004。

25. 宋‧孟元老撰，伊永文箋注，《東京夢華錄箋注》，北京，中華書局，2006。

26. 元‧劉壎撰，《隱居通議》，文淵閣《四庫全書》鈔本。

27. 明‧楊慎撰，《丹鉛餘錄》文淵閣《四庫全書》鈔本。

28. 明‧張丑撰，《眞蹟日錄》，文淵閣《四庫全書》鈔本。

29. 丁傳靖輯，《宋人軼事彙編》，北京，中華書局，2006。

九、年譜

1. 宋‧孫汝聽，《蘇潁濱年表》，《宋人年譜叢刊》，第五冊，成都，四川大學出版社，2003。

2. 宋‧黃𥿄編，《山谷年譜》，《宋人年譜叢刊》，第五冊。

3. 清‧秦瀛編，《淮海先生年譜》，《宋人年譜叢刊》，第五冊。

4. 清・邵祖壽編，《張文潛先生年譜》，《宋人年譜叢刊》，第五冊。

5. 明・馬巒編輯，《司馬溫公年譜》，清・顧棟高輯，《司馬溫公年譜》，馮惠民點校，《司馬溫光年譜》，北京，中華書局，2006。

6. 宋・詹大和編，《王荊文公年譜》裴汝誠點校，《王安石年譜三種》，北京，中華書局，2006。

7. 清・顧棟高編，《王荊國文公年譜》，《王安石年譜三種》。

8. 清・蔡上翔編撰，《王荊公年譜考略》，《王安石年譜三種》。

9. 徐培均著，《秦少游年譜長編》，北京，中華書局，2002。

10. 劉德清著，《歐陽修紀年錄》，上海古籍出版社，2006。

十、儒學元典與相關著述

1. 清・阮元刊，《重栞宋本尚書注疏附校勘記》，江西，南昌府學，嘉慶 20。

2. 清・阮元刊，《重栞宋本周易注疏附校勘記》。

3. 清・阮元刊，《重栞宋本禮記注疏附校勘記》。

4. 清・阮元刊，《重栞宋本左傳注疏附校勘記》。

5. 清・阮元刊，《重栞宋本論語注疏附校勘記》。

6. 《周易》，吳樹平等點校，《十三經》，臺北，曉園出版社有限公司，1994。

7. 《毛詩》，吳樹平等點校，《十三經》。

8. 《尚書》，吳樹平等點校，《十三經》。

9. 《左傳》，吳樹平等點校，《十三經》。

10. 《論語》，吳樹平等點校，《十三經》。

11. 《孟子》，吳樹平等點校，《十三經》。

12. 漢・董仲舒撰，清・蘇輿義證，《春秋繁露義證》，臺北，河洛圖書出版社景印清宣統庚戌（1910）刊本，民 63。

13. 魏・王弼著，樓宇烈校釋，《王弼集校釋》，《周易注》，北京，中華書局，1980。

14. 明・黃宗羲撰，清・全祖望續修，清・王梓材校補，《宋元學案》，臺北，河洛圖書出版社，民 64。

15. 皮錫瑞著，《經學通論》，臺北，河洛圖書出版社，民 63。

16. 侯外盧、邱漢生、張豈之主編，《宋明理學史》，北京，人民出版社，1997。

17. 黃慶萱著，《周易縱橫談》，臺北，東大圖書股份有限公司，民 84。

18. 李凱著，《儒家元典與中國詩學》，北京，中國社會科學出版社，2002。

19. 蘇桂寧著，《宗法倫理精神與中國詩學》，上海三聯書店，2002。

20. 侯敏著，《有根的詩學：現代新儒家文化詩學研究》，上海人民出版社，
    2003。

21. 王健著，《在現實眞實與價值眞實之間——朱熹思想研究》，上海，華東
    師範大學出版社，2007。

22. 陳來著，《朱子書信編年考證》，北京，三聯書店，2007。

十一、老莊及雜家等

1. 高明撰，《帛書老子校注》，北京，中華書局，2007。

2. 清·王夫之著，《老子衍·莊子通·尚書引義》，臺北，河洛圖書出版社，
   民64。

3. 郭慶藩集釋，《莊子集釋》，臺北，河洛圖書出版社，民63。

4. 清·王夫之著，《莊子解》，臺北，河洛圖書出版社，民63。

5. 魏·王弼著，樓宇烈校釋，《王弼集校釋》，《老子道德經註》，北京，中
   華書局，1980。

6. 嚴靈峯著，《老莊研究》，臺北，臺灣中華書局股份有限公司，民55。

7. 鄔昆如譯著，《莊子與古希臘哲學中的道》，臺北，國立編譯館出版，臺
   灣中華書局股份有限公司印行，民61。

8. 〔德〕瓦格納（Rudolf G. Wagner）著，楊立華譯，《王弼老子注研究》（*On
   Wang Bi's Commentary of Lao Zi*），上冊，江蘇人民出版社，2008。

9. 秦·呂不韋編纂，《呂氏春秋》，臺北，臺灣中華書局股份有限公司，民
   71。

10. 漢·劉安撰，高誘注，《淮南子》，臺北，藝文印書館，影鈔宋本，民
    57。

11. 漢·劉安撰，高誘注，《淮南鴻烈解》，臺北，河洛圖書出版社，景印日
    本耕齋宇校排本，民65。

12. 漢·劉安撰，漢·高誘注，明·茅一桂訂，《明刻淮南鴻烈解》，臺北，
    鼎文書局景印，民63。

13. 辛冠潔、丁健生主編，《中國古代佚名哲學名著評述》，第三卷，濟南，
    齊魯書社，1985。

14. 劉成紀著，《青山道場——莊禪與中國詩學精神》，北京，東方出版社，
    2005。

15. 劉介民著，《道家文化與太極詩學——老子、莊子藝術精神》，廣州，廣
    東人民出版社，2005。

16. 余敦康著，《魏晉玄學史》，北京大學出版社，2005。

17. 羅宗強著，《玄學與魏晉士人心態》，天津教育出版社，2006。

18. 王樹人、李明珠著,《感悟莊子——「象思維」視野下的莊子》,江蘇人民出版社,2006。

十二、哲學、理論、研究方法與相關著述

1. 〔古希臘〕柏拉圖(Plato)著,朱光潛譯,《文藝對話集·伊安篇——論詩的靈感》,《朱光潛全集》,第十二卷,合肥,安徽教育出版社,1996。

2. 〔古希臘〕柏拉圖著,朱光潛譯,《文藝對話集·理想國(卷十)——詩人的罪狀》,《朱光潛全集》,第十二卷。

3. 〔古希臘〕柏拉圖著,郭斌和、張竹明譯,《理想國》,北京,商務印書館,1997。

4. 〔古希臘〕柏拉圖著,王曉朝譯,《伊安篇》,《柏拉圖全集》,第一卷,北京,人民出版社,2002。

5. 〔古希臘〕柏拉圖著,王曉朝譯,《克拉底魯篇》,《柏拉圖全集》,第二卷,北京,人民出版社,2003。

6. 〔古希臘〕柏拉圖著,王曉朝譯,《國家篇》,《柏拉圖全集》,第二卷,北京,人民出版社,2003。

7. 〔古希臘〕柏拉圖著,王曉朝譯,《法篇》,《柏拉圖全集》,第三卷,北京,人民出版社,2003。

8. 〔古希臘〕亞里士多德(Aristotle)著,余紀元譯,《後分析篇》(*Analutika hustera*),《亞里士多德全集》,第一卷,北京,中國人民大學出版社,1990。

9. 〔古希臘〕亞里士多德著,苗力田譯,《尼各馬科倫理學》(*Ethika Nikomakheia*),《亞里士多德全集》,第八卷,北京,中國人民大學出版社,1992。

10. 〔古希臘〕亞里士多德著,崔延強譯,《論詩》(*peri Poietikes*),《亞里士多德全集》,第九卷,北京,中國人民大學出版社,1997。

11. 〔古希臘〕亞里士多德著,顏一、秦典華譯,《政治學》(*Politika*),《亞里士多德全集》,第九卷,北京,中國人民大學出版社,1997。

12. 〔古希臘〕亞里士多德著,姚一葦譯註,《詩學箋註》(*On Poetics*),臺北,臺灣中華書局股份有限公司,民71。

13. 〔古希臘〕亞里士多德著,陳中梅譯註,《詩學》(*Aristotelis de Arte Poetica Liber*),北京,商務印書館,2003。

14. 馮友蘭著,《中國哲學史》,上海商務印書館,民24。

15. 鈴木大拙、艾利克·佛洛姆(Erich Fromm)著,謝思煒譯,《禪與心理分析》(*Zen Buddhism and Psychoanalysis*),臺北,志文出版社,民60。

16. 梁啓超著,《中國近三百年學術史》,臺北,華正書局,民63。

17. 〔德〕叔本華（Arthur Schopenhauer）著，劉大悲譯，《意志與表象的世界》（*Die Welt als Wille und Vorstellung*），臺北，志文出版社，民 64。

18. 本社編審，《中國畫論類編》，臺北，河洛圖書出版社，民 64。

19. 俞崑編著，《中國繪畫史》，臺北，華正書局，民 64。

20. 姚一葦著，《藝術的奧祕》，臺北，臺灣開明書店，民 68。

21. 〔義〕克羅齊（Benedetto Croce）著，朱光潛原譯，正中書局編審委員會重譯，《美學原理》（*Aesthetic as Science of Expression and General Liguistic*），臺北，正中書局，民 71。

22. 朱光潛編譯，《論美與美感》，臺北，藝軒圖書出版社，民 72。

23. 李厚〔李澤厚〕著，《美的歷程》，臺北，元山書局，民 73。

24. 鄭石岩著，《佛法與心理分析》，臺北，大乘精舍印經會，民 74。

25. 〔德〕席勒（J. F. C. Schiller）著，徐恆醇譯，《美育書簡》，臺北，丹青圖書有限公司，民 76。

26. 王邦雄等著，《中國哲學家與哲學專題》，上冊，臺北，國立空中大學發行，民 78。

27. 〔法〕沙特（Jean-Paul Sartre）著，陳宣良等譯，《存在與虛無》（*L' être et le Nèant*），臺北，桂冠圖書股份有限公司，1990。

28. 〔德〕馬丁·海德格（Martin Heidegger）著，王慶節、陳嘉映譯，《存在與時間》（*Sein und Zeit*），臺北，桂冠圖書股份有限公司，1990。

29. 林聰明著，《敦煌文書學》，臺北，新文豐出版公司，民 80。

30. 〔日〕高楠順次郎、木村泰賢著，高觀盧譯述，《印度哲學宗教史》，臺北，臺灣商務印書館股份有限公司，民 80。

31. 〔日〕中村元著，徐復觀譯，《中國人之思維方法》，臺北，臺灣學生書局，民 80。

32. 姜一涵等著，《中國美學》，臺北，國立空中大學發行，民 81。

33. 呂大吉主編，《宗教學通論》，臺北，博遠出版有限公司，民 82。

34. 〔印〕恰特吉（S. C. Chatterjee）、達塔（D. M. Datta）著，伍先林、李登貴、黃彬譯，《印度哲學概論》，臺北，黎明文化事業股份有限公司，民 82。

35. 〔德〕馬丁·海德格著，孫周興譯，《林中路》（*Holzwege*），臺北，時報文化出版事業有限公司，1994。

36. 王邦雄等著，《中國哲學史》，臺北，國立空中大學發行，民 84。

37. 〔瑞士〕容格（C. G. Jung）著，楊儒賓譯，《東洋冥想的心理學——從易經到禪》（*Zur Psychologie Ostlicher Meditation*），臺北，商鼎文化出版社，1995。

38. 馮友蘭著，《貞元六書》，上海，華東師範大學出版社，1996。

39. 〔義〕克羅齊（Benedetto Croce）著，朱光潛譯，《美學原理》（*Aesthetic as Science of Expression and General Liguistic*），《朱光潛全集》，第十一卷，合肥，安徽教育出版社，1996。

40. 〔德〕黑格爾著，朱光潛譯，《美學》，第一卷，《朱光潛全集》，第十三卷。

41. 〔美〕斯蒂芬・葛林伯雷（Stephen Greenblatt）著，盛寧譯，〈通向一種文化詩學〉，張京媛主編，《新歷史主義與文學批評》（*The New-Historicism and Literary Criticism*），北京大學出版社，1997。

42. 〔德〕叔本華（Arthur Schopenhauer）著，石冲白譯，《作爲意志和表象的世界》（*Die Welt als Wille und Vorstellung*），北京，商務印書館，1997。

43. 〔法〕列維－布留爾著，丁由譯，《原始思維》，北京，商務印書館，1997。

44. 〔德〕康德（Immanuel Kant）著，藍公武譯，《純粹理性批判》（*Kritik der Reinen Vernunft＝Critique of Pure Reason*），北京，商務印書館，1997。

45. 〔英〕鮑桑葵（Bernard Bosanquet）著，張今譯，《美學史》（*A History of Æsthetic*），北京，商務印書館，1997。

46. 〔德〕文德爾班（Wilhelm Windelband）著，羅達仁譯，《哲學史教程》（*Lehrbuch der Geschichte der Philosophie*），上冊，北京，商務印書館，1997。

47. 汪子嵩著，《亞里士多德關於本體的學說》，北京，人民出版社，1997。

48. 張祥龍著，《海德格爾思想與中國天道——終極視域的開啓與交融》，北京，三聯書店，1997。

49. 〔義〕維柯（Gianni Battista Vico）著，朱光潛譯，《新科學》（*The New Science of Gianni Battista Vico*），上冊，北京，商務印書館，1997。

50. 〔德〕埃德蒙德・胡塞爾（Edmund Husserl）著，李幼蒸譯，《純粹現象學通論——純粹現象學和現象學哲學的觀念・第一卷》（*Ideen zu Einer Reinen Phänomenologie und Phänomenologischen Philosophie Erstes Buch Allgemeine Einführung in die Phänomenologie*），北京，商務印書館，1997。

51. 樊波著，《中國書畫美學史綱》，長春，吉林美術出版社，1998。

52. 〔美〕庫爾特・考夫卡（Kurt Koffka）著，黎煒譯，《格式塔心理學原理》（*Principle of Gestalt Psychology*），杭州，浙江教育出社，1998。

53. 〔德〕雨果・閔斯特伯格（Hugo Münsterberg）著，邵志芳譯，《基礎與應用心理學》（*Psychology General and Applied*），杭州，浙江教育出社，1998。

54. 〔俄〕列夫‧謝苗諾維奇‧維果茨基著，李維譯，《思維與語言》（*Though and Language*），杭州，浙江教育出版社，1998。

55. 〔俄〕巴赫金著，白春仁、顧亞玲譯，《陀思妥耶夫斯基詩學問題》，《巴赫金全集》，石家莊，河北教育出版社，1998。

56. 趙光武主編，《思維科學研究》，北京，中國人民大學出版社，1999。

57. 蔡仁厚著，《中國哲學史大綱》，臺北，臺灣學生書局，1999。

58. 陶東風著，《文體演變及其文化意味》，昆明，雲南人民出版社，1999。

59. 曾仰如著，《宗教哲學》，臺北，臺灣商務印書館股份有限公司，1999。

60. 葉秀山著，《思‧史‧詩——現象學和存在哲學研究》，北京，人民出版社，1999。

61. 王岳川著，《二十世紀西方哲性詩學》，北京大學出版社，2000。

62. 王曉路著，《中西詩學對話：英語世界的中國古代文論研究》，成都，巴蜀書社，2000。

63. 〔德〕弗里德里希‧威廉‧尼采（Friedrich Whilhelm Nietzsche）著，周國平譯，《悲劇的誕生》（*Die Geburt der Tragödie*），臺北，貓頭鷹出版社，2000。

64. 〔德〕施太格繆勒（Wolfgang Stegmüller）著，王炳文等譯，《當代哲學主流》（*Heuptströmungen der Gegenwartsphilosophie*），上卷，北京，商務印書館，2000。

65. 巫白慧著，《印度哲學——吠陀經探義和奧義書解析》，北京，東方出版社，2000。

66. 盧連章著，《程顥程頤評傳》，南京大學出版社，2001。

67. 〔美〕包弼德（Peter K. Bol）著，劉寧譯，《斯文——唐宋思想的轉型》（*This Culture of Ours: Intellectual Transitions in T'ang and Sung China*），江蘇人民出版社，2001。

68. 格蘭‧奧斯邦（Grant R. Osborne）著，劉良淑譯，《基督教釋經學手冊‧釋經學螺旋的原理與應用》（*The Hermeneutical Spiral-A Comprehensive Intro-duction to Biblical Interpretation*），臺北，校園書房，民91。

69. 金元浦著，《接受反應文論》，濟南，山東教育出版社，2002。

70. 曹順慶等著，《比較文學論》，臺北，揚智文化事業股份有限公司，2003。

71. 伍蠡甫、胡經之主編，《西方文藝理論名著選編》，北京大學出版社，2003。

72. 朱立元、李鈞主編，《二十世紀西方文論選》，北京，高等教育出版社，2003。

73. 朱立元主編，《當代西方文藝理論》，上海，華東師範大學出版社，2003。

74. 〔法〕蒂費納‧薩莫瓦約著，邵煒譯，《互文性研究》，天津市，天津人民出版社，2003。

75. 〔法〕弗朗索瓦‧于連（Francois Jullien）著，杜小眞譯，《迂迴與進入》（*Le Détour et l' Accès: Stratégies du Sens en Chine, en Grèce*），北京，三聯書店，2003。

76. 〔印〕作者不詳，《數論經》，姚衛羣編譯，《古印度六派哲學經典》，北京，商務印書館，2003。

77. 〔印〕跋達羅衍那著，《梵經》，姚衛羣編譯，《古印度六派哲學經典》，北京，商務印書館，2003。

78. 〔美〕約翰‧希克（John Hick）著，王志成譯，《宗教之解釋——人類對超越者的回應》（*An Interpretation of Religion: Human Responses to the Transcendent*），成都，四川人民出版社，2003。

79. 張志剛著，《宗教哲學研究——當代觀念、關鍵環節及其方法論批判》，北京，中國人民大學出版社，2003。

80. 〔美〕海倫‧加德納（Helen Gardner）著，江先春、沈弘譯，《宗教與文學》（*Religion and Literature*），四川，四川人民，2003。

81. 〔法〕米歇爾‧福科（Michel Foucauit）著，謝強、馬月譯，《知識考古學》（*L'archéologie du Savoir*），北京，三聯書店，2003。

82. 〔俄〕維謝洛夫斯基著，劉寧譯，《歷史詩學》，天津，百花文藝出版社，2003。

83. 李咏吟著，《詩學解釋學》，上海人民出版社，2003。

84. 李平著，《神祇時代的詩學》，上海人民出版社，2004。

85. 高建爲著，《自然主義詩學及其在世界各國的傳播和影響》，南昌，江西教育出版社，2004。

86. 〔德〕馬丁‧海德格爾著，孫周興譯，《在通向語言的途中》（*Unterwegs zur Sprache*），北京，商務印書館，2004。

87. 〔德〕康德（Immanuel Kant）著，鄧曉芒譯，《判斷力批判》（*Kritik der Urteilskraft*），北京，人民出版社，2004。

88. 漆俠著，《宋學的發展和演變》，石家莊，河北人民出版社，2004。

89. 〔英〕凱特‧洛文塔爾（Loewenthal, K. M.）著，羅躍軍譯，《宗教心理學簡論》（*The Psychology of Religion: A Short Introduction*），北京大學出版社，2002。

90. 陳鵬翔編著，《主題學研究論文集》，臺北，東大圖書股份有限公司，2004。

91. 馬新國主編，《西方文論史》，北京，高等教育出版社，2004。

92. 〔德〕馬丁・海德格爾著,孫周興譯,《演講與論文集》(*Vorträge und Aufsätze*),北京,三聯書店,2005。

93. 〔德〕馬丁・海德格爾著,熊偉、王慶節譯,《形而上學導論》(*Einführung in die Metaphysik*),北京,商務印書館,2005。

94. 〔德〕馬丁・海德格爾著,王作虹譯,《存在與在》(*Existence and Being*),北京,民族出版社,2005。

95. 楊大春著,《感性的詩學:梅洛-龐蒂與法國哲學主流》,北京,人民文學出版社,2005。

96. 〔法〕馬克・弗羅芒-默里斯(Marc Froment-Meurice)著,馮尚譯,《海德格爾詩學》(*That is to Say: Heidegger's Poetics*),上海譯文出版社,2005。

97. 〔德〕馬丁・海德格爾著,孫周興譯,《演講與論文集》(*Vorträge und Aufsätze*),北京,三聯書店,2005。

98. 李健著,《比興思維研究——對中國古代一種藝術思維方式的美學考察》,合肥,安徽教育出版社,2005。

99. 王岳川著,《藝術本體論》,北京,中國社會科學出版社,2005。

100. 〔德〕埃德蒙德・胡塞爾著,克勞斯・黑爾德編,倪梁康譯,《現象學的方法・修訂本》(*Die Phänomenologische Methode*),上海譯文出版社,2005。

101. 〔義〕安貝托・艾科(Umberto Eco)等著,〔英〕斯特凡・科里尼(Stefan Collini)編,王根宇譯,《詮釋與過度詮釋》(*Interpretation and Overinterpretation*),北京,三聯書店,2005。

102. 〔德〕漢斯-格奧爾格・加達默爾(Hans-Georg Gadamer)著,洪漢鼎譯,《真理與方法——哲學詮釋學的基本特徵》(*Wahrheit und Methode*),上卷,上海譯文出版社,2005。

103. 陳昭第著,《文學元素學》,北京,中國社會科學出版社,2006。

104. 陳志平著,《黃庭堅書學研究》,北京,中華書局,2006。

105. 朱良志著,《扁舟一葉——理學與中國畫學研究》,合肥,安徽教育出版社,2006。

106. 吳學國著,《存在・自我・神性——印度哲學與宗教思想研究》,北京,中國社會科學出版社,2006。

107. 〔美〕孔(庫)恩(Thomas Samual Kuhn)著,程樹德等譯,《科學革命的結構》(*The Structure of Scientific Revolutions*),臺北,遠流出版事業股份有限公司,2006。

108. 〔德〕馬丁・海德格爾著,孫周興譯,《林中路・修訂本》(*Holzwege*),上海譯文出版社,2006。

109. 劉小楓選編,《德語詩學文選》(*Reading German Poetics from 1780～1990*),上卷,上海,華東師範大學出版社,2006。

110. 劉小楓著,《詩化哲學‧重訂本》,上海,華東師範大學出版社,2007。

111. 倪梁康著,《胡塞爾現象學概念通釋‧修訂版》,北京,三聯書店,2007。

112. 徐復觀著,《中國藝術精神》,桂林,廣西師範大學出版社,2007。

113. 王永亮著,《中國畫與道家思想》,北京,文化藝術出版社,2007。

114. 鄭蘇淮著,《宋代美學思想史》,江西,江西人民出版社,2007。

115. 上海書畫出版社編,《歷代書法論文選》,上海,上海書畫出版社,2007。

116. 徐光興著,《心理禪——東方人的心理療法》,上海,文匯出版社,2007。

117. 《新約全書》,臺中,國際基甸會,2007。

十三、總類、目錄與工具書

1. 漢‧許慎著,清‧段玉裁注,《新添古音說文解字注》,臺北,洪葉文化事業有限公司,1998。

2. 宋‧李昉奉敕纂修,《太平御覽》,臺南,平平出版社影印民國乙亥(24、1935)年上海商務印書館《四部叢刊‧三編‧補正本》,民64。

3. 清‧永瑢等撰,《四庫全書簡明目錄》,臺北,河洛圖書出版社,民64。

4. 山田孝道,《禪宗辭典》,東京,國書刊行會,大正4(1915)。

5. 高樹藩編纂,《正中形音義綜合大字典》,臺北,正中書局,民73。

6. 本局大辭典編纂委員會編,《大辭典》,臺北,三民書局股份有限公司,民74。

7. 佛光大辭典編修委員會編,《佛光大辭典》,高雄,佛光出版社,1995。

8. 曹道衡、沈玉成編撰,《中國文學家大辭典‧先秦魏晉南北朝卷》,北京,中華書局,1996。

9. 〔英〕羅伯特‧奧迪(Robert Audi)主編,林弘正中文版審訂召集,《劍橋哲學辭典》(*The Cambridge Dictionary of Philosophy*),臺北,貓頭鷹出版社,2002。

10. 曲立昂編譯,《英印語及漢語綜合大辭典》(*The Dictionary of Anglo-Indian and Chinese*),臺北,大千,2003。

11. 曾棗莊主編,《中國文學家大辭典‧宋代卷》,北京,中華書局,2004。

12. 中國大百科全書編輯委員會「宗教」編輯委員會編,《中國大百科全書‧宗教》,臺北,錦繡出版事業有限公司,1992。

13. 中國大百科全書編輯委員會「哲學」編輯委員會編,《中國大百科全書‧哲學》,第一卷,臺北,錦繡出版事業有限公司,1993。

14. 中國大百科全書編輯委員會「圖書館學‧情報學‧檔案學」編輯委員會編，《中國大百科全書‧圖書館學　情報學　檔案學》，臺北，錦繡出版事業有限公司，1993。

15. 中國大百科全書編輯委員會「文物　博物館」編輯委員會編，《中國大百科全書‧文物　博物館》，臺北，錦繡出版事業有限公司，1993。

16. 中國大百科全書編輯委員會「土木工程」編輯委員會編，《中國大百科全書‧土木工程》，臺北，錦繡出版事業有限公司，1994。